FUSION FANTASTIC STORY

천성민 장편 소설

짐승의 규칙 1

천성민 장편 소설

초판 1쇄 찍은 날 § 2013년 11월 27일
초판 1쇄 펴낸 날 § 2013년 12월 4일

지은이 § 천성민
펴낸이 § 서경석

편집부장 § 권태완
편집책임 § 박은정
디자인 § 이거일

펴낸곳 § 도서출판 청어람
등록번호 § 제1081-1-89호
등록일자 § 1999. 5. 31
어람번호 § 제1-1721호

주소 § 경기도 부천시 원미구 심곡2동 163-2 서경B/D 3F (우) 420-822
전화 § 032-656-4452 팩스 § 032-656-4453
http://www.chungeoram.com
E-mail § chungeorambook@daum.net

ISBN 978-89-251-3584-7 04810
ISBN 978-89-251-3583-0 (세트)

FUSION FANTASTIC STORY

천성민 장편 소설

짐승의 규칙

1

짐승들의 만가

도서출판 청람

CONTENTS

※이 책 속에 나온 인명·지명·단체명은 작가의 허구입니다. 실제 인명·지명·단체명과 관련이 없음을 밝힙니다.

Monologue :獨白

살아야만 했다.
나를 위해 희생당한 부모님을 위해.
복수를 위해.

죽여야만 했다.
내가 살기 위해 타인의 목숨을.

그렇게……
나는 짐승이 되었다.

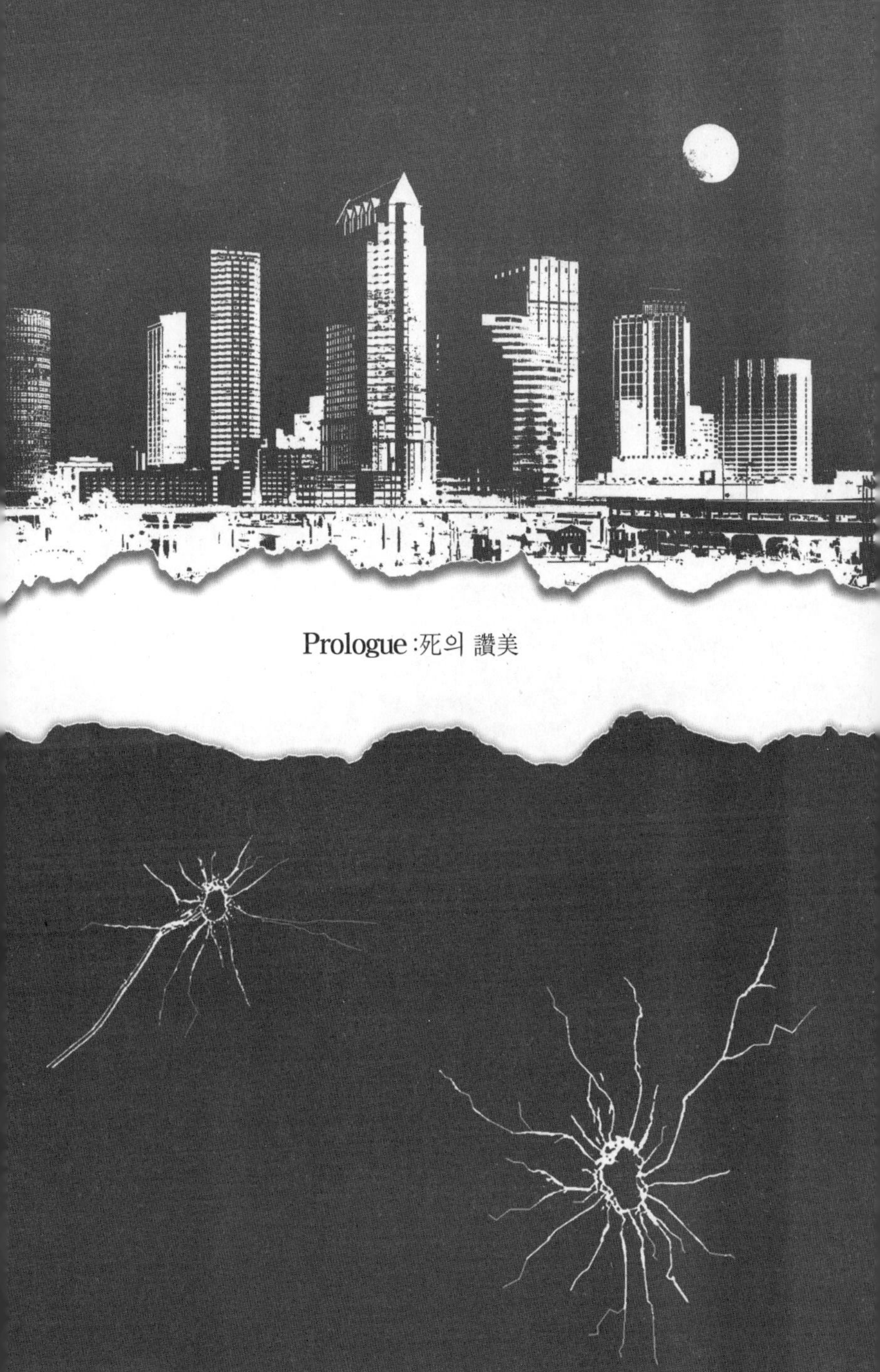
Prologue :死의 讚美

"어째서입니까! 어째서, 어째서 절 계속 속이신 겁니까, 첸 대인!"

눈앞의 노인을 향한 총구가 파르르 떨렸다. 절로 눈물이 흘러나오고 있었다. 유일하게 믿고 의지했던 사람에게 배신당한 슬픔이 사내의 가슴을 저며 왔다.

치파오를 입고 지팡이를 쥔 채 휠체어에 앉아 있는 초로의 노인 첸 카이후는 권총으로 자신을 겨누고 있는 사내를 가만히 바라보았다.

사내의 온몸은 피투성이였다.

하얀 셔츠가 여기저기 찢어지고 붉게 물들어 있었다. 찢어

진 셔츠 사이로 드러난 총상이 적어도 너덧 개는 되어 보였
다.

쳰 카이후는 사내의 눈빛을 바라보았다. 여느 때와 달리 쏟
아지는 감정의 폭주로 인해 흔들리는 눈빛이었다. 쳰 카이후
는 길게 한숨을 내쉬었다.

"그래, 모든 걸 알게 된 게냐?"

사내는 눈물을 흘리며 천천히, 아주 천천히 고개를 끄덕였
다.

"어째서……?"

쳰 카이후는 대답하지 않았다. 그저 지팡이를 들어 바닥을
살짝 내려쳤을 뿐.

쿵!

순간 검은색 정장을 입은 인영 서넛이 천장에서 떨어지듯
나타나 사내에게 총구를 겨눴다.

"총 버리십시오, 정찬혁 팀장님."

피투성이의 사내 정찬혁의 오른쪽 관자놀이를 겨누고 있
는 여성이 조용히 말했다. 하지만 정찬혁에게는 주위가 보이
지 않았다. 그의 시야에는 오직 쳰 카이후만이 있을 뿐.

"처음부터… 모든 것이 계획된 것이었습니까?"

"…그렇다면 어쩔 게냐?"

쳰 카이후는 입꼬리를 살짝 말아 올리며 반문했다. 순간 정
찬혁은 아무런 생각도 할 수가 없었다.

"으, 으아아아아—!"

모든 것이 무너져 내렸다. 절로 비명이 터져 나왔다. 방아
쇠에 걸린 손가락에 힘이 들어갔다.

그리고,

탕! 타타타탕—!

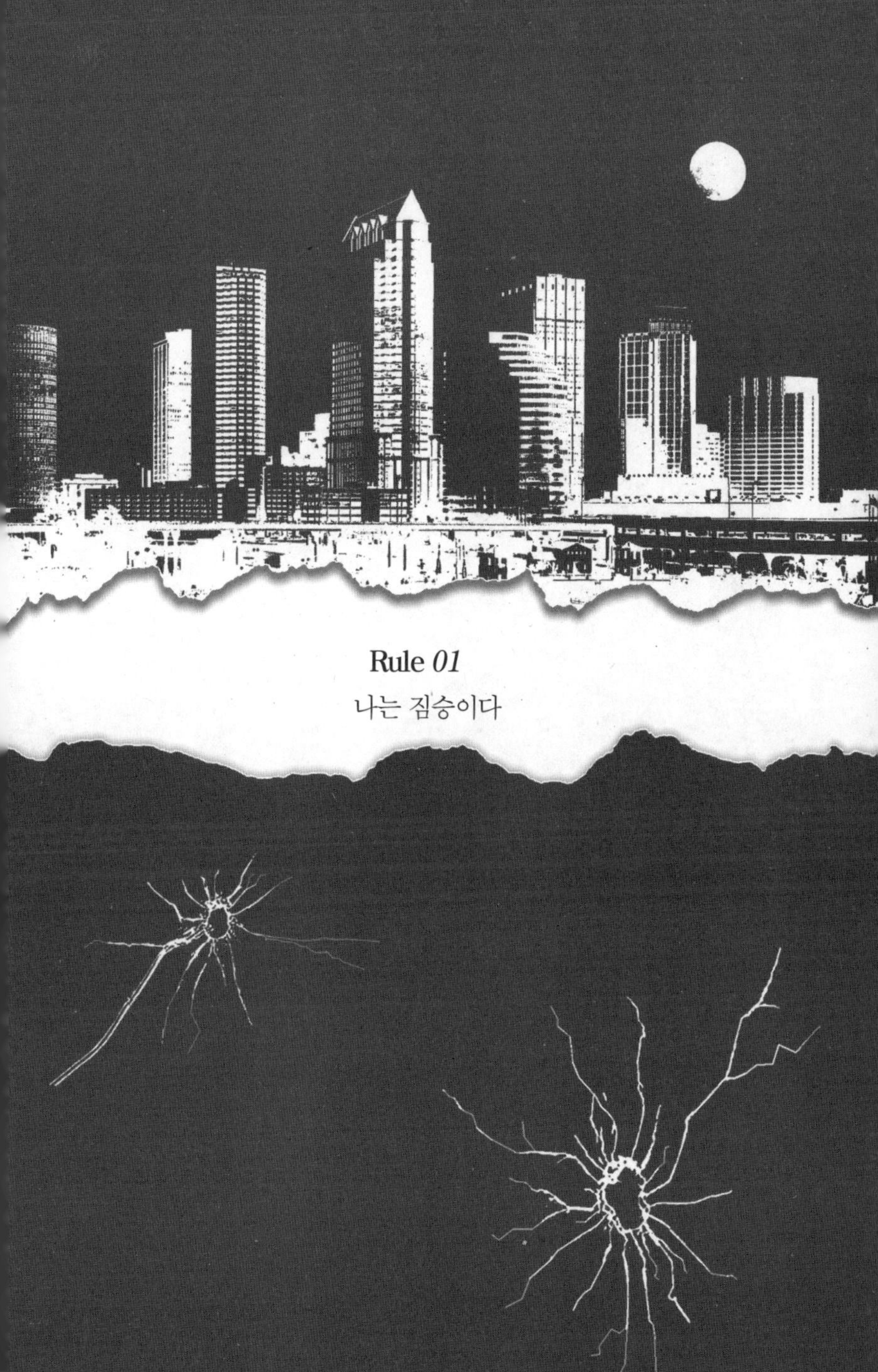
Rule 01
나는 짐승이다

치칙—

왼쪽 귀에 꽂혀 있는 리시버에 잡음이 흘렀다. 하지만 정찬혁은 묵묵히 분해된 저격총을 익숙한 손놀림으로 조립했다.

철컥!

익숙한 격철음이 터져 나왔다.

블레이져 MOD 93 LRS2 택티컬, 독일 블레이져 사(社)에서 제조한 것으로 반동이 적고 정확도가 뛰어나 평소 정찬혁이 애용하는 저격총이다.

정찬혁은 총구를 빌딩 담장 밖으로 내밀며 스코프에 눈을 가져갔다.

“타깃(Target)은?”

—3시 방향. 거리 약 500m 전방 카페의 테라스. 그레이 톤의 정장에 갈색 중절모를 쓴 40대 중년 남성.

정찬혁은 리시버에서 들려온 대답대로 총구를 돌려 스코프의 줌을 당겼다.

선글라스를 끼고 검은 양복을 입은 사내들에게 호위를 받으며 카페의 테라스에 앉아 있는 중년 사내의 모습이 스코프에 비쳤다.

“타깃 확인.”

나직이 중얼거리며 정찬혁은 탄창을 끼우고 노리쇠를 당겼다.

철컥!

장전 완료.

남은 것은 적절한 타이밍을 기다려 방아쇠를 당기는 것뿐이다. 정찬혁의 오른손 검지가 방아쇠에 걸렸다. 정찬혁은 천천히 호흡을 골랐다.

단 한 발.

임무에 필요한 것은 단 한 발뿐이다. 항상 저격 임무를 할 때 정찬혁은 탄창에 단 두 발만을 채워놓았다.

하나는 타깃을 제거하기 위해, 또 다른 하나는 만약 실패했을 경우 자신의 목숨을 끊기 위해서였다.

하지만 정찬혁은 지금껏 단 한 번도 두 번째 탄환을 사용한 적이 없었다. 단 한 발의 탄환만으로 모든 임무를 성공해 온 것이다.

지금도, 아니, 앞으로도 두 번째 탄환이 쓰일 일은 절대로 없을 것이다.

정찬혁에게는 절대 죽어서는 안 될 이유가 있었으니.

'아버지, 어머니…….'

정찬혁은 지금은 이 세상에 없는 두 사람의 얼굴을 떠올리며 나직이 중얼거렸다. 이내 정찬혁은 고개를 내저으며 상념을 떨쳤다. 미션을 끝내는 것이 먼저였다. 정찬혁은 다시 스코프로 눈을 가져갔다.

타깃을 가드하고 있는 검은 양복의 사내들은 꽤나 실력이 뛰어나 보였다. 혹시라도 모를 저격에 대비해 타깃을 몸으로 가리고 있었다. 하지만 정찬혁은 호흡을 고르며 가만히 스코프에 집중했다.

단정한 차림의 점원이 음료가 담긴 쟁반을 가져온 순간, 타깃까지의 아주 작은 틈이 드러났다. 정찬혁은 망설임없이 방아쇠를 당겼다.

타앙―!

복잡한 도심의 수많은 소음 속으로 한 발의 총성이 자연스레 섞여 들어갔다. 동시에 타깃이 쓰러지는 것이 스코프를 통해 보였다.

타깃이 쓰러지자 가드들의 움직임이 분주해졌다. 뒤이어

질 총격에 대비해 타깃을 몸으로 가리는 한편, 몇몇은 긴장한 얼굴을 하고 주위를 둘러보았다.

정찬혁은 가만히 스코프의 줌을 당겼다. 제대로 타깃이 보이진 않았지만 바닥이 붉은 피로 흥건하게 젖어 있었다.

"타깃 제거 완료."

나직이 중얼거리며 정찬혁이 스코프에서 눈을 떼려 할 때였다. 타깃의 가드 중 긴 머리칼을 뒤로 묶은 날렵한 인상의 사내가 정찬혁이 있는 빌딩 쪽을 노려보았다.

스코프를 통해 정찬혁과 사내의 눈빛이 얽혔다. 뿌득 이를 갈며 사내가 순간 빌딩을 향해 내달렸다.

스코프에서 눈을 뗀 정찬혁은 익숙한 손놀림으로 총을 분해하기 시작했다. 채 1분도 지나기 전에 완전히 분해된 저격총은 서류 가방 속으로 모습을 감췄다.

몸을 일으킨 정찬혁은 옷에 묻은 먼지를 털어낸 후 옆에 놓여 있는 셔츠를 걸치고 검은색 뿔테 안경을 썼다. 서류 가방을 들고 있는 여느 샐러리맨과 다름없이 평범해 보이기만 했다.

힐끔 옥상 아래를 내려다본 정찬혁은 피식 미소를 지으며 천천히 빌딩을 벗어나기 시작했다.

"비켜! 비키라고!"

알렉스 리는 오가는 사람들 사이를 거칠게 내달렸다. 저격

포인트는 눈앞에 보이는 고층 빌딩임에 틀림없었다.

약 500미터의 거리.

거기다 SA급 가드 일곱의 완벽에 가까운 방어를 뚫고 벌어진 저격이었다.

실로 경악할 만한 실력.

소문으로만 듣던 '사신(死神)' 일지도 모른다는 생각이 머릿속을 스쳤다. 어느새 알렉스는 빌딩의 맞은편 횡단보도에 닿았다.

낮은 경고음과 함께 신호등의 파란불이 깜빡이고 있었다. 알렉스는 망설임없이 횡단보도로 달려들었다.

타닷!

맞은편에서도 서류 가방을 든 샐러리맨 십여 명이 허둥지둥 달려와 횡단보도를 건너고 있었다.

한 무리의 샐러리맨과 알렉스가 스쳐 지나치는 순간,

"……!"

코끝을 자극하는 익숙한 냄새에 알렉스는 저도 모르게 멈칫 걸음을 멈췄다.

'화약 냄새?'

희미하긴 했지만 분명 화약 냄새였다. 알렉스는 그 자리에 멈춰 선 채 천천히 고개를 돌렸다.

엇비슷한 차림을 한 사람들 사이에서 희미한 화약 냄새를 풍기는 자를 찾기란 모래밭에서 바늘 찾기보다 힘든 일이다.

하지만 알렉스는 날카로운 눈빛으로 멀어져 가는 샐러리맨들을 자세히 훑었다. 문득 한 사내의 뒷모습에 알렉스의 시선이 멎었다.

차림새는 평범했지만 샐러리맨들과는 다른 무언가가 있었다. 알렉스 자신처럼 죽음에 가까운 삶을 사는 자에게서만 풍기는 특유의 이질적인 분위기가 느껴졌다.

빵빵—!

막 돌아서서 사내의 뒤를 쫓으려던 알렉스의 귓가에 찢어질 듯 커다란 경적 소리가 들려왔다. 어느새 신호등이 빨간불로 바뀌어 있었다.

횡단보도 한가운데에 멈춰 선 알렉스 탓에 출발하지 못한 차들이 신경질적으로 경적을 울리고 있었다.

"뭐야? 신호 바뀐 지가 언젠데! 빨랑 안 비켜?"

"죽고 싶어 환장했나!"

운전자들의 거친 음성이 알렉스의 고막을 찔러왔다. 알아들을 수는 없었지만 느껴지는 적의에 알렉스는 본능적으로 음성이 날아든 방향으로 고개를 돌렸다. 차창 밖으로 고개를 내밀고 소리치는 운전자들의 모습이 눈에 들어왔다.

'이런!'

이내 알렉스는 급히 횡단보도를 건너간 샐러리맨들을 향해 고개를 돌렸다.

경적과 운전자들의 고함에 시선을 뗀 것은 고작해야 채 1초도 되지 않는 짧은 순간이었다. 하지만 알렉스가 뒤쫓으려던 자는 이미 어디론가 사라져 버린 후였다.

"빌어먹을!"

알렉스는 낭패한 얼굴로 이를 악물었다. 여전히 경적 소리와 운전자들의 외침이 사방을 진동시켰지만 알렉스의 귓가에는 아무런 소리도 들리지 않았다.

"저게 진짜 돌았나?"

"그냥 확 밀어버릴까 보다!"

이내 알렉스는 횡단보도를 건너 저격 포인트로 예상한 고층 빌딩을 향해 걸음을 옮기기 시작했다.

얼마 지나지 않아 옥상에 도착한 알렉스는 한쪽 난간으로 다가갔다.

조금 전까지 자신이 있던 카페가 한눈에 들어왔다. 저 멀리서 빠른 속도로 다가오는 사이렌 소리가 들려왔다.

"경찰인가? 곤란하게 됐군."

안 그래도 조직의 세력 확장을 위해 한국에 온 차에 벌어진 일이다. 경찰이 개입하게 된다면 곤란한 일이 생길 것이다. 경찰이 도착하기 전에 빨리 자리를 피해야 했다.

급히 돌아서는 찰나, 무언가 반짝이는 것이 눈에 들어왔다. 옥상 난간에 세워져 있는 탄피였다.

알렉스는 손을 뻗어 탄피를 집어 들었다. 아직 약간의 온기가 남아 있었다.

.300 윈체스터 매그넘.

분명 사신이 즐겨 사용한다는 탄환이었다.

알렉스는 저도 모르게 탄환을 꽉 움켜쥐며 나직이 중얼거렸다.

"사신……!"

＊　　＊　　＊

신유진은 습관적으로 카페로 향했다.

카페 베아투스.

라틴어로 부자(富者)라는 뜻이란다. 길을 지나다 간판이 눈에 띄어 우연히 들어온 카페이다.

작은 테이블이 서너 개밖에 되지 않는 작은 카페였지만 은은한 커피 향과 조용한 분위기가 마음에 들었다.

손님은 그리 많지 않아 어느 시간에 오더라도 테이블 하나 정도는 남아 있었다.

신유진이 주로 카페를 찾는 시간은 정오를 지나 점심시간 즈음이었다.

오늘도 마찬가지로 간단히 점심을 먹은 신유진은 곧장 카페로 향했다. 거리는 그리 멀지 않아 5분 만에 도착할 수 있었다.

"응? 오늘 쉬는 건가?"

불이 꺼져 있는 베아투스 앞에서 신유진은 고개를 갸웃했다. 평소와 달리 카페는 불이 꺼져 있었다. 혹시나 싶어 문을 밀어보았지만 열리지 않았다.

이상한 일이었다.

휴일이라면 모를까, 평일 낮 시간에 카페가 닫혀 있는 것은 신유진이 단골이 된 후 처음 있는 일이다. 신유진은 나직이 한숨을 내쉬며 천천히 돌아섰다.

"유진 씨?"

막 돌아서려던 찰나, 등 뒤에서 들려온 익숙한 음성에 신유진은 멈칫했다. 천천히 고개를 돌리자 카페 베아투스의 마스터 정찬혁이 다가오고 있었다.

"어머, 찬혁 씨, 어디 갔다 오나 봐요?"

"아, 네. 커피콩이 떨어져서 사러 다녀오는 길입니다."

정찬혁은 한 손에 커다란 종이봉투를 든 채 미소를 지으며 고개를 끄덕였다.

품속에서 열쇠를 꺼낸 정찬혁이 신유진의 곁을 살짝 스쳐 지나쳤다. 순간 시큼한 냄새를 맡은 신유진은 저도 모르게 고개를 갸웃했다.

"응? 무슨 냄새가……?"

문을 열고 안으로 들어가려던 정찬혁이 순간 멈칫했다. 이내 평정심을 되찾은 정찬혁은 아무렇지 않은 얼굴로 신유진에게 고개를 돌렸다.

"커피 냄샐 겁니다. 로스팅하는 걸 기다리느라……."

신유진은 생긋 미소를 지으며 고개를 끄덕였다.

"아참, 그랬었죠?"

잠긴 문을 연 정찬혁은 안쪽의 라커룸에 들어가 앞치마를 두르고 나왔다. 항상 앉던 자리에 앉아 있는 신유진을 본 정찬혁이 조용히 입을 열었다.

"주문은 어떤 걸로 하실 겁니까?"

"오늘의 커피로 부탁해요."

신유진은 메뉴판을 보지도 않고 거리를 내다보며 말했다. 그럴 줄 알았다는 듯 정찬혁은 고개를 끄덕이며 종이봉투에서 원두를 꺼냈다.

원두가 들어 있는 봉투를 뜯으려던 정찬혁은 뭔가 생각이 난 듯 멈칫했다. 그리곤 종이봉투 안에서 손바닥만 한 샘플 봉지를 꺼냈다. 샘플 봉지에는 두어 잔 정도 내릴 수 있는 적은 양의 원두가 들어 있었다.

코피 루왁(Kopi Luwak).

사향 고양이가 소화시키지 못한 커피 씨앗을 채취해 만든 커피로 세계에서 가장 비싸다고 알려져 있다.

지난 2년여 동안 꾸준히 거래해 온 원두 가게에서 맛이나 보라고 서비스로 준 것이다. 중간에 다른 일을 하느라 잊고 있던 것을 유일한 단골손님인 신유진 덕에 떠올릴 수 있었다.

어차피 당장 다른 손님이 올 것 같지도 않은 터라 정찬혁은 신유진을 대접할 생각으로 샘플 봉지를 뜯어 잘 로스팅된 원두를 핸드밀에 쏟아 넣었다.

핸드밀의 손잡이를 잡고 돌리자 드드득 하는 소리와 함께 커피가 갈리기 시작했다.

얼마 지나지 않아 잘 갈린 커피를 여과지가 깔린 드리퍼에 적당량 부었다. 그리곤 뜨거운 물이 담긴 드립포트를 들고 천천히 커피를 내리기 시작했다.

뜨거운 물이 곱게 갈린 커피에 닿자 약간의 거품이 일었다. 커피 향이 조용히 퍼져 나가기 시작했다.

깊은 향이 나는 커피가 어느새 잔을 가득 채웠다. 정찬혁은 냅킨 몇 장과 티스푼, 그리고 시럽 약간을 커피와 함께 쟁반에 담아 신유진에게 다가갔다.

"주문하신 커피 나왔습니다."

"고마워요."

문고본 소설을 읽던 신유진은 빙긋 미소를 지으며 책을 든 채로 커피 잔에 손을 뻗었다.

진한 향이 평소와는 좀 달랐지만 신유진은 별다른 생각 없이 커피를 한 모금 들이켰다. 따듯한 커피가 입안에서 식도를 타고 부드럽게 흘러들었다.

향만이 아니라 맛도 평소와는 완전히 달랐다. 부드럽지만 짙고 강한 향, 깊은 맛에 약간의 시큼함이 느껴지는 독특하면서도 마음에 쏙 드는 커피였다.

“어떻습니까, 유진 씨?”

정찬혁의 질문에 신유진은 미소를 지으며 천천히 입을 열었다.

“맘에 들어요. 이건 무슨 커피죠?”

“코피 루왁입니다.”

“루왁이라면… 설마?!”

신유진은 코피 루왁에 대해 지나가듯 들은 것을 떠올리고는 화들짝 놀랐다.

카페 베아투스의 오늘의 커피는 고작해야 육천 원짜리. 그런데 코피 루왁이라니. 가격만 따져 봐도 이윤이 남기는커녕 오히려 엄청난 손해이지 않는가.

놀라는 신유진과는 달리 정찬혁은 태연한 얼굴로 천천히 입을 열었다.

“거래처에서 서비스로 조금 주더군요. 어차피 전 마실 생각이 없어 그냥 놔둘까 했는데 마침 유진 씨가 오셨으니 대접해 드려야죠. 저희 단골손님이시잖습니까?”

“그래도 이건……”

“너무 부담 갖지 마십시오. 앞으로도 계속 찾아와 달라고 뇌물 뿌리는 겁니다.”

조용히 이어지는 정찬혁의 말에 신유진은 저도 모르게 피식 미소를 지었다.

“훗, 뇌물이라니 어쩔 수 없네요. 그럼 고맙게 마실게요.”

"혹시 모자라면 말씀하십시오. 두어 잔 정도는 리필도 가능하니."

"그럴게요."

신유진은 다시 커피 잔을 들고 향을 음미하며 다시 한 모금 들이켰다. 그러다 문득 한 가지 의문이 머릿속에 떠올랐다. 잔을 내려놓고 신유진은 지나가듯 질문을 던졌다.

"그러고 보니 찬혁 씨는 왜 커피를 안 마시는 거죠?"

정찬혁은 의미를 알 수 없는 모호한 표정을 지으며 조용히 한마디 했다.

"글쎄요……."

우웅—!

소설의 클라이맥스를 지나 후반부를 읽고 있던 신유진의 귓가에 낮은 휴대폰 진동음이 들려왔다.

책에서 눈을 뗀 신유진은 가만히 주위를 둘러보았다. 카운터 한쪽 구석에 놓여 있는 구형 휴대폰이 부르르 몸을 떨고 있는 것이 눈에 들어왔다.

"찬혁 씨, 전화 온 것 같은데요?"

신유진은 카운터에서 좀 떨어진 곳에서 등을 보이고 있는 정찬혁을 불렀다. 자신을 부르는 소리를 듣지 못한 것인지 정찬혁은 굽힌 허리를 펴지 않고 무언가를 하고 있었다.

"찬혁 씨!"

"네? 부르셨습니까?"

신유진이 약간 음성을 높였다. 그제야 정찬혁은 몸을 일으키며 고개를 갸웃했다. 신유진은 나직이 한숨을 내쉬며 카운터에서 여전히 몸을 부르르 떨고 있는 휴대폰을 가리켰다.

"전화 왔어요."

"아!"

낮은 탄성과 함께 정찬혁은 카운터로 다가가 진동음을 토해내고 있는 휴대폰을 집어 들었다. 요즘 보기 드문 폴더형 휴대폰이다.

액정에 떠오른 발신자를 확인한 정찬혁의 얼굴이 짧은 순간 굳었다. 이내 정찬혁은 휴대폰을 들고 안쪽의 탈의실로 향했다.

고개를 갸웃거리며 자신을 바라보는 신유진의 시선이 등 너머로 느껴졌다. 멈추지 않고 곧장 탈의실로 들어간 정찬혁은 문을 잠그고 폴더를 열었다.

"늦게 받아 죄송합니다, 첸 대인."

신유진은 휴대폰을 들고 탈의실로 향하는 정찬혁의 모습에 고개를 갸웃했다. 하지만 이내 관심을 끊고 다시 문고본 소설을 펼쳤다.

조금 궁금하긴 했지만 남의 통화를 엿듣는 취미는 없었다. 반쯤 남은 식은 커피를 한 모금 마시며 신유진은 조용히 책장을 넘겼다.

"……!"

탈의실 방향에서 낮은 음성이 들려왔다. 신유진은 저도 모
르게 탈의실로 시선을 돌렸다. 정확히 알아들을 수는 없었지
만 간간이 들리는 단어로 보아 중국어 같았다.

다시 소설을 펼쳐 보았지만 정찬혁의 조용한 음성이 계속
들려와 집중할 수 없었다.

"하아, 돌아갈 때가 됐나 보네."

신유진은 나직이 한숨을 내쉬며 책을 내려놓았다. 남은 커
피를 들이켠 신유진은 맞은편 의자에 있는 숄더백에 책을 넣
고 천천히 몸을 일으켰다.

"가십니까?"

등 뒤에서 들려온 음성에 신유진은 천천히 고개를 돌렸다.
통화를 마치고 막 탈의실에서 나오는 정찬혁의 모습이 보였
다. 신유진은 빙긋 미소를 지으며 대답했다.

"네. 마침 저녁때가 된 것 같기도 하고……."

"다행이로군요. 저도 급히 갈 곳이 있어서 마감하려고 했
는데. 계산은 카드로 하실 겁니까?"

"네, 여기요."

카페 베아투스의 영업시간이 고무줄처럼 심하게 탄력적이
라는 것을 잘 알고 있는 신유진은 별다른 의문 없이 신용카드
를 내밀었다. 포스기로 결제를 마친 정찬혁은 카드와 영수증

을 신유진에게 건넸다.

"오늘의 커피, 육천 원 결제됐습니다."

"그럼 다음에 또 올게요. 커피 잘 마셨어요."

"네, 안녕히 가십시오."

신유진이 밖으로 나가는 것을 확인한 정찬혁은 굳은 얼굴로 카페의 불을 끄고 정리를 시작했다.

밖을 오가는 사람들 사이에서 신유진이 의미심장한 눈빛으로 그 모습을 가만히 바라보고 있었다.

＊　　　＊　　　＊

"망할 조폭 새끼들 같으니라고. 왜 남의 나라에까지 와서 저 지랄이야?"

대검찰청 중수부 소속 한윤철 검사는 검게 선팅된 창밖을 내다보며 구시렁댔다.

서울에서 꽤나 알려진 고급 호텔인 그랜드스톤 호텔이 검은 정장 차림의 사내들로 가득했다. 홍콩의 거대 폭력 조직 구룡회의 조직원이다.

홍콩 재계의 거물이자 구룡회의 아홉 장로 중 하나인 첸 카이후와 함께 한국으로 온 자들이다. 홍콩만이 아니라 중국 본토에까지 강한 영향력을 지닌 구룡회의 최고 간부가 많은 조직원과 함께 온 것은 큰 사건의 징후였다.

첸의 입국을 알게 된 대검 중수부는 곧장 특검팀을 꾸리고 수사를 시작했다.

한윤철의 임무는 첸의 동향 감시였다. 하지만 벌써 사흘이 넘도록 첸은 별다른 움직임을 보이지 않았다. 그동안 잠도 못 자고 쌓인 피로가 한윤철이 짜증을 내는 원인이었다.

차라리 관광이라도 하면 그 뒤를 쫓아 수사를 하고 있다는 보람이라도 있을 텐데 호텔을 통째로 빌려 틀어박혀 있으니 짜증이 날 법도 했다.

바득바득 이를 갈며 욕설을 뱉어내던 한윤철은 한쪽 옆에 있는 간이침대에 벌렁 드러누웠다.

“한숨 잘 테니까 무슨 일 있으면 바로 깨워주세요.”

“알겠습니다, 검사님.”

한윤철과 함께 감시 임무를 맡은 수사관 송지훈이 나직이 대답했다.

한윤철은 길게 하품을 하며 스륵 눈을 감았다. 사흘 만에 누운 터라 잠이 밀려와 의식이 흐릿해져 갔다. 한윤철이 막 잠이 들려는 찰나,

“검사님!”

송지훈의 다급한 외침이 귓가에 들려왔다. 순식간에 잠이 확 달아났다.

한윤철은 용수철이 튀어 오르듯 벌떡 일어났다. 고개를 돌리자 창을 살짝 열고 카메라 셔터를 누르고 있는 송지훈의 모

습이 눈에 들어왔다.

"무슨 일입니까?"

"누가 호텔로 들어가고 있습니다."

송지훈의 대답에 한윤철은 곧장 창밖을 내다보았다. 회색 스트라이프 정장을 입은 20대 중반쯤으로 보이는 사내 하나가 호텔 입구로 향하는 것이 눈에 들어왔다.

그동안 호텔에 접근하는 사람들은 구룡회의 조직원에게 제지를 당했다. 하지만 사내는 달랐다. 조직원들은 다가오는 사내를 아는 체하며 길을 피해주고 있었다.

"저놈, 저거 뭡니까? 구룡회 조직도에 없는 놈 같은데?"

감시 임무에 나서기 전 브리핑에서 본 구룡회 핵심 조직원에 대한 기록을 떠올리며 한윤철이 입을 열었다. 한윤철이 모르는 것을 일개 수사관에 불과한 송지훈이 알 리가 없었다.

"글쎄요? 일단 사진을 찍었으니 본부에 신원 조회를 요청하겠습니다."

"부탁해요."

송지훈은 카메라를 노트북에 연결해 사진을 곧장 수사본부로 전송했다.

한윤철은 호텔 안으로 사라지는 사내의 뒷모습을 날카로운 눈빛으로 바라보았다. 잠은 이미 저 멀리 달아난 후였다.

약 10여 분 후.

긴 머리칼을 뒤로 묶은 날렵한 인상의 사내가 호텔로 접근했다. 이내 사내를 알아본 한윤철의 눈빛이 반짝였다. 분명 브리핑 자료에서 본 얼굴이다.

알렉스 리.

구룡회의 아홉 장로 중 하나인 마오 후이엔의 오른팔이라고 알려진 자였다. 절대 마오의 곁을 떠나지 않는다는 알렉스가 어째서 이곳에 나타난 것인가. 한줄기 의문이 한윤철의 머릿속을 스쳤다.

‘설마……?

창밖에 시선을 고정한 채 한윤철이 소리쳤다.

“지금 당장 인천공항 입국 기록 확인하세요! 마오 후이엔과 알렉스 리, 이 두 사람이 언제 입국했는지 말입니다!”

“알겠습니다.”

대답과 함께 송지훈은 빠른 속도로 노트북의 키보드를 두드리기 시작했다.

원래 사이버 보안과에 있던 수사관이라 잠복보다는 오히려 이쪽이 적성에 맞았다. 채 1분도 지나지 않아 송지훈이 한윤철을 바라보며 입을 열었다.

“찾았습니다. 두 사람 다 에어퍼시픽 항공편으로 오전 10시 30분에 도착해 입국 수속을 마쳤습니다.”

“오전 10시 30분?”

한윤철은 나직이 되뇌며 고개를 갸웃했다. 알렉스가 이곳에 나타나기까지 다섯 시간 정도가 비었다. 그사이에 대체 무슨 일이 있었던 걸까. 알 수 없는 일이다.

그때였다. 송지훈의 노트북이 낮은 비프음을 토해냈다. 수사본부로부터 메일이 도착했다는 신호다. 비밀 코드를 입력하고 전송된 메일을 확인한 송지훈이 굳은 얼굴로 한윤철을 불렀다.

"한 검사님, 이거 좀 보시죠."

창밖을 주시하고 있던 한윤철이 의아한 얼굴로 고개를 돌렸다. 송지훈이 노트북을 한윤철에게로 돌렸다. 노트북 액정에는 스마트폰으로 찍은 것처럼 보이는 영상이 재생되고 있었다.

"이게 뭡니까?"

한윤철의 질문에 송지훈은 대답 대신 계속 보라는 듯 고갯짓했다. 고개를 갸웃하며 한윤철은 다시 노트북으로 시선을 돌렸다. 이내 한윤철의 눈이 크게 치켜떠졌다.

영상에는 검은 정장을 입은 사내들이 피를 흘리며 쓰러진 누군가를 부축해 일으키는 모습이 찍혀 있었다.

이내 다가온 정장 사내의 손이 화면을 뒤덮는 것으로 동영상은 끝났다. 초점이 제대로 맞지 않아 화질이 흐릿했지만 몇몇 사람의 모습은 어느 정도 알아볼 수 있었다.

"한 번 더 재생해 보세요."

"네."

송지훈의 대답과 함께 다시 동영상이 처음부터 재생되기

시작했다. 한윤철은 눈을 빛내며 가만히 화면을 응시했다. 검은 정장 사내들 사이에서 다른 곳을 쳐다보고 있는 한 사내의 모습이 눈길을 끌었다.

"멈춰요!"

한윤철의 낮은 외침에 송지훈은 반사적으로 동영상을 일시 정지시켰다. 한윤철의 눈길을 끈 사내는 바로 알렉스였다. 화질이 좋지 않아 제대로 알아볼 수는 없었지만 긴 머리칼을 뒤로 묶은 것이 알렉스처럼 보였다.

"처음부터 다시 한 번 천천히 재생시켜 보세요."

자못 진지한 한윤철의 표정에 송지훈은 긴장한 듯 침을 꿀꺽 삼키며 동영상을 처음부터 다시 슬로우로 재생했다.

알렉스를 확인한 한윤철은 이번에는 쓰러진 사내를 뚫어져라 바라보았다. 검은 정장 사내들에게 가려져 누군지 제대로 보이지 않았다.

하지만 화면을 정장 사내의 손이 뒤덮기 직전, 쓰러진 사내의 희끗한 머리칼과 흐릿한 얼굴이 눈에 들어왔다.

마오였다. 찰나의 순간이었지만 신경을 집중하고 있던 터라 간신히 알아볼 수 있었다.

"이거 언제 어디서 찍힌 영상입니까?"

"오늘 12시쯤에 아현동 쪽에서 찍힌 거랍니다. 지금 인터넷에서는 총성을 들었다느니 누가 총에 맞아 죽었다느니 하는 소문이 돌고 있다는군요."

“총성? 경찰 조사는 없었나요?”

“신고를 받은 경찰이 현장에 도착했을 때는 핏자국밖에는 아무도 없었답니다. 동영상으로 보셨다시피 다들 서둘러 빠져나간 것 같습니다.”

“흐음…….”

한윤철은 한숨을 내쉬며 손을 들어 관자놀이를 지그시 눌렀다. 왠지 모르게 머리가 지끈거렸다.

아무리 봐도 구룡회의 장로인 마오에게 무슨 사고가 생긴 모양이다. 알렉스가 이곳에 홀로 나타난 것은 그것을 방증하고 있었다.

구룡회의 최고 간부 두 사람의 한국 방문. 그것만으로도 머리가 터질 지경인데 그중 하나의 신변에 무슨 일이 생겼다니. 자칫하다간 나라 전체가 크게 혼란에 빠질지도 몰랐다. 구룡회가 홍콩, 아니, 중국에 미치는 영향력을 생각하면 충분히 가능한 일이다.

처음 생각했던 것보다 훨씬 심각한 상황이다. 하지만 한윤철이 지금 해야 하는 일은 첸을 감시하는 것이다.

괜히 현장을 이탈했다가는 또 무슨 치도곤을 당할지 모르는 일이었으니. 본부에서 동영상을 보낸 것은 첸을 더욱 철저히 감시하라는 의도일 것이다.

“다른 명령이 없으니 일단 하던 일을 계속합시다. 감시는 제가 할 테니 송 수사관님은 이 동영상을 조사해 주세요.”

"혼자서 괜찮으시겠습니까?"

"뭐, 증원이 없으니 별수 없죠."

"알겠습니다, 검사님."

송지훈은 고개를 끄덕이며 노트북을 돌려 키보드를 두드리기 시작했다.

그 모습을 바라보던 한윤철은 나직이 한숨을 내쉬며 천천히 차창 밖으로 시선을 돌렸다.

한 시간여 후.

반쯤 감긴 눈으로 길게 하품을 하던 한윤철은 정신이 번쩍 들었다.

중형 승용차 한 대가 호텔로 들어가고 있었다. 승용차가 호텔 앞에서 멈추자 기다렸다는 듯 조직원 몇몇이 다가가 도어맨처럼 차문을 열었다.

한윤철은 시선을 고정한 채 손을 더듬어 카메라를 찾았다. 살짝 열린 창으로 렌즈를 내민 한윤철은 줌을 당겼다.

막 차에서 내리는 초로의 사내가 확대되어 카메라 렌즈에 잡혔다. 한윤철의 눈이 찢어질 듯 크게 치켜떠졌다.

"저, 저 사람은!"

전혀 예상 밖의 인물이었다. 집권 여당인 한민당의 차기 유력 대선 주자로 손꼽히는 국회의원 김의환, 그가 모습을 드러낸 것이다.

한윤철은 반쯤 얼빠진 얼굴로 정신없이 셔터를 눌렀다.

찰칵! 찰칵!

＊　　　＊　　　＊

22층에서 엘리베이터가 멈추고 문이 열렸다. 복도 가득한 검은 정장 사내들이 눈에 들어왔다.

"오셨습니까, 정찬혁 팀장님."

막 엘리베이터에서 내린 정찬혁의 귓가에 여성의 음성이 들려왔다.

천천히 고개를 돌리자 주위의 정장 사내들과 같은 차림을 한 매력적인 여성이 다가오는 것이 눈에 들어왔다.

여자치고는 훤칠한 키에 어깨까지 내려오는 갈색 머리칼, 짙은 눈썹에 조금은 날카로워 보이는 인상의 여성이다.

"오랜만이군, 린. 그런데 아직까지 팀장이라니, 내가 관둔 지가 언젠데."

정찬혁이 아는 체하자 린이라 불린 여성이 피식 미소를 지으며 대꾸했다.

"제가 이곳에 있는 건 모두 팀장님 덕분이니까요. 지금은 그만두셨지만 저에게는 언제나 팀장님이십니다."

"못 본 새에 넉살이 많이 늘었구나. 그나저나 첸 대인은 어디 계시지?"

"아! 이쪽입니다. 절 따라오시죠."

정찬혁은 조용히 린의 뒤를 따랐다. 복도 끝에 있는 스위트룸 앞에서 린은 걸음을 멈췄다.

"들어가시죠."

정찬혁을 남겨둔 채 린은 뒷걸음질로 물러났다. 정찬혁이 문 옆의 벨을 누르자 이내 낮은 음성이 들려왔다.

"찬혁이냐?"

"예, 대인."

"안으로 들어오너라."

철컥 하고 잠금쇠가 열리는 소리가 들렸다. 문을 열고 안으로 들어가자 귀에 리시버를 찬 가드 두 사람이 정찬혁의 앞을 막아섰다. 조용히 흘러든 낮은 음성에 앞을 막은 두 사람이 물러났다.

"괜찮으니 물러나라."

최고급 앤틱 소파에 앉아 있는 초로의 노인이 정찬혁의 눈에 들어왔다. 중국 전통 의상인 치파오를 입고 가슴께까지 내려오는 수염을 쓰다듬던 노인이 정찬혁에게로 고개를 돌렸다.

정찬혁은 노인에게 다가가 90도로 허리를 굽혔다.

"오랜만에 뵙습니다, 대인."

"그래, 오랜만이로구나. 한 1년 만인가?"

"예."

“이리 앉아라.”

정찬혁은 허리를 펴고 노인의 맞은편에 앉았다.

첸 카이후.

흔히들 삼합회라고 알려져 있는 홍콩의 폭력조직 구룡회의 아홉 장로 중 하나이자 정찬혁의 생명의 은인이다.

어린 시절 정찬혁의 부모님은 교통사고로 돌아가셨다. 사고에 휘말려 죽음 직전에 이르렀던 정찬혁을 구해준 것이 바로 첸이다.

원래 정찬혁의 아버지와 깊은 인연이 있던 첸은 혼수상태에 빠진 정찬혁을 홍콩으로 데려와 극진히 치료했다. 사고가 난 지 6개월이 지난 후에야 간신히 눈을 뜬 정찬혁은 양친의 죽음을 전해 듣고 큰 충격에 빠졌다.

사고가 아닌 살해당한 것이었다니.

어린 정찬혁은 양친의 무덤 앞에서 복수를 다짐했다. 슬픔을 가슴속에 묻은 정찬혁은 자청해 구룡회의 킬러를 키우는 훈련에 참가했다. 첸은 말렸지만 정찬혁의 굳은 결심을 막을 수 없었다.

몇 번의 죽을 고비를 넘기고 악착같이 버텨 오 년간의 훈련을 모두 마친 정찬혁은 첸의 직속 암살부대에 배치되었다. 정찬혁에게 어느 정도 자유를 주려는 첸의 배려 덕분이었다.

그렇게 정찬혁은 양친의 원수를 찾는 한편, 구룡회의 명령대로 사람을 죽였다. 자신이 살기 위해서였다. 살아남아 복수

를 하기 위해서 정찬혁은 타인의 목숨을 앗아 생명을 이어가
는 짐승이 될 수밖에 없었다.

"그런데 한국은 어쩐 일이십니까? 혹시……."

정찬혁은 말꼬리를 흐리며 첸을 바라보았다. 구룡회의 명
령으로 첫 살인을 하고 온 날 반드시 원수를 찾아주겠다고 했
던 첸이다.

첸은 나직이 한숨을 내쉬며 고개를 내저었다.

"아니, 아직 찾지 못했다. 미안하구나."

"그렇습니까."

정찬혁은 힘없이 고개를 떨궜다. 첸의 나직한 음성이 귓가
로 날아들었다.

"듣자 하니 오늘 일은 아주 잘 처리해 주었다더구나. 수고
많았다. 네 덕에 한시름 놓았단다."

첸의 칭찬에도 정찬혁은 별다른 감흥이 없었다. 그저 명령
을 받았으니 따른 것뿐이다.

만약 다른 조직원이 정찬혁과 같은 명령을 받았다면 한줄
기 의문을 가졌을 것이다.

첸과 같은 구룡회의 최고 장로를 저격하라니.

구룡회 전체가 크게 혼란에 빠질 수도 있는 일이다. 하지만
정찬혁은 아무런 의문 없이 명령을 따랐다. 자신이 한 일이
어떤 파장을 불러올지는 전혀 관심도 없었다.

"명령이었으니까요."

정찬혁은 덤덤한 투로 말을 뱉어냈다. 첸은 피식 미소를 지으며 고개를 끄덕였다.

"여전하구나, 네 녀석은."

"그보다 무슨 일로 절 부르신 겁니까? 특별 임무라도 있는 겁니까?"

"네게 소개시켜 줄 사람이 있으니 잠깐만 기다려 보거라."

첸의 말에 정찬혁은 고개를 갸웃했다. 정찬혁이 한국에서 지낸 이 년여 동안 첸의 명령은 메일이나 편지로 받았다. 혼자서 처리한 일도 있고 다른 이들과 팀을 이뤄 수행한 일도 있다.

하지만 정찬혁은 지금껏 단 한 번도 같은 임무를 맡은 동료를 직접 대면한 일이 없었다. 통신용 리시버를 통해 목소리만 들었을 뿐이다.

"대체 누구를……?"

정찬혁이 의문을 느끼는 것은 당연한 일이다. 하지만 첸은 대답 대신 의미심장한 미소를 지을 뿐이었다.

잠시 후 가드 하나가 첸에게 다가와 조용히 귓속말을 하고는 물러났다. 정찬혁을 바라보며 첸이 입을 열었다.

"도착한 것 같구나."

이내 문이 벌컥 열리며 긴 머리칼을 뒤로 묶은 날카로운 인상의 사내가 안으로 들어왔다. 사내를 본 정찬혁의 눈썹이 순간적으로 꿈틀했다.

몇 시간 전 마오를 저격할 때 스코프를 통해 우연히 눈이 마주쳤던 사내다. 하지만 이내 정찬혁은 감정의 동요를 지우고 평정심을 되찾았다.

"오랜만에 뵙습니다, 첸 대인."

날카로운 인상의 사내, 알렉스는 입구에 선 채로 첸에게 포권을 취했다. 첸은 괜찮다는 듯 손을 흔들며 말했다.

"인사는 됐다. 그나저나 마오는?"

"제가 불민한 탓에 마오 대인께서는……."

알렉스는 더 이상 말을 잇지 못하고 고개를 푹 숙였다. 순간적으로 첸의 입꼬리가 살짝 말려 올라갔다. 이내 침통한 표정을 가장한 첸이 말을 이었다.

"그런가. 그 친구와 함께해야 할 일이 아직 많은데… 안타깝군그래. 그나저나 거기서 그러지 말고 이리 와서 앉거라."

"예, 대인."

알렉스는 굳은 얼굴로 천천히 다가와 정찬혁의 앞에 멈춰 섰다. 정찬혁이 고개를 들자 두 사람의 날카로운 눈빛이 허공에서 얽혔다.

그 모습을 바라보던 첸이 입을 열었다.

"서로 인사하거라. 앞으로 두 사람이 함께해야 할 일이 많을 테니."

"예? 그게 무슨……?"

순간 움찔했지만 이내 평정심을 되찾은 정찬혁과는 달리

알렉스는 휘둥그레진 눈으로 첸에게 질문을 던졌다. 놀란 표정의 알렉스를 바라보며 첸이 말했다.

"듣자 하니 마오를 저격한 자를 찾기 위해 한동안 한국에 체류하기를 원한다고 하더구나."

"그렇습니다만."

"마오의 죽음은 안타까운 일이긴 하지만 본 회가 한국에서 하려는 일은 더욱 중요하다. 만약 실패한다면 본 회가 크게 휘청할지도 모른다."

"……."

"그동안은 찬혁이만으로도 충분했지만 지금은 상황이 좀 달라졌다. 증원이 필요하다고 생각했는데 마침 알렉스 네가 떠오르더구나."

"하지만 첸 대인, 저는 마오 대인의……."

손을 들어 알렉스의 말을 막은 첸이 조용히 말을 이었다.

"알고 있다. 네가 마오를 얼마나 생각하는지는. 그 때문에 제안을 하는 게다. 한국에 머무는 동안 임무 외의 시간에는 네가 원하는 일을 해도 아무 말도 하지 않으마. 어떠냐?"

"거절할… 수는 있습니까?"

"글쎄……."

알렉스에게 거부권은 없다는 뜻이나 마찬가지였다. 알렉스는 잠시 생각에 잠겼다.

본래 구룡회는 이름 그대로 홍콩의 아홉 조직이 하나로 합

쳐져 생긴 거대 조직이다. 아니, 하나가 되었다기보다는 이득을 위해 뭉친 동맹 관계라고 보는 편이 옳았다.

구룡회의 아홉 장로는 본래 아홉 조직의 수장이었던 자들이다. 각자 강한 세력을 구축하고 있던 자들을 한 자리에 모아두었으니 조용할 리가 없었다.

장로들 중에는 겉으로는 협력하면서도 서로의 세력을 집어삼키려 호시탐탐 기회를 노리는 자들도 있었다. 마오의 죽음으로 생긴 공백을 다른 장로들이 그냥 넘기려 하지 않을 것이다.

그런 상황에서 알렉스가 마오의 복수를 위해 단독으로 움직이는 것은 거의 불가능에 가까웠다. 자칫하다간 구룡회의 배신자로 낙인 찍혀 평생을 쫓겨 다닐 수도 있었다.

차라리 첸에게 의탁하는 것이 나을지도 모르는 일이다. 다행히 첸은 다른 장로들과는 달리 세력 확장에 큰 관심이 없는 것으로 알려져 있었다.

"첸 대인의 그 제안, 받아들이겠습니다. 하지만……."

알렉스는 말꼬리를 흐리며 천천히 정찬혁에게 다가갔다. 알렉스의 수상쩍은 행동에 주위에 있던 가드들이 움찔하며 다가오려 했다.

첸이 손을 들어 가드들의 접근을 막았다.

정찬혁의 바로 뒤에 멈춰 선 알렉스는 전광석화같이 품속에서 권총을 꺼내 들었다.

순간 기다렸다는 듯 정찬혁이 벌떡 몸을 일으키며 돌아섰다. 알렉스는 한 걸음 뒤로 물러나며 재빨리 권총을 장전했다.

철컥 하는 격철음이 터져 나왔다. 알렉스가 머리를 겨누고 방아쇠를 당기려는 찰나, 번개처럼 정찬혁이 손을 뻗어 슬라이드를 붙잡았다. 반사적으로 알렉스가 왼손으로 슬라이드를 잡은 정찬혁의 오른손을 쳐 냈다.

타탁!

정찬혁은 곧장 왼손을 뻗어 권총 손잡이를 움켜쥐었다. 엄지를 방아쇠 뒤로 밀어 넣는 것과 동시에 탄창 멈치를 눌렀다. 절컥 하는 낮은 소리와 함께 탄창이 절반쯤 흘러내렸다. 알렉스가 정찬혁의 손을 뿌리치자 탄창이 바닥으로 떨어졌다.

알렉스는 주먹을 쥔 왼손을 뻗어냄과 동시에 다시 한 걸음 뒤로 물러났다.

아직까지 권총에는 장전된 탄환 한 발이 남아 있다. 날아드는 주먹을 가볍게 피한 정찬혁은 물러나는 알렉스를 쫓았다.

알렉스보다 정찬혁이 반 박자 빨랐다. 알렉스가 방아쇠를 당기기 전에 왼손을 뻗은 정찬혁은 강제로 슬라이드를 밀어내며 오른손으로 권총의 옆을 쳤다. 팅 하는 소리와 함께 장전된 탄환이 팅겨나갔다.

"칫!"

혀를 차는 짧은 신음을 뱉어낸 알렉스는 그대로 권총을 놓고 주먹을 꽉 움켜쥐었다. 사실 권총보다는 맨손 격투를 선호하는 알렉스였다.

탁! 타타탁!

정찬혁은 권총을 내던지며 달려드는 알렉스의 주먹을 이리저리 쳐 내거나 막았다.

순식간에 수십 번이나 두 사람의 양손이 이리저리 얽혔다. 같은 훈련을 받은 탓인지 두 사람의 공격은 상대에게 제대로 통하지 않았다. 오가는 주먹 사이로 두 사람의 시선이 마주쳤다.

눈빛으로 대화를 한 것일까.

두 사람은 마치 짠 것처럼 동시에 서로를 향해 주먹을 내뻗었다. 그리곤 똑같이 다른 손으로 날아드는 주먹을 막았다. 양팔이 교차된 채로 두 사람은 그 자리에서 멈춰 섰다.

서로를 바라보는 눈빛이 달라졌다. 상대를 인정한다는 얼굴이다. 마주한 두 사람 사이로 첸의 음성이 날아들었다.

"거기까지. 그 정도면 충분하지 않더냐."

첸의 말에 두 사람은 교차된 팔을 풀었다. 알렉스는 피식 미소를 지으며 정찬혁에게 악수를 청했다.

간단히 주먹을 나눈 것뿐이지만 알렉스는 왠지 모르게 정찬혁이 마음에 들었다.

"내 공격을 전부 막아내다니 대단한 실력이로군. 알렉스

리다. 앞으로 잘 부탁한다."

"정찬혁이다."

알렉스의 손을 가볍게 맞잡은 정찬혁은 이내 돌아서서 소파로 다가가 앉았다.

그 뒤를 따르려던 알렉스는 순간 멈칫했다. 소파에 앉으려는 정찬혁의 뒷모습이 왠지 모르게 낯이 익은 것 같은 기분이 든 탓이다.

'뭐지?'

"조금 전에 말했다시피 앞으로 본 회를 위해 너희가 해줘야 할 일이 많을 것이다. 약속한 대로 알렉스 네겐 임무 외의 시간에는 자유를 허락하마."

"감사합니다, 대인."

쳔의 말에 알렉스는 고개를 깊이 숙였다. 절반의 자유였지만 없는 것보다는 훨씬 나았다. 언제 명령이 떨어질지 예상할 수 없다는 단점이 있긴 했지만.

쳔은 정찬혁에게 고개를 돌리며 말을 이었다.

"너도 괜찮겠지?"

"예."

정찬혁의 대답에 쳔은 만족한 듯 미소를 지으며 고개를 끄덕였다. 갑자기 무언가 생각 난 듯 알렉스가 입을 열었다.

"아참, 부탁드릴 게 하나 있습니다."

"말해봐라."

"마오 대인께서 피격당한 것을 본 사람들이 꽤 많습니다. 급히 현장을 빠져나오느라 제대로 정리하지 못해 한국 경찰이 개입할 여지가 있습니다. 막아주십시오."

첸은 당연하다는 듯 고개를 끄덕이며 말했다.

"소식을 듣자마자 조치해 두었으니 걱정하지 말거라. 한국 경찰이 공식적으로 수사를 할 수는 없을 게야."

"그렇다면 안심입니다."

알렉스는 가만히 안도의 한숨을 내쉬었다. 사실 피격당한 마오를 급히 구룡회의 손이 닿아 있는 병원으로 옮기느라 주위의 목격자들을 신경 쓸 겨를이 없었다. 마오의 안위가 가장 우선적인 사항이었으니.

피해자인 마오는 사라졌지만 많은 목격 정보가 있으니 경찰로서는 수사를 하지 않을 수 없을 터였다.

만약 경찰이 개입하게 된다면 알렉스 개인은 물론이고 구룡회의 활동에 타격을 줄지도 모르는 일이다.

때문에 첸은 자신과 줄이 닿아 있는 한국 상층부의 인물에게 연락해 경찰의 수사를 막았다.

마오의 사건은 경찰 내부에서는 애초에 없던 일이 될 것이다. 혹시라도 사건 현장을 담은 영상의 일부가 인터넷으로 공개된다고 해도 별문제는 없었다. 경찰이 나서지 않는다면 그저 그런 조작 영상으로 치부할 것이 뻔하다.

“중요한 얘기는 다 한 것 같으니 차나 한 잔 하자꾸나.”

 첸이 빙그레 미소를 지으며 입을 열었다. 정찬혁은 고개를 저으며 몸을 일으켰다.

 “괜찮습니다, 대인. 더 하실 말씀이 없으면 이만 돌아가 보겠습니다.”

 “앉아라. 곧 할 일이 생길 게다.”

 “무슨 일입니까?”

 “서두르지 않아도 곧 알게 될 게다. 앉아서 차나 한 잔 들어라.”

 “……”

 정찬혁은 나직이 한숨을 내쉬며 다시 자리에 앉았다. 첸이 가볍게 손뼉을 치자 허벅지까지 길게 트인 치파오를 입은 여성 셋이 최고급 다기(茶器)를 들고 다가왔다.

 치파오 차림의 여성들은 세 사람의 앞에 각자 무릎을 꿇고 앉아 다기를 내려놓았다. 세 여성은 오랜 시간 호흡을 맞춰온 듯 한 치의 오차도 없이 같은 동작으로 차를 따랐다.

 은은한 다향이 응접실 전체를 가득 채웠다. 세 여성은 무릎을 꿇은 채로 뒤로 물러났다.

 찻잔을 들고 차를 한 모금 들이켠 첸이 입을 열었다.

 “차 맛이 좋구나. 너희도 어서 들거라.”

 “잘 마시겠습니다.”

 대답과 함께 알렉스가 찻잔을 들었다. 알렉스와는 달리 뜨거운 차가 차갑게 식어갈 때까지 정찬혁은 그저 가만히 자리에 앉아 있을 뿐이다.

빈 잔을 내려놓으며 첸이 벽에 걸린 시계를 힐끔 바라보았다.

"벌써 시간이 이렇게 됐나? 손님 맞을 준비를 해야 하니 여길 치워야겠구나."

첸의 말에 무릎을 꿇고 대기하고 있던 치파오 차림의 여성들이 다가와 테이블에 놓여 있는 다기를 챙겨 물러났다. 정찬혁이 몸을 일으키자 첸이 곧바로 말을 이었다.

"너희 둘은 저 방에서 대기하고 있어라. 곧 해야 할 일이 생길 테니."

첸의 말에 두 사람은 조용히 몸을 일으켜 방으로 향했다. 등 뒤에서 가드가 리시버로 무어라 말을 하는 것 같았지만 두 사람은 아무런 관심도 없었다.

그저 첸이 말한 자신들이 해야 할 일이 무엇인지에 대해 생각하고 있을 뿐이다.

"아까 보니 꽤 실력이 좋더군. 훈련은 얼마나 받았나?"

한참을 말없이 앉아 있던 알렉스가 불쑥 물었다.

"오 년."

정찬혁의 짧은 대답에 알렉스의 눈이 휘둥그레졌다. 구룡회 암살 부대의 기본 훈련 기간은 삼 년이다.

매년 조직원 중 실력이 뛰어난 자들을 선발해 훈련을 받게 하지만 마지막까지 살아남는 것은 절반을 채 넘지 못했다.

사실 구룡회에서 암살 부대를 창설할 당시의 훈련 기간은 오 년이었다. 각지에서 선발한 조직원 오백여 명이 일곱 개의 훈련소에 각각 투입되었다.

그들 중 마지막까지 살아남은 것은 채 일 할도 되지 않았다. 이후 훈련의 가혹함과 효율성이 문제가 되어 훈련 기간은 삼 년으로 줄어들었다. 알렉스도 오 년의 훈련을 마친 자들 중 하나이다.

"어쩐지 꽤나 움직임이 익숙해 보이더군. 그런데… 대체 몇 살 때부터 훈련을 받은 거냐?"

얼핏 보기에 20대 중반 정도로 보이는 정찬혁이다. 비슷한 시기에 훈련을 받았을 테니 대충이나마 짐작은 갔다. 알렉스의 예상이 맞는다면 정찬혁이 훈련을 처음 받은 시기는 열다섯 무렵이다.

어느 정도 체격이 갖춰진 열아홉 살에 훈련을 받은 알렉스도 자비심 없는 고된 훈련을 견디지 못하고 몇 번이나 달아나려고 했다. 죽을 뻔한 적은 부지기수다.

알렉스와 함께 훈련을 받은 자들도 모두 비슷한 나이였다. 그런데 정찬혁은 그보다 훨씬 어린 나이에 훈련을 무사히 마치고 살아남았다니 놀라지 않을 수 없었다.

"열넷이었다."

예상은 하고 있었지만 들려온 대답에 알렉스는 놀란 얼굴이 되었다. 이내 무언가를 떠올린 알렉스는 고개를 끄덕이며 피식 미소를 지었다.

"그러고 보니 얼핏 소문을 들은 것 같기도 하군. 포뢰단(蒲牢團)에 아주 독종인 애송이가 있다고. 그게 너였던가?"

알렉스의 질문에 정찬혁은 별 관심 없다는 듯 나직이 입을 열었다.

"겉보기와는 달리 쓸데없이 말이 많군."

"쓸데없다니. 첸 대인의 말씀대로 당분간은 함께 움직여야 하니 너에 대한 최소한의 정보를 얻으려는 거다. 뭘 좀 알아야 같이 일을 하든 말든 할 것이 아닌가."

"이렇게 말이 많아선 오히려 방해만 될 것 같군. 차라리 혼자가 나을지도."

"뭐라고?"

정찬혁의 말에 알렉스는 눈에 쌍심지를 켰다. 정찬혁은 말없이 고개를 돌려 알렉스의 시선을 외면했다.

무어라 소리치려던 알렉스는 이내 흥분을 가라앉히고 싸늘히 중얼거렸다.

"네 말대로 혼자서도 충분한지는 조금 후에 알 수 있을 테지."

정찬혁은 별다른 대꾸 없이 입을 다물었다. 날카로운 눈빛으로 정찬혁을 노려보던 알렉스는 이내 어두운 창밖으로 시선을 돌렸다. 침묵이 내려앉았다.

닫힌 문 너머로 첸과 누군가의 낮은 음성이 조용히 들려왔
다.

"조금 전까지 여기 있던 게 누군지 아느냐?"

첸의 부름을 받고 밖으로 나온 두 사람의 귓가에 조용히 질
문이 날아들었다. 정찬혁이 입을 열었다.

"국회의원 김의환입니다."

무슨 얘기를 하는지 제대로 들을 수는 없었지만 들려온 목
소리는 익숙한 것이었다.

뉴스에서 자주 들을 수 있는 목소리라 정찬혁은 누군지 금
세 알 수 있었다. 정찬혁의 대답에 첸은 의미심장한 미소를
지으며 말을 이었다.

"지금 당장 김의환 그자를 제거하는 게 너희 둘의 임무다.
할 수 있겠지?"

순간 알렉스의 얼굴이 굳었다. 자신이 알기로는 구룡회가
별 탈 없이 한국에 진출하려면 김의환의 도움이 필요했다.

첸에 이어 마오까지 한국에 온 것은 김의환과의 협력체계
를 확고히 하기 위함이다. 그런데 김의환을 제거하라니, 무슨
말도 안 되는 소리란 말인가.

"어째섭니까? 김의환이라면 분명 구룡회의……"

알렉스가 조심스레 질문을 던졌다. 첸의 대답이 조용히 날

아들었다.

"김의환보다 더 좋은 줄을 잡았다고만 알아두어라. 그 이상은 기밀 사항이니."

알렉스는 나직이 한숨을 내쉬며 의문을 거뒀다. 이내 정찬혁의 음성이 조용히 날아들었다.

"사고로 위장해 제거하겠습니다."

정치인을 암살할 때에는 사고사나 심장마비 등의 자연사로 위장하는 것이 보통이다.

특히나 정계에서 어느 정도 영향력이 있는 자를 암살할 때에는 더욱 신경 써야 했다. 유력 정치인의 갑작스러운 죽음은 그 자체로도 큰 파장이 있었다.

하물며 살해된 흔적이 남아 있다면 그 혼란은 두말할 것도 없다.

그것을 염두에 둔 정찬혁이다. 하지만 첸은 피식 미소를 지으며 고개를 내저었다.

"아니. 사고사로는 부족하다. 살해되었다는 것을 모두가 알 수 있게 처리해라."

"알겠습니다."

명령에는 어떤 의문도 가져서는 안 된다. 그저 명령을 따를 뿐.

정찬혁과는 성격이 많이 다른 알렉스였지만 명령을 대하는 태도만은 똑같았다. 두 사람은 짧은 대답과 함께 밖으로 나갔다.

＊　　　＊　　　＊

　김의환은 만면에 미소를 띤 채 자신의 사무실로 돌아가고 있었다. 조금 전 첸과의 대화가 머릿속에 가득했다.

　첸의 부탁을 들어주기만 하면 정치자금이 부족할 일은 없을 것이다.

　"군자금이 확보됐으니 후보자 경선에서 이길 일만 남았군 그래."

　자신이 차기 대선 후보로 유력하다지만 라이벌인 윤준식 의원의 세력도 만만치 않았다. 좀 더 확실히 굳히기를 하려면 첸으로부터의 정치자금이 필요했다.

　후보에 당선만 된다면 차기 대선은 거의 확실했다. 오랫동안 다져온 굳건한 지지층이 자신을 푸른 기와집으로 이끌어 줄 테니.

　히죽 미소를 지으며 그리 멀지 않은 미래를 상상하던 김의환의 눈에 허름한 사무실 건물이 보였다. 차기 유력 대선 후보의 사무실치고는 너무하다 싶을 정도로 허름했다.

　고급 주택가의 오피스텔을 사용할 수도 있었지만 청렴함을 강조하기 위해 일부러 허름한 건물을 빌린 것이다. 그 덕에 서민층의 지지를 확보할 수 있었으니 약간의 불편함은 충분히 감수할 수 있었다.

　지하 주차장에 차를 세워두고 김의환은 계단을 타고 4층의 사무실로 향했다.

　늦은 시간이었지만 사무실의 불은 꺼지지 않고 있었다. 문을 열자 건장한 체격의 보좌관 두 명이 눈에 들어왔다.

　"오셨습니까, 의원님!"

　"다녀오셨습니까."

　김의환은 미소를 지으며 고개를 끄덕였다. 오랜 세월 김의환을 모셔온 두 보좌관은 표정만으로도 무슨 일이 있었는지 알 수 있었다.

　서로 눈빛을 교환한 두 보좌관은 조용히 김의환에게 다가갔다. 김의환은 두 사람 중 하나에게 차키를 건네며 나직이 말했다.

　"언제나처럼 처리해 주게."

　"예, 의원님."

　자신을 스쳐 지나치는 두 사람의 대답을 들으며 김의환은 자신의 집무실로 향했다. 막 문고리를 잡은 순간 귓가에 두 보좌관의 거친 음성이 들려왔다.

　"뭐요, 당신은?"

　"여긴 잡상인 금지요."

　누군가 불청객이 온 모양이다. 아무래도 다른 국회의원들처럼 사설 경비업체라도 고용해야겠다는 생각을 하며 문고리를 잡은 손에 힘을 줬다.

"컥!"

"으윽!"

순간 둔탁한 충격음과 함께 보좌관들의 짧은 신음이 터져 나왔다. 김의환은 저도 모르게 고개를 돌렸다.

쓰러진 보좌관과 함께 등에 가방을 메고 갈색 후드를 깊이 눌러쓴 사내가 눈에 들어왔다.

후드사내는 쓰러진 보좌관 사이를 지나 천천히 김의환에게 다가갔다.

"뭐, 뭐냐, 네놈은! 여기가 어딘지 알고나 있는 거야!"

김의환은 후드사내를 노려보며 소리쳤다.

국회의원, 그것도 차기 대선 주자의 사무실에서 이게 무슨 패악질이란 말인가!

흥분을 참지 못한 김의환의 얼굴이 붉게 달아올랐다. 자신의 사무실에 난입한 정체불명의 후드사내에 대한 분노가 머릿속에 가득했다.

후드사내는 아무런 대꾸도 없이 김의환에게 다가갔다. 김의환의 얼굴이 분노로 크게 일그러졌다.

그때, 비틀거리며 몸을 일으킨 보좌관 하나가 후드사내에게 주먹을 뻗었다. 후드사내는 돌아보지도 않고 고개를 살짝 옆으로 까딱해 공격을 피했다.

보좌관의 주먹은 후드사내의 어깨를 살짝 스쳐 허공을 후

려쳤다. 미처 손을 빼내기 전에 후드사내는 잽싸게 왼손을 뻗
어 보좌관의 손목을 꽉 움켜쥐었다. 동시에 오른 손바닥으로
보좌관의 팔꿈치를 강하게 후려쳤다.

우드득!

관절이 꺾이고 뼈가 부러지는 소리가 터져 나왔다. 후드사
내는 부러진 보좌관의 팔을 자신에게로 당기며 팔꿈치로 명
치를 후려쳤다.

"커헉!"

입으로 내장이 쏟아져 나올 것 같은 엄청난 통증에 보좌관
은 짧은 신음을 토해내며 무릎을 꿇었다.

이미 아무런 저항도 하지 못하는 상태임에도 후드사내는
무릎으로 보좌관의 안면을 강하게 후려쳤다. 둔탁한 타격음
과 함께 코뼈가 내려앉는 소리가 터져 나왔다.

"헉!"

피를 뿜으며 쓰러지는 보좌관의 모습이 슬로우 모션처럼
눈에 새겨졌다. 그제야 김의환은 분노가 눈 녹듯 사라지고 두
려움이 밀려오기 시작했다.

보좌관을 쓰러뜨린 후드사내는 다시 돌아서서 천천히 김
의환에게 다가왔다.

저벅! 저벅!

조용한 발소리가 마치 천둥처럼 크게 들려왔다. 김의환을
덜덜 떨리는 손으로 집무실 문고리를 잡았다.

억지로 쥐어짜내듯 문을 연 김의환은 거의 기듯이 안으로 들어가 문을 잠갔다. 순간 다리에 힘이 풀려 김의환은 털썩 주저앉았다.

"겨, 경찰… 경찰을 불러야……!"

힘없이 중얼거리며 김의환은 전화를 찾아 두리번거렸다. 두려움 때문에 바지 주머니 속에 휴대폰이 있다는 사실은 까맣게 잊은 김의환이다.

이내 책상에 놓여 있는 전화기를 발견한 김의환은 엉금엉금 기어서 다가갔다. 고작해야 삼 미터도 되지 않는 거리였지만 팔다리가 후들후들 떨려 마음먹은 대로 움직일 수가 없었다.

쾅—!

간신히 책상 근처에 다가간 김의환이 전화기를 향해 손을 뻗을 때였다. 등 뒤에서 커다란 소리가 들려왔다.

김의환은 어깨를 움찔하며 힐끔 고개를 돌렸다. 잠겨 있는 문이 금방이라도 부서질 듯 덜컹거렸다.

"으, 으아아!"

김의환은 비명을 지르며 급히 수화기를 집어 들었다. 손이 떨려 번호를 제대로 누를 수가 없었다. 급박한 상황이었지만 김의환은 숨을 고르고 떨림을 진정시키려 애썼다.

눈을 질끈 감고 등 뒤에서 들려오는 소리는 애써 무시했다. 다행히도 손의 떨림이 약간이나마 진정되었다.

김의환은 심호흡을 크게 하며 파르르 떨리는 손으로 번호를 누르기 시작했다.

덜컹! 쾅!

마지막 번호를 누르려는 순간 커다란 소리와 함께 문이 박살 났다. 무시하려 했지만 본능적으로 어깨를 움츠렸다.

고개를 돌리자 부서진 문을 넘어 후드사내가 다가오는 것이 보였다.

순간 머릿속이 새하얗게 타들어갔다. 맨몸으로 냉동실에 갇힌 것처럼 온몸이 사시나무 떨리듯 부르르 떨렸다. 손아귀에 힘이 빠져나가 수화기가 주룩 미끄러져 떨어졌다.

저벅! 저벅!

후드사내의 걸음 소리가 점점 가까이 다가왔다. 김의환은 떨리는 팔다리를 허우적대며 후드사내에게서 멀어지려 애썼다. 하지만 늪에 빠진 것처럼 제자리에서 허우적댈 뿐이다.

후드사내는 김의환의 바로 앞에서 멈춰 섰다. 그리곤 품속에서 무언가를 꺼내 들었다. 한 뼘 정도 길이의 날카로운 칼이다.

후드사내의 무심한 눈길이 허우적거리고 있는 김의환에게 향했다. 후드사내는 아무런 망설임없이 김의환을 향해 달려들었다.

"컥!"

불에 달궈진 쇠꼬챙이가 몸속을 파고드는 듯 엄청난 통증이 느껴졌다. 김의환은 고통에 찬 신음을 토해냈다. 사지의 힘이 쪽 빠져나가는 것 같았다. 온몸이 심하게 부들부들 떨려 왔다.

'주, 죽고 싶지 않아! 이, 이 몸이 이런 곳에서 죽을 수는 없 어!'

흐릿해져 가는 김의환의 시야에 바닥에 팽개쳐져 있는 수 화기가 보였다. 김의환은 필사적으로 손을 뻗었다.

하지만 수화기에 채 닿기도 전에 다시 한 번 쇠꼬챙이가 몸 속으로 파고들었다. 밀려오는 엄청난 통증. 하지만 이제는 비 명을 지를 힘도 남아 있지 않았다.

온몸을 부들부들 떨던 김의환은 이내 축 늘어졌다. 반쯤 감 긴 그의 눈은 바닥의 수화기를 쳐다보고 있었다.

김의환의 숨이 멎는 것을 확인한 후드사내는 나직이 한숨 을 내쉬었다. 이내 손을 뻗어 엎드린 채 축 늘어진 김의환의 몸을 뒤집었다.

후드사내는 김의환의 손목에 있는 고급 시계를 풀고 품속 을 뒤져 지갑을 꺼냈다. 김의환의 몸에서 돈이 될 만한 것은 모두 챙긴 후드사내는 천천히 주위를 둘러보았다.

한쪽 구석에 소형 냉장고 크기의 금고가 보였다. 다이얼로 비밀 번호를 맞춰 열 수 있는 구형 금고였다. 후드사내는 금 고 문에 귀를 바짝 붙이고 천천히 다이얼을 돌렸다.

딸깍!

얼마 지나지 않아 낮은 금속성과 함께 금고 문이 활짝 열렸다. 안에는 상당한 액수의 수표와 지폐 다발, 그리고 열 권이 넘는 장부가 놓여 있었다.

후드사내는 지폐는 거들떠보지도 않고 장부를 꺼내 빠른 속도로 훑었다. 거기에는 그동안 김의환이 각계각층에서 받은 뇌물에 대한 내용이 상세하게 기록되어 있었다.

후드사내는 장부 중 세 권을 챙기고 메고 온 가방에 현금을 쑤셔 넣었다.

강도라도 든 것처럼 주위를 어지럽힌 후드사내는 가방을 둘러메고는 밖으로 향했다.

처음 후드사내의 공격을 받고 사무실 입구에 쓰러져 있던 보좌관이 비틀거리며 몸을 일으키고 있었다. 후드사내는 보좌관을 스쳐 지나치며 명치에 주먹을 뻗었다.

퍼억!

"끕!"

둔탁한 타격 음과 함께 보좌관은 짧은 신음을 토해내며 벌렁 뒤로 나자빠졌다. 후드사내는 아무 일 없었다는 듯 그대로 사무실 밖으로 빠져나갔다.

계단을 내려와 일 층의 건물 입구에서 멈춰 선 사내는 얼굴이 보이지 않게 후드를 깊이 눌러쓰며 힐끗 밖을 내다보았다.

근처에 있는 CCTV의 위치를 다시 확인한 후드 사내는 들어올 때처럼 얼굴이 보이지 않는 사각을 이용해 건물을 빠져

나갔다.

빠른 속도로 20여 분을 쉬지 않고 걸어온 후에야 후드사내는 길게 한숨을 내쉬며 깊이 눌러쓴 후드를 천천히 벗었다. 정찬혁의 무심한 얼굴이 어둠 속에서 드러났다.

"강도로 전업해 보는 게 어때? 딱 어울리던데."

옆에서 들려온 음성에 정찬혁은 천천히 고개를 돌렸다. 알렉스가 미소를 지으며 다가왔다.

아무래도 정찬혁이 한 일을 멀리서 지켜본 모양이다. 정찬혁은 아무 대답 없이 알렉스의 시선을 외면했다. 알렉스의 말이 이어졌다.

"그나저나 장부를 몇 권 챙기는 것 같던데, 그건 뭐냐?"

"구룡회의 자금이 흘러들어 간 기록이다. 날짜에 액수까지 꼼꼼하게 기록해 놨더군."

"막무가내인 줄 알았는데 생각보단 일 처리가 깔끔하군. 그런데 말이야……."

알렉스는 의미심장한 미소를 지으며 말꼬리를 흐렸다. 정찬혁은 저도 모르게 고개를 갸웃했다. 이내 알렉스의 말이 이어졌다.

"앞으로 계속 같이 일하려면 서열 정리를 해야 할 것 같은데. 내가 다섯 살이나 위이니 형님이라고 불러라."

정찬혁은 아무 대꾸 없이 그대로 돌아서서 어디론가 걸음을 옮기기 시작했다.

멀어져 가는 정찬혁의 뒷모습을 바라보던 알렉스는 입꼬
리를 슬쩍 말아 올리며 그 뒤를 따르기 시작했다.
"어이, 같이 가자고."

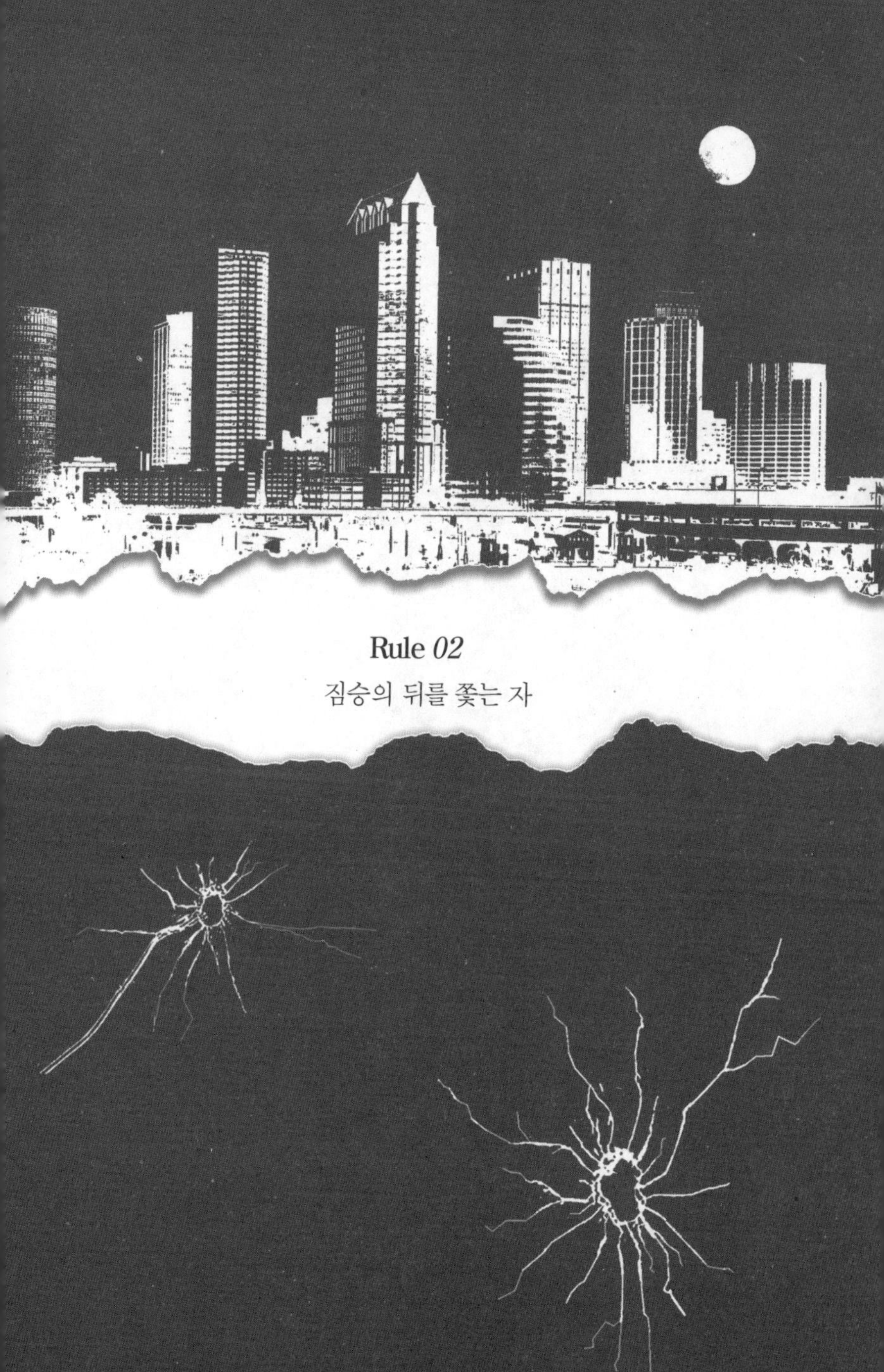

Rule 02
짐승의 뒤를 쫓는 자

“예? 그게 무슨 말씀이십니까? 지금 맡은 사건에서 손을 떼라고요?”

한윤철은 어이없어하는 얼굴로 자신 앞에 있는 부장검사를 바라보았다.

부장검사 박상규는 나직이 한숨을 내쉬며 천천히 입을 열었다.

“지금 어떤 상황인지 자네도 잘 알고 있지 않나. 다른 데 눈을 돌릴 틈이 없네. 수사력을 그 사건에 집중하라는 명령이야.”

“일개 강도 사건이지 않습니까! 그걸 왜 대검에서 수사하란 말입니까!"

한윤철은 저도 모르게 버럭 소리쳤다. 박상규의 얼굴이 왈칵 일그러졌다.

"한 검사, 너 인마! 지금 상황이 어떤지 파악이 안 되냐? 국회의원이 살해를 당했다고! 국회의원, 그것도 차기 유력 대선 주자가 말야! 그런데 뭐? 일개 강도 사건?"

"그러니까 아까부터 계속 말하는 것 아닙니까! 제 보고서 안 보셨어요? 구룡회와 분명 관계있습니다. 정황이 그렇다구요. 김 의원이 첸을 만나고 난 뒤에 살해당하지 않았습니까?"

한윤철은 시뻘건 얼굴로 말을 쏟아냈다. 박상규는 길게 한숨을 내쉬며 조용히 말을 이었다.

"니 말이 맞다고 치자. 그러면 김 의원이 죽어서 그 짱깨 조폭 새끼가 얻는 게 뭔데? 안 그래도 한국 진출을 하네 마네 하는 상황에 잘도 그런 짓거릴 벌였겠다."

"그건……."

한윤철은 말문이 막혔다. 박상규의 지적이 옳았다. 첸의 목적이 무엇이든 간에 김의환의 죽음은 그에게 득이 될 게 없었다.

박상규는 천천히 몸을 일으켜 한윤철에게 다가가 어깨에 손을 얹었다. 박상규의 나직한 음성이 귓가에 조용히 흘러들었다.

"윤철아, 그러니까 좀 시키는 대로만 하고 살자. 응? 내가 인마, 지금까지 네가 싸질러 놓은 똥 치우느라 얼마나 고생한 줄 아냐? 제발 부탁이니까 이번엔 형 말대로 좀 해줘라. 나도 좀 살자. 응?"

한윤철은 천천히 고개를 돌렸다. 박상규와 눈이 마주치자 절로 한숨이 흘러나왔다. 함께 자란 어린 시절이 머릿속을 스쳤다. 잠시 고민하던 한윤철은 고개를 끄덕였다.

"알겠수, 형님. 말씀대로 하겠수."

"그래, 잘 생각했다. 이제 너도 출세해 봐야지. 안 그러냐?"

박상규는 빙그레 미소를 지으며 한윤철의 등을 탁탁 두드렸다. 한윤철은 어색한 웃음을 흘리며 속으로 나직이 중얼거렸다.

'미안하우, 형님. 아무래도 그냥 넘기기에는 걸리는 게 너무 많아서 말이우. 나중에 내가 술 한잔 거하게 살 테니 용서해 주시구려.'

자신의 집무실로 돌아온 한윤철은 목을 꽉 조이고 있는 넥타이를 풀어내며 송지훈을 바라보았다.

"송 수사관님, 저 좀 보시죠."

한윤철의 부름에 키보드를 열심히 두드리고 있던 송지훈이 고개를 돌렸다.

반투명한 유리문을 열고 자신의 자리로 들어가는 한윤철의 모습이 눈에 들어왔다. 몸을 일으킨 송지훈이 서류철을 들고 그 뒤를 따랐다.

"어떻게 됐습니까, 한 검사님?"

한윤철은 푹신한 의자에 털썩 앉으며 넥타이를 아무렇게나 휙 내던졌다. 그리곤 길게 한숨을 내쉬며 입을 열었다.

"특검팀은 곧 해체될 것 같습니다. 저에게 김의환 의원 사건을 맡으라고 하더군요."

"그러면……."

"일단은 시키는 대로 해야죠. 모가지 날아가고 싶지 않으면. 그래도 수사는 계속할 겁니다. 이대로 물러나기 영 찝찝하잖습니까. 도와주실 거죠, 송 수사관님?"

송지훈은 씨익 미소를 지으며 고개를 끄덕였다.

"물론입니다. 한번 손을 댔으니 뭐라도 해봐야죠."

"상부의 지원은 기대 않는 게 좋을 겁니다. 사실 걸리면 진짜 우리 모가지 달아날지도 몰라요."

한윤철은 손날로 목을 긋는 시늉을 하며 송지훈을 바라보았다. 송지훈은 피식 미소를 지으며 입을 열었다.

"저 잘리면 검사님이 책임져 주시겠죠, 뭐."

"좋습니다. 제가 책임지죠."

한윤철이 유쾌한 얼굴로 고개를 끄덕였다. 농담처럼 말한 것이지만 지금 한윤철이 하려는 일은 정말 위험한 것이었다.

지시를 어기고 개인적으로 사건을 조사한다는 것이 상부에 들킨다면 자신이 해임되는 것으로 끝나지는 않을 것이다.

매번 불평하면서도 자신의 뒤를 봐주던 부장검사 박상규
까지 위험해질지도 몰랐다.

하지만 그런 위험을 감수해서라도 수사를 계속 진행하고
싶었다. 만약 수사를 포기한다면 더 큰일이 벌어질지도 모른
다는 예감이 강하게 든 탓이다. 한윤철은 이내 미소를 지우고
진지한 얼굴로 말을 이었다.

"그럼 어디 그동안 얼마나 조사하셨는지 볼까요?"

"그럴 줄 알고 다 준비해 뒀습니다."

송지훈은 들고 온 서류철을 한윤철에게 건넸다.

"이건?"

한윤철이 고개를 갸웃하자 송지훈은 역시나 진지한 표정
으로 말했다.

"일전에 보셨던 동영상을 근거로 해서 비슷한 영상이 없나
찾아봤습니다. 네 건 정도가 검색이 되더군요. 그것과 호텔에
서 찍은 사진의 인물을 비교해 보았습니다. 기억하시죠? 김
의환 의원이 오기 전에 도착했던 두 사람 말입니다."

"신원 파악이 된 겁니까?"

송지훈은 나직이 한숨을 내쉬며 말을 이었다.

"알렉스 리 말고는 확인이 안 되더군요. 접속 가능한 범죄
자 데이터베이스 전부를 뒤져 봤지만 흔적도 없었습니다. 그
리고 동영상에 찍힌 자들은 구룡회의 조직원임이 확인됐습니
다. 알렉스 리도 그 자리에 있었더군요. 여러 각도의 동영상

을 확인한 결과 쓰러진 것은 마오가 확실합니다."

"그 사건을 맡은 관할서는 어딥니까? 담당 형사를 만나봐야 할 것 같은데."

한윤철의 질문에 송지훈은 가만히 고개를 내저었다.

"없습니다. 신고가 들어와 현장으로 출동했다는 기록은 있지만 수사를 시작하진 않았습니다. 허위 신고로 처리된 것 같더군요."

"아니, 현장을 찍은 동영상이 너덧 건이나 있는데 허위 신고로 처리됐다고요? 그거 확실합니까?"

한윤철은 어이가 없다는 듯 저도 모르게 버럭 소리쳤다. 현장에서 피해자만 사라졌을 뿐 심각한 사건이 벌어졌다는 증거는 많았다.

그런데 경찰이 수사를 하지 않는다니. 한윤철이 어이없어하는 것은 당연했다.

"서류 확인해 보시면 알 겁니다. 관할서에 신고를 받고 출동한 기록이 전붑니다."

송지훈의 말에 한윤철은 서류철을 펼쳤다. 동영상을 캡처한 사진 몇 장과 해당 관할서의 사건 기록이 첨부되어 있었다. 송지훈의 말대로 카페에서 벌어진 사건은 허위 신고로 판명되었다고 쓰여 있다.

하지만 한 가지 이상한 점이 있었다. 신고를 받고 경찰이 출동한 시간과 허위 신고로 판단한 시간 사이의 간격이 고작한 시간도 채 되지 않았다.

동영상으로 보아 현장에는 꽤 많은 증인이 남아 있었다. 현장을 살피고 증인들의 증언을 자세히 듣는 것만으로도 몇 시간은 훌쩍 지날 터였다.

그런데 채 한 시간도 지나지 않아 허위 신고로 판단을 내렸다. 상식적으로는 이해가 되지 않는 일이다.

최소한의 수사도 하지 않고 사건을 허위 신고로 종결했다는 뜻이었으니.

"이거… 아무래도 생각보다 훨씬 위험한 일인지도 모르겠는데요?"

한윤철은 저도 모르게 나직이 중얼거렸다. 상부의 압박이 없었다면 사건이 그렇게 빨리 종결될 리가 없다.

거기다 마침 타이밍 좋게 김의환 의원이 강도 살해를 당하지 않았는가.

"외압이 있었다고 보십니까?"

송지훈이 조심스레 물었다. 한윤철은 피식 미소를 지으며 천천히 서류철을 내려놓았다.

"글쎄요? 일단 현장에 잠깐 다녀오겠습니다. 송 수사관님은 동영상 올린 사람들 신원 파악해서 알려주세요. 아참, 그리고 알렉스 리 말고 그 남자 신원도 계속해서 알아보세요. 범죄 기록이 전혀 없는 자일 수도 있으니까 권한 내에서 접근할 수 있는 모든 신원 데이터를 뒤져 봐야 할 겁니다. 제 아이디 아시죠? 찾으면 바로 연락 주세요."

"예, 알겠습니다, 검사님."

재킷을 걸치고 집무실을 나서려던 한윤철은 유리문 앞에서 멈칫하며 송지훈을 바라보았다.

"두 시간 정도 걸릴 테니 혹시라도 누가 절 찾으면 적당한 핑곗거리 부탁합니다. 정 생각나지 않으면 사우나라도 갔다고 하세요. 그럼."

$$* \qquad * \qquad *$$

국회의원 김의환의 죽음!

그것은 대한민국을 크게 뒤흔들기에 충분한 사건이었다. 집권 여당의 차기 대선 후보가 살해당한 것만으로도 충격적인 일이지만, 그보다 더한 것이 곧이어 사람들에게 알려졌다.

김의환이 살해당한 현장인 사무실에서 발견된 일곱 권의 장부. 거기에 기록된 내용은 정계는 물론 대한민국 전체를 발칵 뒤집어놓았다.

평소 검소하고 청렴한 이미지로 서민층에게 절대적인 지지를 받고 있던 김의환 의원이 각계각층의 인사들에게 적게는 수천, 많게는 수억까지 비자금을 받아온 것이 낱낱이 기록된 장부였다.

게다가 지하 주차장에 있는 승용차 트렁크에서 현금 오억이 들어 있는 아타셰케이스가 발견되었다.

처음 경찰이 출동해 장부와 현금 가방을 발견했을 때에는 외부에 공표하지 않고 은폐하려 했다.

하지만 도중에 검찰이 끼어들어 수사 주도권이 혼란스러운 와중에 장부 한 권이 언론사로 흘러들어 갔다. 곧장 장부의 내용은 특종으로 대서특필되었다.

김의환의 실체가 만천하에 드러나자 배신감을 느낀 국민 여론이 크게 들끓었다. 집권 여당인 한민당의 지지율은 크게 추락했고, 제1야당인 민주통일당이 크게 대두되었다.

국회에서는 연일 민주통일당의 공격이 계속되었다. 한민당 내의 김의환 의원 파벌은 거의 초토화되다시피 했다.

일부는 스스로 사임을 발표했고, 일부는 특유의 뻔뻔함을 드러내며 김의환의 라이벌이었던 윤준식 의원 지지를 선언했다.

국민들은 장부의 전체 공개를 요구하며 연일 촛불 집회를 벌였고, 그사이 수사의 주도권을 잡은 검찰은 장부를 모두 확보하고 그 존재를 부정했다.

장부가 공개되는 순간 정재계는 물론이고 종교계까지 연쇄적으로 무너질 가능성이 있는 탓이다. 게다가 상층부에서의 강한 압력도 그 결정에 한몫했다.

결국 검찰은 장부에 대한 것은 은폐, 김의환 의원의 강도 살해에 초점을 맞춰 수사를 진행했다.

장부의 존재가 허구임을 공식적으로 발표했지만 여전히 언론은 떠들썩하기만 했다.

—…의 비자금의 실체를 검찰에서는 여전히 부정하는 가운데 분노한 국민들의 촛불 집회가 연일 계속되고 있습니다. 검찰의 중간 발표를 앞둔 지금, 전 국민의 이목이 집중…….

라디오에서 흘러나오는 아나운서의 음성을 들으며 신유진은 나직이 한숨을 내쉬었다.

"요즘은 어딜 가나 저 뉴스뿐이네요. 하긴 현역 국회의원이 살해당했으니."

"당분간은 계속 떠들썩할 것 같더군요."

무심한 얼굴로 머그컵에 묻은 물기를 닦아내며 정찬혁이 대꾸했다. 신유진이 양손으로 턱을 괴며 질문했다.

"찬혁 씨는 어떻게 생각해요? 검찰이 지금 거짓말을 하고 있는 걸까요?"

"글쎄요."

정찬혁은 관심 없다는 듯 짧게 대답했다. 신유진의 시선이 정찬혁의 옆에 있는 긴 머리칼의 사내에게로 향했다.

"그쪽은 어때요? 아, 홍콩 분이시니 별로 관심이 가질 않으시려나?"

긴 머리칼의 사내 알렉스는 어색한 미소를 지으며 서투른 한국말로 입을 열었다.

"한국은 문제… 많습니다. 어… 권력형 비리가…."

더듬더듬 말을 더듬으면서도 꽤나 수준급의 어휘를 사용하는 알렉스의 모습에 신유진은 피식 미소를 지었다.

"그만하면 무슨 말인지 알겠어요. 알렉스가 보기에도 참 갑갑한 나라죠? 제가 다 부끄럽네요."

"아니, 괜찮습니다."

신유진의 말에 알렉스는 미소를 띤 채 가만히 고개를 내저었다. 가만히 알렉스를 바라보던 신유진이 불쑥 말했다.

"그러고 보면 알렉스는 말투는 어색한데 어려운 단어를 잘 쓰는 것 같아요. 일부러 그러는 것처럼 말예요."

순간 컵을 닦던 정찬혁이 멈칫했다. 알렉스도 짧은 순간 표정이 굳었다. 하지만 이내 어색한 미소를 지으며 뒷머리를 긁적였다.

"한국도 한자… 많이 씁니다. 비슷한 단어 많습니다."

"하긴 그렇겠네요."

신유진은 고개를 끄덕이며 미지근한 커피를 들이켰다. 약간 미심쩍은 면이 없잖아 있었지만 신유진은 더 이상 파고들지 않았다.

신유진이 알렉스를 처음 본 것은 사흘 전 언제나처럼 베아투스를 찾았을 때다. 평소 자신을 빼고는 거의 손님이라고는 보이지 않는 카페라 알렉스가 앉아 있는 것을 신기해했던 신유진이다.

들자 하니 정찬혁이 홍콩에 있을 때 알고 지내던 사이라 알렉스가 당분간 신세를 질 거란다.

날카롭고 신경질적으로 보이는 첫인상과는 달리 붙임성 있고 서글서글한 알렉스가 신유진은 마음에 들었다.

금세 친해진 두 사람은 이런저런 대화를 나누며 시간을 보내곤 했다. 말수가 적은 정찬혁을 대신할 말벗이 새로 생긴 것이다.

"그럼 전 이만 가볼게요. 다음에 또 봐요, 찬혁 씨, 알렉스."

주위가 노을로 붉게 물든 후에야 신유진은 천천히 몸을 일으켰다. 알렉스가 씨익 미소를 지으며 문을 나서는 신유진에게 손을 흔들었다.

"잘 가요, 유진 씨. 또 오세요."

신유진의 모습이 완전히 시야에서 사라지자 카운터에 있던 정찬혁이 조용히 입을 열었다.

"서툰 연기는 적당히 해라."

"아아, 좋은 여자로군. 네 녀석에게는 아까울 정도로 말야."

조금 전과는 완전히 다른 능숙한 한국어가 알렉스의 입에서 흘러나왔다. 정찬혁은 여전히 무표정한 얼굴로 말을 이었다.

"쓸데없는 얘긴 그만두라고 했을 텐데. 그보다 언제까지 여기 있을 거지? 나와는 달리 그쪽은 얼굴이 꽤나 알려져 있는 걸로 아는데. 자칫하다간 나까지 드러날지도 모르는 일이다."

"내가 그 정도도 모를 것 같나? 위험해지기 전에 알아서 사라져 줄 테니 걱정 말라고."

알렉스는 못마땅한 듯 혀를 차며 나직이 뇌까렸다. 때마침 라디오에서 뉴스가 흘러나왔다.

역시나 김 의원 사건을 헤드라인으로 전하고 있었다. 알렉스가 피식 미소를 지었다.

"그나저나 첸 대인도 대단하시군. 이런 사태를 예상하고 그자를 제거하라고 하셨던 건가? 딕분에 아무 방해 없이 한국 진출을 시도할 수 있었잖아. 설마 너도 거기까지 생각하고 명령을 따른 거냐?"

"명령이니 따랐을 뿐."

정찬혁의 짧은 대답에 알렉스는 나직이 한숨을 내쉬며 혀를 내둘렀다.

"하아, 갑갑한 놈 같으니. 어쩌다 이런 놈을 파트너로 만나서……."

말꼬리를 흐리던 알렉스는 저도 모르게 움찔했다. 주머니에 넣어둔 휴대폰이 갑자기 몸을 부르르 떤 탓이다.

휴대폰을 꺼내자 액정에 짧은 문자 메시지가 떠올랐다. 메시지를 확인한 알렉스의 얼굴이 순간 싸늘히 굳었다.

이내 아무렇지도 않은 듯 휴대폰을 주머니에 쑤셔 넣은 알렉스가 몸을 일으켰다.

"잠시 나갔다 오겠다."

서린 종합병원.

서울 강북 외곽에 있는 병원으로 구룡회의 입김이 닿아 있는 곳이다.

주요 의료진의 대부분이 구룡회의 장학금으로 공부한 자들이라 총상을 입은 마오가 실려 왔음에도 경찰에 신고하지 않았다.

연락을 받고 알렉스가 병원에 도착한 것은 이미 주위가 어둑어둑해진 후였다. 알렉스는 차에서 내리자마자 곧장 원장실로 향했다.

"무슨 일이지?"

원장실 문을 박차고 달려든 알렉스는 눈앞의 중년 사내에게 물었다.

의사 가운을 걸치고 머리가 반쯤 벗겨진데다 두툼한 뿔테 안경을 쓴 중년 사내가 천천히 몸을 일으켰다.

"분석 결과가 나왔습니다. 이쪽으로 오시죠."

알렉스는 병원장의 뒤를 따랐다. 원장실 옆에 있는 작은 암실로 향한 병원장은 불을 끄고 슬라이드를 켰다.

스크린에 마오의 시신이 비쳤다. 굳은 표정의 알렉스가 자리에 앉자 병원장이 천천히 입을 열었다.

"보시다시피 마오 대인의 사인은 두부 총상으로 인한 두뇌 파열입니다. 당시 현장에 계셔서 잘 아시겠지만 왼쪽 관자놀이를 파고든 탄환이 뇌를 지나 반대쪽 관자놀이 부근에서 멈췄습니다. 조금만 더 위력이 있었다면 아마도 관통했을 겁니다."

"그런 얘길 하자고 날 부른 건가?"

알렉스의 표정이 왈칵 일그러졌다. 병원장은 헛기침을 하며 말을 이었다.

"크험! 실은 마오 대인에게서 적출한 탄환에 대한 분석 결과가 나왔습니다. 이걸 보시죠."

찰칵 하는 소리와 함께 슬라이드가 다음으로 넘어갔다. 뾰족한 부분이 납작해진 탄두 사진이었다.

"탄두의 형태로 보아 사용된 탄환은 .300 윈체스터 매그넘, 비교적 가벼운 150그레인 탄두입니다. 선조흔은 6조우선. 패턴으로 보아 사용된 총기는 블레이져 MOD 93 LRS2로 추정할 수 있습니다. 모든 조건이 충족되는 것으로 보아 역시 마오 대인을 저격한 자는 소문의 '사신'임이 틀림없습니다."

"역시……!"

이미 예상하고 있는 터였다. 사실 구룡회에 있어서 '사신'

이라는 두 글자는 금기나 마찬가지였다.

최근 삼 년여 간 구룡회의 중간 간부 몇이 사신에게 저격을 당한 까닭이다.

그동안 알렉스가 사신에게 그리 큰 관심을 가지지 않은 것은 마오가 아닌 다른 장로의 계파(系派)에서 벌어진 일이었기 때문이다.

그 덕에 마오의 계파가 구룡회 내에서 실권을 차지한 적도 있었으니까.

지금은 상황이 달랐다. 자신의 대부인 마오가 사신에게 저격당해 목숨을 잃지 않았는가. 구룡회 내적으로나 알렉스 개인적으로도 가만있을 수는 없었다.

이미 구룡회 내에서도 사신을 쫓는 자가 몇 있었다. 하지만 누구에게도 사신을 뺏길 수는 없었다. 자신이 직접 사신을 잡아 마오의 복수를 해야만 했다.

그것이 죽은 마오에게 입은 은혜를 갚는 길일 테니. 알렉스는 으득 이를 악물며 스크린을 쏘아보았다.

*　　　*　　　*

주머니 속의 휴대폰이 비명을 질러댔다. 운전 중이던 한윤철은 통화용 핸즈프리를 꺼내 귀에 꼈다.

버튼을 누르자 곧장 누군가의 커다란 목소리가 귓가로 파고들었다.

　―야 인마, 한 검사! 너 지금 어디서 뭐하는 거야!

　부장검사 박상규의 흥분한 음성이다. 한윤철은 살짝 인상을 찌푸리며 말했다.

　"운전 중입니다. 사고 날 뻔했잖습니까?"

　―너 인마! 지금 그게 말이라고……! 헛소리 말고 지금 당장 청에 기어들어 와! 알겠어!

　"저 오늘 반차 냈습니다. 아까 신청서 냈는데 아직 안 보셨습니까? 무슨 일인지는 모르겠지만 내일 말씀하십시오. 그럼 이만."

　―야! 야, 인마! 한윤철, 너 이 새……!

　박상규의 말이 끝나기도 전에 한윤철은 전화를 끊었다.

　아예 전원까지 꺼버린 한윤철은 휴대폰을 옆으로 툭 내던졌다. 귀에 낀 블루투스 핸즈프리도 휴대폰 옆으로 날아들었다.

　한윤철의 머릿속에는 조금 전 송지훈과의 대화만이 가득할 뿐이다.

　"검사님, CCTV 영상 확보했습니다. 당시 현장을 빠져나가던 차량이 도로 방범 CCTV에 찍혀 있더군요."

　"차량 번호는 확인 가능합니까?"

　"예, 이미 차적 조회도 끝났습니다. 화교계 자본가가 설립한 명륜실업이라는 회사 소유의 차량이더군요.”

“어디로 갔는지도 확인됐나요?”

“물론이죠. 강북 쪽에 있는 서린 종합병원이라고 아시죠? 거기 들어갔다가 한참 후에 나오는 걸 확인했습니다.”

“전 지금 그쪽으로 가볼 테니 송 수사관님께서는 명륜실업에 대해 알아보도록 하세요. 서린 종합병원도 좀 캐보시구요.”

“예, 알겠습니다, 검사님.”

그 후 반차 신청서를 휘갈겨 작성한 한윤철은 결제가 나기도 전에 후다닥 검찰청을 뛰쳐나와 곧장 서린 종합병원을 향해 차를 몰았다.

김의환 의원 사건으로 검찰청 전체가 난리통이었지만 한윤철은 관심 없었다. 아니, 오히려 지금 자신이 쫓고 있는 사건이 해결되면 자연스레 김의환 사건도 해결될 거라 믿고 있었다.

상부의 명령을 어기고 제멋대로 날뛰고 있는 것이었으니 부장검사인 박상규가 화를 내는 것도 당연했다.

지금까지 고향 후배라는 이유로 한윤철의 막무가내를 눈감아주곤 했다. 하지만 지금 상황은 얘기가 달랐다. 박상규로서도 덮어줄 수 없을지도 모르는 일이다.

하지만 한윤철은 그런 문제는 신경도 쓰지 않았다. 오로지 사건을 해결하는 데에만 온 정신이 쏠려 있었다.

퇴근 시간이 가까운 탓인지 도로 정체가 심했다. 한윤철은 초조함을 감추지 못하고 손가락으로 핸들을 톡톡 두드렸다.

[—30미터 전방에서 좌회전입니다.]

내비게이션의 안내 음성을 들으며 한윤철은 나직이 중얼거렸다.

"제발 좀 빨리 가자. 뭔 놈의 도로가 이렇게 막히는 거야?"

불평해 봤자 수많은 차량으로 꽉 막힌 도로가 쉽게 뚫릴 리가 없었다.

한윤철이 서린 종합병원에 도착한 것은 그로부터 두 시간여가 지난 늦은 저녁이었다.

이미 어둑어둑해진 주차장에 차를 세워놓고 한윤철은 후다닥 병원으로 달려 들어갔다.

"뭐, 뭡니까?"

갑작스레 달려드는 한윤철의 앞을 경비원이 막아섰다. 한윤철은 품속에서 검사증을 꺼냈다.

"대검에서 나왔습니다. 잠시 조사할 게 있으니 비켜주십시오."

"거, 검찰?"

경비원이 화들짝 놀라며 저도 모르게 뒷걸음질 쳤다. 죄가 없는 사람이라도 경찰이라 하면 절로 몸이 움츠러드는 법이다.

하물며 상위 사법기관인 검찰이라니. 경비원이 움찔하는
것은 당연한 일이다.

한윤철은 그대로 경비원을 한 손으로 밀어내고는 병원 안
으로 들어갔다.

그때였다. 한 사내가 달려드는 한윤철을 스쳐 지나쳤다.
병원 안으로 달려든 한윤철은 순간 멈칫했다. 그리곤 놀란 얼
굴로 고개를 휙 돌렸다.

방금 스쳐 간 사내, 분명 알렉스 리였다. 한윤철은 황급히
돌아서서 밖으로 뛰쳐나갔다. 하지만 알렉스는 이미 사라져
버린 후였다.

"방금 밖으로 나간 사람! 어디로 갔습니까?"

한윤철은 저도 모르게 버럭 소리쳤다. 경비원은 어깨를 움
찔하며 손가락으로 한쪽 방향을 가리켰다.

"저, 저쪽으로……."

"칫!"

한윤철은 혀를 차며 경비원이 가리킨 방향으로 내달렸다.
하지만 어디에도 알렉스의 모습은 보이지 않았다. 드문드문
길을 오가는 사람들만이 보일 뿐.

한윤철은 그 자리에 멈춰 선 채 으득 이를 악물었다.

어두운 골목 어귀에 몸을 숨기고 있던 알렉스는 주위를 두
리번거리고 있는 한윤철을 가만히 바라보고 있었다.

"경찰인가?"

본능적인 위기감에 다급히 몸을 숨긴 알렉스였다. 첸의 말로는 분명 경찰이 나서지 않을 거라고 했다.

게다가 김 의원 사건에 검경 모두의 이목이 쏠려 있는 마당이다.

그런데 어째서?

의문이 알렉스의 머릿속을 스쳤다. 알렉스는 깊이 침잠해 들어간 눈빛으로 한윤철을 주시했다.

한참을 두리번거리던 한윤철은 이내 서린 종합병원으로 걸음을 돌렸다. 한윤철의 모습이 완전히 시야에서 사라진 후에야 알렉스는 천천히 골목 어귀에서 걸어 나왔다.

한윤철이 사라진 방향을 가만히 지켜보던 알렉스가 나직이 중얼거렸다.

"혹시라도 비밀 수사가 시작된 거라면 골치 아프겠군. 어느 쪽이 움직이고 있는 건지 알아봐야겠어."

*   *   *

쾅!

박상규가 왈칵 구겨진 얼굴로 책상을 강하게 내려쳤다.

워낙에 세게 내려친 탓에 주먹이 얼얼할 만도 하건만 박상규는 아무렇지 않은 듯 눈에 쌍심지를 켠 채 한윤철을 노려보왔다.

"한 검사, 너 인마! 미쳤어? 지금 때가 어느 땐데 니 멋대로 야? 이 나이 먹고도 내가 니 똥이나 닦아줘야 되겠냐? 응?"

"그러니까 계속 말씀 드렸잖습니까? 김의환 의원 사건과 관련이 있다고요. 마오와 첸, 구룡회가 모든 사건의 중심에 있을 겁니다. 이전에 제가 올린 보고서를 보셨으면 알겠지만 정황이 충분히 의심할 만합니다. 그런데도 그냥 넘기실 겁니 까? 나서기 싫으시면 저한테 다 맡겨주십시오. 서린 종합병 원과 명륜실업 이 두 곳만 제대로 파면 어느 정도 사실 관계 를 밝혀낼 수 있을 겁니다."

한윤철은 박상규의 기세에 밀리지 않고 빠른 속도로 말을 쏟아냈다.

질린 얼굴로 한윤철을 바라보던 박상규는 길게 한숨을 내 쉬며 입을 열었다.

"그래, 좋아. 니 소설이 다 옳다고 치자. 그러면? 그러면 지 금 상황에서 뭐가 달라지는데?"

"철저히 수사해서 관련자들은 모두 법의 심판을 받게 해야 죠. 그게 우리 검찰의 임무 아닙니까?"

답답하다는 듯 박상규의 입에서 연신 한숨이 흘러나왔다.

"너 진짜로 지금 상황이 어떤지 모르겠냐? 김 의원 사무실 에서 나온 장부, 그거 핵폭탄이야. 근데도 뭐? 수사에 필요하 다면 전체 공개라도 해야 한다고? 왜? 아예 싸그리 다 잡아 처넣자고 하지?"

"죄를 지었다면 그렇게 해야죠. 그게 누가 됐던."

한윤철의 대답에 박상규는 가슴을 탁탁 두드렸다. 융통성이라곤 눈곱만큼도 보이지 않는 한윤철이 그저 답답하기만 했다.

능력만으로는 최상급에 속하는 한윤철이지만 승진을 못하는 이유가 일 처리에 있어서 원칙만을 따지는 저런 성격 탓이다.

"됐다. 내가 말을 말아야지. 어디 니 멋대로 한번 해봐라."

한윤철은 대답 없이 벌떡 일어나 돌아섰다. 문을 열고 막 밖으로 나가려던 한윤철의 귓가로 박상규의 조용한 음성이 날아들었다.

"검사증은 반납하고 가라."

"예?"

예상치 못한 말에 멈칫한 한윤철이 문고리에 손을 얹은 채 고개를 돌렸다. 박상규의 낮은 음성이 이어졌다.

"오늘부터 정직 육 개월이다. 당장 내쫓으라는 걸 겨우 정직으로 막았으니까 제발 좀 조용히 지내라. 내 말 알아듣겠냐?"

"어떻게 됐습니까, 검사님?"

막 집무실로 들어서는 한윤철에게 걱정스러운 표정의 송

지훈이 다가오며 질문을 던졌다.

한윤철은 멋쩍은 듯 뒷머리를 긁적이며 출입증이 사라진 자신의 가슴을 툭툭 가리켰다.

"저 잘렸습니다. 6개월 정직이라는군요."

"예?"

"아, 걱정 마십쇼. 송 수사관님께는 조금도 피해가 가지 않을 거니까요. 무슨 일 생기면 제가 책임진다고 하지 않았습니까?"

한윤철은 히죽 미소를 지었다. 송지훈은 면목 없다는 듯 고개를 숙였다.

"죄송합니다, 한 검사님."

"송 수사관님이 죄송할 게 뭐 있습니까? 다 제 탓인걸요. 차라리 잘된 건지도 모릅니다. 검찰이라는 조직에 얽매여 있는 동안에는 하지 못하는 일이 너무 많았거든요."

"하지만……."

"너무 걱정하지 마세요. 그나저나 일이 이렇게 됐으니 오늘 저녁에는 송별회 겸 회식이나 할까요? 제가 소주에 돼지껍데기 쏩니다."

한윤철은 태연한 척 허연 이를 드러내며 빙그레 미소를 지었다.

검찰이라는 권력의 울타리에서 내쫓기긴 했지만 오히려 앞으로의 행동이 더욱 자유로워졌다는 것에 애써 위안하는 한윤철이었다.

*　　　*　　　*

　한윤철. 38세. 미혼.
　키 176cm. 몸무게 76kg.
　사법연수원 32기.
　S대학 법학과 재학 중 사법고시 패스. 법관 연수를 제의 받았
지만 스스로 사법 연수를 택함. 능력은 탁월하나 융통성이 없어
검찰 상층부의 눈총을 받고 있음. 7기수 선배인 부장검사 박상규
와 형제처럼 자란 사이. 양친은 육 년 전 교통사고로 모두 사망.
　금일부터 육 개월 정직 처분 예정. 정직 기간이 끝나면 대구지
검으로 발령 예정.

　알렉스는 나직이 한숨을 내쉬며 노트북을 물끄러미 바라
보았다.
　닷새 전 서린 종합병원에서 우연히 스쳐 지나친 사내의 인
적 사항이 화면에 떠 있다.
　"형사가 아니라 검사였군그래."
　씨익 미소를 지으며 알렉스는 한윤철의 사진을 가만히 노
려보았다. 정직당한 것으로 보아 검찰이 은밀히 움직이고 있
는 것은 아니었다.

아마도 개인적으로 조사를 하려다 상부의 지침과 부딪쳐 정직 처분을 받은 것이리라. 검찰이 움직이는 것이 아니니 괜히 긁어 부스럼을 만들 필요는 없었다.

아무리 대검찰청 소속 검사라지만 개인의 권한으로 할 수 있는 일은 그리 많지 않았다. 게다가 지금은 정직까지 당한 마당이으니 내버려 둬도 별문제가 생길 것 같지는 않았다.

끼이—

순간 문이 열리는 소리가 들렸다. 알렉스는 자연스레 노트북을 덮으며 고개를 돌렸다.

안으로 들어오던 정찬혁은 한쪽 구석에 놓여 있는 커피 원두 봉투를 들었다.

막 나가려던 참에 알렉스를 발견한 정찬혁이 천천히 입을 열었다.

"뭐하는 거지?"

노트북 틈새로 빛이 새어 나오는 것을 본 정찬혁이다. 알렉스는 입꼬리를 살짝 말아 올리며 가만히 고개를 내저었다.

"알 필요 없다."

"흐음."

뭔가 숨기는 모양새였지만 정찬혁은 이내 관심을 끊고 돌아섰다.

커피 봉투를 들고 밖으로 나가는 정찬혁의 귓가에 알렉스의 낮은 음성이 날아들었다.

"개인적인 일이 있어서 한동안 여기는 못 올 것 같다. 혹시나 명령이 떨어지면 바로 연락하라고. 당장 달려올 테니까. 그리고 말야……."

알렉스가 말꼬리를 흐리자 정찬혁이 고개를 갸웃했다. 이내 알렉스의 말이 이어졌다.

"지난번에도 말하지 않았던가? 형님이라 부르라고."

정찬혁은 아무런 대꾸도 하지 않고 그대로 밖으로 나가 버렸다. 알렉스는 미소를 지으며 천천히 몸을 일으켰다. 밖으로 나가자 신유진이 자리에 앉아 있는 것이 보였다.

"아, 안녕하십니까, 유진 씨."

알렉스는 미소를 지으며 어눌한 말투로 인사를 건넸다. 여느 때처럼 문고본 소설을 읽고 있던 신유진은 빙그레 미소를 지으며 알렉스를 바라보았다.

"아, 안녕하세요, 알렉스. 근데 어딜 가나 봐요?"

"예. 볼일이 있어서. 나중에 뵙겠습니다."

신유진에게 작별 인사를 한 알렉스는 그대로 베아투스를 나섰다.

물끄러미 인파 속으로 사라져 가는 알렉스의 모습을 바라보던 신유진이 지나가듯 나직이 중얼거렸다.

"그러고 보면 참 많이 닮은 것 같아요."

"뭐가 말입니까?"

뜬금없는 신유진의 말에 정찬혁이 고개를 갸웃했다. 신유진은 미소를 띤 채 대답했다.

"알렉스랑 찬혁 씨 두 사람 말예요. 이상하죠? 생김새는 조금도 닮지 않았는데, 뭐랄까……. 평소 느껴지는 분위기가 너무 닮았다고나 할까?"

"그렇습니까?"

순간적으로 움찔한 정찬혁은 이내 아무렇지도 않은 듯 반문했다. 신유진은 오른손 검지를 턱에 대며 고개를 살짝 갸웃했다.

"으음. 제가 말주변이 없어서 제대로 표현을 못하겠네요. 하여튼 제가 보기엔 두 사람, 많이 닮았어요."

여전히 태연한 모습이었지만 정찬혁은 짐짓 놀랐다. 일반인에 불과한 신유진이 사람의 목숨을 대가로 살아가는 자들만의 특유의 분위기를 느꼈다는 말이나 마찬가지다.

그나마 다행인 것은 그것이 무엇인지 신유진도 자세히 알지 못한다는 것이다. 죽음과는 거리가 먼 평범한 생활을 해온 신유진이니 당연한 일이다.

"농담도 잘하시는군요."

정찬혁은 그저 피식 웃어 넘겼다.

만약 정찬혁이 돌아서지 않았다면 자신을 향한 신유진의 기이한 눈빛을 볼 수 있었으리라.

*　　　*　　　*

“으으, 머리야.”

한윤철은 부스스한 얼굴로 몸을 일으켰다. 아무래도 어제 술을 너무 많이 마신 것 같았다. 숙취로 속이 더부룩하고 머리가 깨질 것 같았다.

침대에 주저앉아 인상을 찌푸린 채 한윤철은 머리를 벅벅 긁었다. 커튼 사이로 햇살이 새어들어 왔다.

길게 하품을 하며 한윤철은 눈곱이 낀 눈으로 벽에 걸린 시계를 멍하니 쳐다보았다.

오후 세 시.

한참 동안이나 멍한 눈으로 시계를 바라보던 한윤철은 순간 눈을 번쩍 뜨며 후다닥 몸을 일으켰다.

“우아악! 느, 늦었다!”

부장검사 박상규의 불호령이 머릿속을 뒤흔들었다. 숙취가 순식간에 싹 달아났다.

한윤철은 바닥에 아무렇게나 팽개쳐져 있는 바지를 들고 허겁지겁 다리를 쑤셔 넣었다.

쿠당탕—!

잠이 덜 깬 상태에서 서두르다 보니 한윤철은 몸의 균형을 잃고 바지를 입다 만 꼴로 그 자리에 쓰러졌다. 바닥에 이마를 부딪친 탓에 정신이 번쩍 들었다.

“우켁!”

눈앞에 별이 번쩍 튀었다. 짧은 신음을 토해내며 한윤철은 방바닥을 뒹굴었다. 이내 통증이 가시자 한윤철은 벌렁 드러누운 채로 부어오른 이마를 문질렀다.

"맞다. 육 개월 정직이지."

그제야 간밤에 송별회랍시고 4차까지 술을 마신 것이 떠올랐다. 출근할 필요가 없는데 혼자서 생난리를 피운 것이다.

이마의 통증이 가라앉은 후에야 한윤철은 천천히 상체를 일으켰다.

한윤철은 허탈한 미소를 지었다. 한참을 그렇게 앉아 있던 한윤철은 양손으로 자신의 볼을 탁탁 두드렸다.

"정신 차려, 한윤철! 정직당했다고 이렇게 주저앉아 있을 거냐?"

스스로를 질책하며 정신을 차린 한윤철은 벌떡 일어나 샤워실로 향했다.

차가운 물이 온몸을 흠뻑 적시고 난 후에야 한윤철은 평소의 냉정함을 되찾을 수 있었다.

'우선은 명륜실업 쪽을 쑤셔보는 게 좋겠어.'

이미 서린 종합병원에 한 번 다녀온 한윤철이다. 검사라는 신분을 이용해 무리하게 병원장을 만났지만 얻은 것은 없었다.

한윤철의 질문에 병원장은 무슨 소리냐는 듯 고개를 갸웃하며 딴청을 피웠고, 병원 기록을 보려 했지만 수색영장이 없으니 그냥 나와야만 했다. 제대로 조사하려면 영장이 필요했다. 하지만 정직당한 한윤철이 영장을 어디서 구한단 말인가.

마오를 태운 차량이 병원으로 들어간 CCTV는 확보했지만 차에서 내리는 장면이 없었다.

CCTV 영상을 들이밀어도 내리지 않았다고 하면 더 이상 추궁할 수 없는 문제였다. 때문에 한윤철은 차량의 소유주로 등록되어 있는 명륜실업을 조사해 보려는 것이다.

샤워를 마친 한윤철이 밖으로 나오자 휴대폰이 울렸다.

한윤철은 젖은 머리칼을 수건으로 닦으며 휴대폰을 집어 들었다. 액정에 송지훈의 이름이 떠 있다.

"무슨 일입니까, 송 수사관님."

수화기를 타고 송지훈의 음성이 조용히 흘러들었다.

―한 검사님, 속은 좀 괜찮으세요?

"네, 멀쩡합니다. 조금 전까지 완전 뻗어 있었어요. 하하, 아침에 출근해야 할 분들을 늦게까지 잡고 있어서 죄송합니다."

―아닙니다. 검사님은 정직인데 저만 무사해서 그게 죄송하죠.

"다 제가 자초한 일인데요, 뭘. 근데 무슨 일입니까?"

그저 안부나 묻자고 송지훈이 전화했을 리가 없다. 아마도 무언가 알아낸 것이 있으리라. 기다렸다는 듯 송지훈의 대답이 들려왔다.

―지난번 사진 찍었던 사람과 인상착의가 비슷한 사람을 찾았습니다. 일단 범죄자는 아니구요, 몇 년 전에 카페 영업 신고를 했더군요. 제가 찍은 건 옆모습뿐이지만 컴퓨터 분석 결과 87% 이상 일치한다고 나왔습니다.

송지훈의 말에 한윤철의 눈이 크게 치켜떠졌다. 한윤철이 다급히 물었다.

"어, 어딥니까, 그 카페는?"

―잠시만요. 주소가… 종로구 가회동…….

한윤철은 급히 펜을 찾아 받아 적었다. 씨익 미소를 지으며 한윤철이 입을 열었다.

"이 정도면 충분합니다. 지금까지 조사하신 자료 전부 제 메일로 보내주세요. 그리고 송 수사관님은 손 떼세요. 그쪽에 남아 있는 자료는 전부 삭제하시구요. 어차피 곧 다른 검사 팀에 배속되실 겁니다. 괜히 꼬투리 잡히진 말아야죠."

―하지만 검사님!

"마지막 부탁일지도 모르니까 제 말대로 해주세요. 아시겠 죠? 그럼 끊습니다."

송지훈의 대답도 듣지 않고 한윤철은 전화를 끊었다. 휴대 폰 전원을 꺼버린 한윤철은 저도 모르게 길게 한숨을 내쉬었 다.

이제는 진짜로 혼자다. 하지만 후회는 없었다. 어쩌면 목 숨을 걸어야 할지도 모르는 일에 처자식이 있는 송지훈을 끌어들이고 싶지 않았다.

"자, 이제 다시 시작해 볼까?"

전에 없던 의욕이 타올랐다.

씨익 미소 짓는 한윤철의 눈동자에 조금 전 받아 적은 누군가의 이름 석 자가 비쳤다.

*   *   *

세 평 남짓한 어두운 방 안에서 알렉스는 모니터를 가만히 주시했다.

사신을 추적하기 위해서는 개인적인 근거지가 필요하다는 생각에 따로 방을 구한 것이다. 어차피 정찬혁과 계속 함께 지낼 생각은 눈곱만큼도 없었다.

카페 베아투스에서 멀지 않으면서도 유동인구가 그리 많지 않은 조용한 곳에 방을 얻은 알렉스는 세계 각국의 수사기관을 해킹해 사신에 대한 자료를 모았다.

자료에 따르면 사신이라는 코드네임이 처음으로 언급된 것은 약 오 년여 전 일본에서부터였다.

당시 일본 내 최대의 야쿠자 조직인 '니시카와카이(西川會)'의 회장 니시카와 료헤이(西川領平)를 시작으로 그 산하에 있는 수십여 개 '구미(組)'의 조장들이 저격으로 쓰러져 갔다.

야쿠자 사회는 '시니가미(死神)' 가 나타났다며 두려움에 떨었다. 그것이 '사신' 이라는 코드네임의 유래였다.

약 육 개월 동안 야쿠자 사회를 거의 재편하다시피 한 사신은 그 후 미국에서 나타났다.

일본과는 달리 미국에서의 타깃은 주로 정재계의 인물들이었다. 수사에 착수한 FBI는 이내 일본에서의 사건과 동일범의 소행임을 알게 되었다.

곧 인터폴을 통해 일본에서 붙인 별명인 '사신' 이 공식 코드네임이 되어 1급 범죄자로 지명수배 되었다.

하지만 팔 개월여에 이르는 FBI의 수사에도 사신을 체포하지 못했다.

다음으로 사신이 나타난 곳은 홍콩이었다. 이번에는 정재계의 인물은 물론 암흑가의 인물까지 사신의 저격 대상이었다. 당연히 구룡회의 간부들도 그 대상이 되었다.

사신의 홍콩 활동은 일 년이 넘게 이어졌다. 그동안 희생당한 구룡회의 간부는 이십여 명이 넘었다.

처음에는 구룡회가 힘을 모아 사신의 뒤를 쫓았다. 하지만 아무런 소득 없이 시간이 흐르자 구룡회의 아홉 조직은 사신의 손에 간부가 희생당한 빈틈을 노리고 회 내에서 자신들의 권한을 강화시키기 위한 제로섬 게임을 시작했다.

이상한 것은 어느 한 조직이 대폭 권한을 강화하려 할 때마다 그 조직의 간부 중 누군가가 사신에게 저격당해 각 조직간의 균형이 맞춰지곤 했다는 것이다.

그렇게 홍콩에서 일 년 조금 넘게 활동한 사신은 자취를 완전히 감췄다. 약 육 개월여의 공백을 깨고 사신이 다시 등장한 것은 한국에서였다.

사신의 가장 큰 특징은 역시나 저격할 때 쓰는 총과 탄환이었다. 독일에서 개발된 저격용 소총 블레이져 MOD 93 LRS2 택티컬, 그리고 저격 포인트에 항상 남아 있는 .300 윈체스터 매그넘의 탄피. 이 두 가지가 사신의 트레이드 마크였다.

언제나 단 한 발로 저격 대상을 쓰러뜨리고 마는 사신의 실력은 초일류 저격수의 솜씨였다.

처음 등장한 오 년여 전부터 지금까지 사신은 단 한 번도 표적을 놓친 적이 없었다. 사신의 먹잇감은 언제나 한 발의 탄환으로 죽음에 이르렀다.

일본, 홍콩, 미국, 그리고 한국에 이르기까지 사신에게 저격당한 인물은 모두 여든세 명. 사신의 탄환은 정확하게 관자놀이를 파고들었다.

사신을 두려워한 자들이 초일류급 가드를 고용해도 아무 소용없었다. 사신의 탄환은 예상치 못한 순간 날아들어 저격 대상을 쓰러뜨렸다.

"결국 사신을 본 자는 아무도 없다는 소린가?"

오랜 시간을 들여 자료를 꼼꼼히 살펴본 알렉스는 한숨을 내쉬며 나직이 중얼거렸다.

각국의 수사 기록을 비롯해 암흑가에서 떠도는 소문까지 망라한 자료였지만 정작 도움이 될 만한 내용은 거의 없었다. 그나마 한 가지 확실한 것은 지금 사신이 한국에 있다는 것뿐이다.

사신에게 당한 마오의 복수를 다짐했지만 이렇게까지 막막할 줄은 몰랐던 알렉스이다.

연신 한숨을 내쉬며 마우스를 아래위로 조작하던 알렉스는 문득 무언가가 떠오른 듯 멈칫했다.

"그러고 보니 오 년 전이라면 훈련을 끝내고 막 실전에 투입될 때쯤인가?"

알렉스는 맨 처음 일본에서 사신이 등장했을 때의 기록을 확인했다.

목숨을 건 오 년간의 고된 훈련을 마치고 알렉스가 첫 임무를 받았을 때와 비슷한 시기다.

그러고 보면 당시 구룡회는 사신으로 인한 야쿠자 사회의 혼란을 틈타 일본의 암흑가에 확실한 세력을 구축할 수 있었다.

미국에서도 마찬가지.

슬럼가를 주축으로 흑인 마피아 조직이 장악하고 있던 마약 유통망의 칠 할을 구룡회에서 흡수할 수 있었다.

미국 내에 정식으로 무역 회사를 차려 가구를 수입한다는 명목으로 코카인, 헤로인 등의 마약을 밀수해 유통망을 확보할 수 있었다.

홍콩에서도 구룡회의 이권이 걸려 있는 일에 관련 있는 자가 사신에게 당한 경우가 많았다. 물론 구룡회의 간부를 저격한 일도 많았지만.

"설마……?"

한 가지 가능성이 알렉스의 머릿속을 스쳤다. 우연이라고 하기에는 이상한 일이다. 확인해 봐야만 했다.

알렉스는 그 자리에서 꼼짝도 하지 않고 사신에 대한 자료와 최근 오 년간 구룡회의 사업 상황을 대조했다.

역시나 자신의 기억대로 사신의 활동으로 인해 구룡회가 이득을 얻은 일이 많았다.

알렉스의 표정이 절로 일그러지기 시작했다. 자료가 말하는 것은 단 하나였다. 믿기지 않는 일이지만 그 외에는 다른 결론이 나지 않았다.

알렉스는 일그러진 표정으로 신음하듯 나직이 중얼거렸다.

"구룡회 내부에 사신이 있다는 건가?"

*　　*　　*

"쳇! 역시 나 혼자 힘으로는 한계가 있는 건가?"

한윤철은 연신 구시렁대며 차를 몰았다. 몇 시간 전에 명륜실업에 다녀오는 참이다.

명륜실업은 중국식 전통 가구를 수입, 유통하는 중소기업이라 생각보다 쉽게 사장을 만날 수 있었다.

한윤철은 곧장 송지훈에게 받은 자료의 일부를 사장에게 들이밀며 추궁했다.

"제 어머님의 동향 어르신이라 차를 잠시 빌려드린 것뿐입니다. 다음 날 늦은 저녁에 아랫사람이 차를 돌려주러 왔더군요. 그게 전붑니다. 그 어르신은 얼굴도 못 봤다고요."

화교인 사장의 대답은 그러했다. 혹시나 무슨 흔적이라도 남아 있지 않을까 싶어 차량을 직접 살펴보기까지 했다. 하지만 핏자국은커녕 아무것도 없이 깨끗했다.

역시나 영장이 없이는 더 이상 밀어붙일 수도 없었다. 막 수입품 컨테이너가 들어왔다고 마구잡이로 쫓아내는 사장이 왠지 모르게 수상쩍었지만 어쩔 수 없었다. 아무것도 얻지 못한 채 발길을 돌릴 수밖에.

이제 남은 것은 하나뿐이다.

한윤철은 자신이 휘갈겨 쓴 주소와 내비게이션에 입력된 주소를 몇 번이고 확인하며 액셀러레이터를 강하게 내리밟았다.

명륜실업이 경기도 포천의 외곽에 위치해 있는 터라 목적

지인 종로까지는 꽤나 멀었다. 도중에 차가 막혀 세 시간 만에 종로 인근에 도착한 한윤철은 헌법재판소 주차장에 차를 세웠다.

차에서 내린 한윤철은 다시 한 번 주소를 확인했다. 목적지까지는 걸어서 약 10분 정도 거리다.

한윤철은 나직이 한숨을 내쉬며 천천히 걸음을 옮기기 시작했다.

카페 베아투스.

얼마 지나지 않아 막 불이 켜진 간판이 보였다.

한윤철은 은은한 조명이 켜져 있는 카페 내부를 들여다보았다. 손님은 아무도 없었다. 근처의 대형 프랜차이즈 카페 때문에 유동인구가 많음에도 손님이 없는 것 같았다.

한참을 카페 안을 살펴보던 한윤철은 조심스레 카페 안으로 걸어 들어갔다.

딸랑─!

입구에 매달려 있는 작은 종이 울렸다. 여느 때처럼 커피잔을 씻어 물기를 닦아내고 있던 정찬혁은 으레 신유진이 온 것이라 생각하고 고개를 돌렸다.

"어서 오십시오, 유진 씨……!"

신유진이 아니었다. 처음 보는 사내가 문 앞에 서 있었다. 순간 멈칫한 정찬혁은 이내 영업용 미소를 지으며 입을 열었다.

"어서 오십시오, 손님."

'닮았어.'

카페 입구에 선 채로 한윤철은 가만히 눈앞의 사내를 바라보았다. 사진에 찍힌 사내와 너무도 닮은 모습이다. 마치 쌍둥이처럼.

"어서 오십시오, 손님."

사내의 음성이 귓가로 흘러들었다. 그제야 정신을 차린 한윤철은 사내에게서 시선을 돌리고 빈자리를 찾아 앉았다.

한윤철은 자연스레 품속에서 사진을 꺼내 얼굴을 확인했다.

'이름이 정찬혁이라고 했던가?'

송지훈과의 통화를 떠올리며 한윤철은 사내의 이름을 기억해 냈다.

사내 정찬혁이 다가와 물잔을 내려놓았다.

"주문하시겠습니까?"

한윤철은 움찔하며 급히 사진을 다시 품속에 넣었다. 힐끔 눈치를 보니 사진을 본 것 같지는 않았다.

속으로 안도의 한숨을 내쉬며 한윤철은 천천히 입을 열었다.

"아이스 아메리카노 부탁합니다."

"드시고 가실 겁니까, 아니면 테이크아웃?"

"여기서 마실 겁니다."

한윤철의 대답에 정찬혁은 돌아서서 음료를 준비하기 시작했다. 머그컵에 얼음 섞인 찬물을 붓고 방금 내린 에스프레소를 적당량 섞으면 완성이다.

한윤철은 익숙한 손놀림으로 아이스 아메리카노를 만드는 정찬혁의 모습을 가만히 바라보았다. 아무리 봐도 그저 평범한 바리스타였다.

'겉모습만으로 판단할 수는 없는 노릇이지.'

한윤철은 속으로 나직이 중얼거렸다. 서린 종합병원과 명륜실업 두 곳에서 허탕을 쳤으니 남은 단서는 정찬혁 하나밖에 없었다.

이번만큼은 반드시 증거를 잡고야 말겠다는 의지를 불태우며 한윤철은 가만히 정찬혁을 바라보았다.

"주문하신 음료 나왔습니다."

정찬혁이 겉에 물기가 맺혀 있는 머그컵을 한윤철 앞에 내려놓았다.

한 모금 들이켜자 시원하고 쌉쌀한 커피 맛이 혀를 자극했다. 커피를 홀짝이며 한윤철은 찬장을 정리하는 정찬혁의 뒷모습을 뚫어져라 쳐다보았다.

'평범한 사람은 아닌 것 같군.'

자신을 향한 한윤철의 시선을 이미 눈치챈 정찬혁이다. 하지만 모른 체하고 일을 계속했다. 일반인은 아니지만 그렇다고 자신처럼 짐승의 길을 걷는 자도 아니다.

'경찰, 혹은 그 비슷한 직업을 가진 자겠군.'

정찬혁은 직감적으로 한윤철의 정체를 알 수 있었다. 수년 간 각국의 내로라하는 수사 기관의 추적을 떨쳐온 정찬혁이지 않은가.

한윤철이 수사 기관에서 온 자라는 것 정도는 쉽사리 알 수 있었다. 문제는 한윤철이 어떻게, 무엇 때문에 자신을 찾아왔느냐는 것이다.

보아하니 무언가 확실한 증거가 있지는 않은 것 같았다. 만약 증거가 있었다면 곧장 체포당했을 테니.

하지만 대체 어디서 자신이 노출된 것인가. 정찬혁은 컵을 씻으며 기억을 더듬었다.

문득 머릿속에 알렉스의 얼굴과 함께 함께 며칠 전에 있었던 일이 생각났다. 준비실에 커피 원두를 가지러 갔을 때의 일이다.

무언가를 하고 있던 알렉스가 자연스레 노트북을 덮을 때 우연히 화면에 떠 있는 사진을 보았다. 그 사진 속의 인물이 바로 한윤철이었다.

'마오의 사건을 쫓는 건가?'

그렇게 결론을 내릴 수밖에 없었다.

어떻게 자신에게까지 눈이 닿았는지는 알 수 없지만 당분

간은 눈에 띄는 행동은 자제해야겠다는 생각을 하며 정찬혁
은 나직이 한숨을 내쉬었다.

*　　　*　　　*

"어? 손님이 있었네? 웬일이래?"

막 베아투스의 입구에 들어서던 신유진은 나직이 중얼거
리며 고개를 갸웃했다.

개인적인 일이 바빠 사흘 만에 카페를 찾은 신유진이다. 자
신이 단골이 된 후 다른 손님이 자리를 차지하고 있는 것은
처음 보는 일이다.

신유진이 신기해하는 것도 당연했다. 입구에서 잠시 멈칫
한 신유진은 이내 문을 밀어 안으로 들어갔다.

딸랑 하는 종소리가 퍼지자 안쪽에 앉아 있던 손님도, 정찬
혁도 신유진에게로 고개를 돌렸다.

"어서 오십시오, 유진 씨."

정찬혁이 반가운 얼굴로 인사를 건넸다. 신유진은 빙그레
미소를 지으며 자리에 앉았다.

주문을 하지도 않았는데 정찬혁은 여느 때처럼 커피 한 잔
을 신유진에게 가져왔다.

"아, 고마워요."

항상 '오늘의 커피'를 주문하는 신유진이라 따로 주문을

할 필요가 없었다.

향긋한 커피 향이 마음을 편안하게 해주는 것 같다. 신유진은 따듯한 커피 잔을 들고 정찬혁에게 물었다.

"향이 좋네요. 오늘은 무슨 원두를 쓴 거죠?"

"에티오피아 예가체프입니다."

들려온 대답에 가만히 고개를 끄덕인 신유진은 커피를 한 모금 마셨다. 향처럼 깊은 맛이 혀끝을 적셨다.

역시나 기대를 저버리지 않는 맛이다. 커피 잔을 내려놓던 신유진은 낯선 시선을 느끼고는 고개를 갸웃했다.

"왜 그러십니까?"

"아뇨. 그냥……."

신유진은 가만히 고개를 내저었다. 순간 한 테이블 건너에 앉아 있는 사내와 눈이 마주쳤다.

사내는 움찔하며 황급히 시선을 돌렸다. 이내 사내는 벌떡 일어나 품속에서 지갑을 꺼내며 낮게 소리쳤다.

"여기 얼맙니까?"

"칠천 원입니다."

"여기 만 원 두고 갑니다. 거스름돈은 됐습니다."

사내는 지갑에서 만 원을 꺼내 테이블 위에 내려놓고는 무어라 대답하기도 전에 후다닥 밖으로 달려나갔다.

신유진은 황당한 얼굴로 덜컹거리는 출입구를 바라보았다.

"뭐예요, 저 사람? 몰래 사람 쳐다보기나 하고."

살짝 기분이 나빠진 듯 신유진이 투덜거렸다. 정찬혁이 조용한 음성으로 신유진을 달랬다.

"너무 기분 나빠하지 마십시오."

"저 사람 혹시 내일도 올까요?"

눈 사이를 살짝 찌푸리며 신유진이 물었다. 정찬혁의 대답이 조용히 이어졌다.

"글쎄요? 요 며칠간 매일 오긴 했습니다만……."

"혹시 도둑질할 틈을 노리고 있다거나 그런 건 아니겠죠?"

워낙에 수상쩍어 보이는 사내라 신유진이 그런 의심을 할 법도 했다. 정찬혁은 피식 미소를 지으며 고개를 내저었다.

"그건 아닐 겁니다. 설마하니 이런 손님도 거의 없는 카페를 털 도둑이 있겠습니까? 털어봤자 민지만 나올 텐데요."

"하긴 그렇긴 하네요."

신유진은 풋 하고 웃음을 터뜨렸다. 하지만 이내 자신의 실수를 깨닫고는 미소를 지웠다.

"아, 죄송해요. 기분 나쁘셨죠?"

"아닙니다. 사실이 그런걸요."

정찬혁은 여전히 미소를 띤 채 사내 한윤철이 테이블 위에 놓고 간 만 원짜리 지폐를 집어 들었다.

"망할! 내일부턴 어쩐다?"

한윤철은 낭패라는 듯 혀를 찼다. 하필이면 신유진과 눈이 마주칠 거라고는 생각지도 못했다.

당황해서 황급히 뛰쳐나오긴 했지만 지금 생각해 보니 오히려 그게 더 이상했다.

차라리 모른 척하며 앉아 있는 게 더 나았을 것을. 앞으로 얼마나 더 정찬혁을 지켜봐야 할지 모르는 상황에서 섣부른 행동을 한 것이 후회스러웠다. 하지만 이미 벌어진 일이다. 후회해 봤자 아무 소용없었다.

이제는 다른 방법을 생각해야만 했다. 그동안은 평범한 바리스타처럼 보인 정찬혁이지만 언제 본색을 드러낼지 모르는 일이다.

그때까지는 무슨 수를 쓰더라도 계속 정찬혁을 지켜봐야 했다. 아무리 생각해 봐도 적당한 방법이 떠오르지 않았다.

"젠장!"

한윤철은 그 자리에 멈춰 선 채 뒷머리를 벅벅 긁었다.

다음 날.

한윤철은 아무 일도 없었다는 듯 태연한 얼굴로 베아투스의 출입문을 가볍게 밀었다.

작은 종소리와 함께 정찬혁의 낮은 음성이 귓가에 날아들었다.

"어서 오십시오, 손님."

평소와 다름없는 정찬혁의 태도에 한윤철은 저도 모르게
움찔했다. 하지만 이내 태연한 체하며 천천히 자리에 앉았다.
"아이스 아메리카노 부탁드립니다."

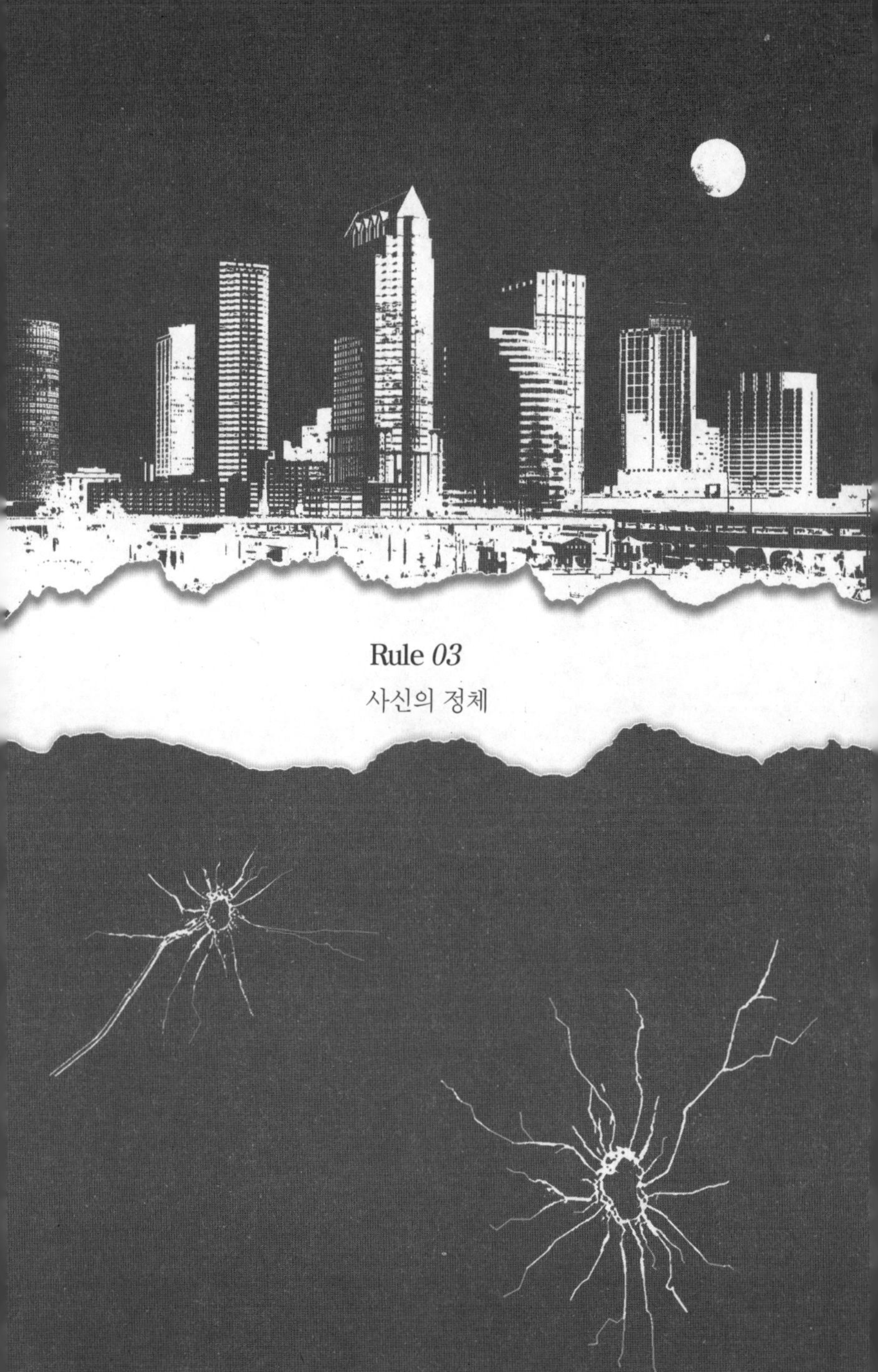

Rule 03
사신의 정체

"젠장! 또 실패로군!"

알렉스는 인상을 찌푸리며 혀를 찼다. 사신이 구룡회 내에 있다는 것을 확신하게 된 알렉스이다.

그것도 자신과 같은 훈련을 받은 자 중 하나일 것이다. 알렉스처럼 오 년간의 훈련을 마친 자들은 모두 서른네 명, 그중 같은 훈련소를 나온 다섯을 빼면 남은 것은 스물아홉 명이다. 그들 중에 사신이 있을 터였다.

구룡회 내에서는 '암룡(暗龍)'이라고 불리는 살인의 스페셜리스트. 그들의 신원은 구룡회 최상위 극비 정보였다.

이미 십여 년 전부터 중요 자료를 전산화한 구룡회였다. 암룡의 신원 데이터도 당연히 데이터베이스화 되어 있었다.

하지만 구룡회의 최고 장로들만이 그것을 열람할 권한이 있었다. 결국 알렉스가 원하는 데이터를 얻으려면 해킹밖에 방법이 없었다.

지난 닷새간 알렉스는 컴퓨터 앞에서 자리를 뜨지 않고 해킹에 매달렸다.

펜타곤을 해킹할 수 있을 정도의 실력자이지만 구룡회의 전산망은 도저히 뚫을 수가 없었다.

자신이 알고 있는 모든 방법을 동원해 보았지만 뚫리기는 커녕 오히려 역추적당해 위험할 뻔한 적이 부지기수다. 알렉스는 머리를 벅벅 긁으며 불평을 토해냈다.

"대체 어떤 놈이 설계한 보안 시스템인 거냐?"

그때였다. 스피커가 디링 하는 낮은 벨소리를 토해냈다. 메일이 왔다는 신호음이다.

알렉스는 마우스를 클릭해 메일을 확인했다. 첸으로부터 온 메일이었다. 동영상과 함께 PDF 파일이 첨부되어 있었다. 동영상을 열자 고급 소파에 앉아 있는 첸의 모습이 눈에 들어왔다.

"너희가 해줘야 할 일이 생겼다, 알렉스. 자세한 내용은 첨부한 파일을 확인해 보면 알 게다."

알렉스는 곧장 휴대폰을 들고 정찬혁의 번호를 눌렀다.

우웅—

휴대폰의 낮은 진동음이 들려왔다. 쟁반을 닦고 있던 정찬혁은 휴대폰을 집어 들었다.

알렉스의 전화다. 정찬혁은 힐끗 고개를 들었다. 손님은 한윤철밖에 없었다.

정찬혁은 휴대폰을 들고 준비실로 향했다. 전화를 받자마자 알렉스의 음성이 날아들었다.

—임무다. 자세한 내용은 만나서 하자. 파일을 보려면 네 암호 코드가 필요하니까.

"알겠다. 어디로 가면 되나?"

알렉스는 자신이 있는 곳의 주소를 말했다. 걸어서 삼십 분 남짓 걸리는 곳이다.

주소를 암기한 정찬혁은 짧은 대답과 함께 전화를 끊었다.

"지금 곧 가겠다."

잡담 하나 없는 지극히 무미건조한 통화였다.

'무슨 전화지?'

본능적으로 무언가를 감지한 한윤철은 귀를 기울였다. 살짝 열린 문틈으로 정찬혁의 낮은 음성이 들려왔다.

'중국어?'

육 개월간 홍콩 연수를 다녀온 적이 있어 생활 회화 몇 마디쯤은 중국어로 할 수 있는 한윤철이다.

하지만 소리가 작아 무슨 말인지는 알아들을 수 없었다. 통화는 금방 끝났지만 정찬혁이 나오지 않았다.

한윤철은 커피를 마시는 척하며 준비실로 시선을 고정했다. 이내 사복으로 갈아입은 정찬혁이 나왔다.

"죄송합니다만 급한 일이 있어 문을 닫아야 할 것 같습니다, 손님."

"우푸!"

예상치 못한 정찬혁의 말에 한윤철은 화들짝 놀라며 커피를 내뿜었다. 당황한 한윤철이 다급히 티슈로 테이블을 닦았다.

"죄, 죄송합니다."

정찬혁의 옷에도 커피가 튄 탓에 한윤철이 사과했다. 물티슈로 옷에 묻은 커피를 닦으며 정찬혁이 입을 열었다.

"아니, 괜찮습니다. 놀라게 해 죄송합니다. 워낙 급한 일이 생겨서……. 대신 커피 값은 안 받겠습니다."

"아닙니다. 마셨으니 돈을 내야요. 여기 커피 값 육천 원 맞죠? 그럼 이만."

천 원짜리 여섯 장을 테이블에 내려놓은 한윤철이 벌떡 일어나 밖으로 나갔다. 정찬혁은 말없이 테이블을 정리했다.

'역시 쫓아오는군.'

정찬혁은 진작부터 한윤철이 자신의 뒤를 쫓고 있다는 것을 눈치채고 있었다.

정찬혁은 일부러 사람이 많은 곳으로 걸음을 옮겼다. 인파에 섞인 정찬혁의 걸음은 느려지기는커녕 오히려 더 빨라졌다.

"엇!"

"이 양반이? 왜 사람을 밀고 그래?"

조금 떨어진 곳에서 사람들의 거친 음성이 들려왔다. 서두르던 한윤철이 다른 사람들과 부딪친 것 같았다.

피식 미소를 지으며 정찬혁은 좁은 골목으로 걸음을 옮겼다. 얼마 지나지 않아 정찬혁이 들어간 골목으로 한윤철이 달려왔다.

부딪친 사람들과 시비가 붙은 와중에도 정찬혁의 움직임을 주시하고 있던 한윤철이다.

하지만 정찬혁의 모습은 어디에도 보이지 않았다. 한윤철은 골목 입구에 선 채 안쪽을 살폈다.

가로등이 깨진 탓에 주위는 어두웠다. 대로에서 흘러든 빛만이 희미하게 좁은 골목을 비추고 있다.

으슥한 분위기 탓인지 지나는 사람이 거의 없었다. 술에 취에 비틀거리거나 바닥에 쓰러져 잠든 노숙자 두엇이 전부였다.

한참 동안 주위를 샅샅이 살피던 한윤철은 왈칵 인상을 구긴 채 천천히 돌아섰다.

“젠장! 놓쳤군.”

문이 열리는 소리가 들려왔다. 알렉스는 돌아보지도 않고 입을 열었다.

“생각보다 늦었군. 무슨 일이라도 있었나?”

정찬혁은 아무런 대답도 하지 않았다.

알렉스는 피식 미소를 지으며 메일의 첨부 파일을 클릭했다. 암호 코드를 입력하라는 메시지가 떴다. 자신의 암호 코드를 입력한 알렉스가 키보드를 정찬혁에게 내밀었다.

키보드에 손을 얹은 정찬혁이 코드를 입력하자 곧장 첨부 파일이 열렸다. 모두 20여 페이지로 이루어진 PDF 파일이다.

정찬혁과 알렉스 두 사람은 한 글자라도 놓칠세라 꼼꼼하게 파일을 읽었다.

여느 때처럼 마지막 페이지는 비어 있었다. 두 사람의 눈이 마지막 페이지에 닿은 순간 파일이 순식간에 검게 물들었다. 자동 파기 프로그램이 작동한 것이다.

시커먼 모니터를 바라보던 알렉스가 천천히 정찬혁에게 고개를 돌렸다.

“당연한 질문이지만 다 기억했겠지?”

“물론.”

알렉스는 피식 미소를 지으며 천천히 몸을 일으켰다.

“그럼 시작해 볼까?”

                    *   *   *

　정찬혁은 눈앞의 빌딩을 힐끗 쳐다보았다. 라이온스 빌딩,
국내 최대의 폭력 조직 '서남파'가 90년대 후반부터 시도한
기업화의 결정체이다.
　아직까지도 경찰의 견제가 완전히 사라진 것은 아니지만
라이온스 그룹은 폭력 조직의 성공적인 기업화의 사례로 일
컬어지고 있었다.
　"제법 경계는 철저한 편이군."
　정찬혁은 나직이 중얼거리며 라이온스 빌딩을 조용히 지
나쳐 길 건니에 있는 고층빌딩으로 향했다.
　엘리베이터를 타고 최상층에서 내린 정찬혁은 곧장 비상
계단을 통해 옥상으로 향했다. 미리 자리를 잡고 있던 알렉스
가 입꼬리를 말아 올리며 입을 열었다.
　"어떠냐?"
　"경계는 철저한 편이지만 마음만 먹으면 쉽게 침투할 수
있을 정도다. 계획대로 진행해도 별문제는 없을 것 같다."
　"그래? 그럼 의뢰인에게 연락이나 한번 해볼까?"
　피식 미소를 지으며 알렉스는 휴대폰을 꺼내 들었다.

　평일이기는 했지만 막 라운딩을 끝낸 라이온스 그룹의 부

회장 성주완은 만족스러운 미소를 지으며 차에 올랐다.

오늘따라 샷이 잘 맞아서 까다로운 18번 홀도 버디로 잡은 성주완이다.

수천만 원이 걸린 내기 골프에 이겼으니 기분이 좋은 것은 당연했다.

"어디로 모실까요, 부회장님?"

"평창동으로 가지."

"네."

비서의 질문에 성주완은 좌석 깊이 몸을 묻으며 대답했다. 차가 미끄러지듯 부드럽게 출발했다. 성주완은 스륵 눈을 감고 선잠이 들었다.

우웅—

성주완은 휴대폰 진동음에 눈을 떴다. 비서가 휴대폰을 내밀었다. '발신자 표시 제한' 이라는 글자가 떠 있다.

성주완은 고개를 갸웃하며 통화 버튼을 눌렀다.

"여보세요?"

—성주완 부회장인가?

"누구시죠?"

낯선 음성에 성주완은 고개를 갸웃했다. 상대의 음성이 곧장 날아들었다.

—확인할 것이 있어 전화했다. 일을 처리하면 약속은 틀림없이 지키는 거겠지?

"대체 무슨 소릴 하는 거요? 아무래도 잘못 건 듯한데, 끊겠소."

—생각보다 눈치가 없으시군.

막 전화를 끊으려는 성주완의 귓가에 낮은 음성이 날아들었다.

순간 성주완은 한 가지 가능성을 떠올렸다. 상대방의 유창하지만 억양이 조금 이상한 한국어 덕분이다.

"구룡회인가?"

성주완은 목소리를 낮춰 물었다. 상대방의 웃음 섞인 대답이 곧장 들려왔다.

—크큭! 내 질문에 대한 대답은?

"약속은 꼭 지키겠소. 그쪽이 일 처리만 잘해준다면."

—좋다. 곧 처리하도록 하지.

"기대하겠소."

성주완의 대답에 상대는 아무 대꾸 없이 전화를 끊었다. 통화 종료 신호음이 들려왔다. 성주완은 휴대폰을 내리며 입꼬리를 말아 올렸다.

라이온스 그룹의 회장인 유태준이 사라진다면 자신이 그 자리를 차지하게 될 것이다. 지난 십여 년간 유태준에게 고개를 숙여온 것은 모두 그것을 위함이다.

"곧 도착합니다, 부회장님."

앞좌석의 비서가 뒤를 돌아보며 말했다. 기분이 더욱 좋아진 유태준은 미소를 지으며 지갑을 꺼냈다.

"두 시간 후에 나올 테니 어디 좋은 곳에 가서 저녁 식사나 하게나."

성주완은 십만 원 권 수표 석 장을 꺼내 비서에게 건넸다. 비서가 두 손으로 공손히 수표를 받아 들었다.

"감사합니다."

얼마 지나지 않아 평창동 고급 빌라 앞에 차가 멈췄다. 성주완의 내연녀가 살고 있는 곳이다.

먼저 내린 비서가 뒷좌석의 문을 열었다. 성주완이 천천히 내리자 비서가 허리를 굽혀 인사했다.

"그럼 두 시간 후에 뵙겠습니다."

성주완은 미소를 띤 채 빌라로 향했다. 그 어느 때보다 훨씬 기분이 좋아 마음껏 즐길 수 있을 것 같았다.

*　　*　　*

"해킹 완료!"

알렉스는 엔터키를 강하게 누르며 조용히 중얼거렸다. 순간 노트북이 깜빡이는 듯싶더니 수많은 CCTV 화면이 떠올랐다. 라이온스 빌딩의 보안 시스템을 해킹한 것이다.

하지만 최상층의 펜트하우스를 비추는 CCTV는 없었다. 이번 타깃인 라이온스 그룹의 회장 유태준이 지내는 곳이 바로 펜트하우스였다.

삼 년 전 사고로 가족을 모두 잃고 유태준은 혼자서 지내고 있었다. 빌딩 밖을 나서는 것도 그리 많지 않아 잠입해서 처리하는 수밖에 없었다. 보안 시스템 해킹은 그것 때문이다.

이내 펜트하우스의 독립 보안 시스템마저 해킹한 알렉스는 씨익 미소를 지었다.

"준비는 다 된 거냐?"

언제 온 것인지 정찬혁의 음성이 등 뒤에서 날아들었다. 알렉스는 가만히 고개를 끄덕였다.

"물론. 언제라도 잠입할 수 있다."

"그럼 시작하지."

정찬혁은 들고 있는 묵직해 뵈는 이타세케이스를 열었다. 분해된 저격용 소총이 모습을 드러냈다.

정찬혁은 빠른 손놀림으로 순식간에 소총을 조립했다. 순간 알렉스의 눈꼬리가 꿈틀했다.

"블레이져 택티컬? 네놈도 그걸 쓰나?"

"왜 그러지?"

"그걸 쓰는 놈을 하나 알고 있어서 말이지. 보기 드문 총이기도 하고."

"신뢰도가 높아서 사용하는 것뿐이다."

그렇게 말하며 정찬혁은 장전 손잡이를 당겼다. 철컥 하는 격철음이 들려왔다. 정찬혁을 바라보는 알렉스의 눈빛이 날카로웠다.

"계속 그러고 있을 셈이냐?"

정찬혁의 낮은 음성이 귓가로 날아들었다. 알렉스는 휙 돌아서며 대답했다.

"출발하겠다."

검은 가죽장갑을 끼며 알렉스는 빌딩을 나섰다. 걸음을 옮기는 알렉스의 머릿속에 한줄기 의혹이 스쳤다.

블레이져 MOD 93 LRS2 택티컬.

사신이 사용한다고 알려진 저격총이다. 그것을 정찬혁도 사용하고 있다.

분명 정확도와 신뢰도가 높아 일부에서는 '신이 만든 저격총'이라고까지 알려진 총기이다.

하지만 한국에서는 보기 드문 정도가 아닌 희귀한 총기다. 그것을 정찬혁이 가져온 것이다. 그것도 사신이 쓰는 것과 같은 .300 윈체스터 매그넘 탄까지.

어쩌면 정찬혁이 사신일지도 모른다는 의심이 든 것은 당연한 결과이다.

당장에라도 확인해 보고 싶었지만 임무가 먼저였다. 알렉스는 애써 의혹을 떨쳐내며 눈앞의 라이온스 빌딩을 향해 걸음을 옮겨갔다.

막 샤워를 마친 유태준은 젖은 머리칼을 타월로 훔쳐 내며 욕실을 나섰다. 뜨거운 물에 몸을 담그고 나온 참이라 피로가 싹 가시는 것 같았다.

욕실 옆에 있는 와인 셀러에서 브르고뉴 산 최고급 와인을 꺼낸 유태준은 와인글라스를 손가락에 끼고 소파로 다가갔다.

"누, 누구냐?"

화들짝 놀란 유태준이 버럭 소리쳤다. 소파에 앉아 있는 인영을 발견한 탓이다.

그 바람에 들고 있던 와인글라스를 놓쳐 버렸다. 파삭 하며 얇은 유리가 깨지는 소리가 들렸다.

"처음 뵙겠습니다, 유태준 회장님."

낮은 음성이 조용히 귓가로 흘러들었다. 경비원 호출용 비상 버저를 누르려던 유태준은 멈칫했다.

눌러봤자 아무 소용없을 거라는 생각이 든 탓이다. 보안 시스템이 제대로 작동하고 있다면 펜트하우스에 침입하는 것은 절대 불가능한 일이다.

이내 놀람을 가라앉힌 유태준은 천천히 소파로 다가가 인영의 맞은편에 앉았다.

"내게 할 얘기가 있나보군."

유태준은 가만히 인영을 바라보며 입을 열었다. 혼자서 펜트하우스에 침입할 정도의 실력자다. 마음만 먹는다면 유태준은 자신이 알지도 못한 새에 목숨을 잃을 수도 있었다.

하지만 그러지 않았다는 것은 대화를 하자는 뜻이다. 소파에 앉아 있는 인영, 알렉스는 유태준의 태도에 짐짓 감탄했다.

"역시 듣던 대로 강단이 있으시군요."

"허튼소리 집어치우고 용건을 말해라."

유태준은 인상을 찌푸리며 재촉했다. 알렉스는 빙긋 미소를 지으며 천천히 입을 열었다.

"이런, 성미가 급하시군요. 뭐, 그렇다면 어쩔 수 없이 바로 본론으로 들어가 볼까요? 실은 라이온스 그룹의 중역에게 회장님의 제거를 의뢰 받았습니다."

순간 유태준의 눈이 커졌다. 자신의 목숨을 노리는 그룹의 중역, 짐작 가는 자는 하나밖에 없다.

"성주완… 인가?"

피식 미소를 지으며 알렉스는 고개를 끄덕였다.

"잘 아시는군요."

뱀처럼 교활한 눈빛으로 자신을 바라보던 성주완의 얼굴이 떠올랐다. 유태준은 왈칵 인상을 구긴 채 질문을 던졌다.

"원하는 게 뭐지?"

자신의 목숨을 노리고 온 거라면 이렇게 말을 걸 필요가 없다. 유태준의 질문에 알렉스는 여전히 미소를 띤 채 말을 이었다.

"다시 제 소개를 하죠. 구룡회의 알렉스라고 합니다."

"구룡회!"

유태준은 신음하듯 낮게 소리쳤다. 조폭 세계에 발을 담고 있는 자들 중에서 구룡회를 모르는 자는 없었다.

홍콩을 비롯해 중국 본토, 일본, 거기에 미국의 슬럼가까지 발을 뻗치고 있는 국제적 폭력 조직이 바로 구룡회이지 않은가.

이내 유태준은 알렉스의 의도를 알 수 있었다.

"내 도움이 필요하다는 건가?"

"이해가 빠르시군요. 네, 그렇습니다. 구룡회의 한국 진출에 손을 보태주셔야겠습니다."

알렉스는 만족스러운 미소를 지으며 고개를 끄덕였다. 유태준이 고개를 갸웃했다.

"날 죽이면 성주완이 회장이 될 텐데, 오히려 그 편이 더 쉽지 않나?"

"회장님께서도 잘 아시겠지만 성주완 부회장은 라이온스 그룹 전체를 이끌 수 있는 인물이 아닙니다. 많아야 절반 정도겠지요. 반쪽짜린 저희도 필요 없습니다."

"그러니 날 끌어들이겠다는 건가?"

알렉스는 입꼬리를 말아 올리며 고개를 끄덕였다.

"그렇습니다. 자, 여기까지 말씀드렸으니 대답을 해주셔야겠습니다. 저희와 손을 잡으시겠습니까, 아니면……."

알렉스는 의미심장한 미소를 지으며 말꼬리를 흐렸다. 유태준이 신중한 얼굴로 물었다.

"거절한다면?"

"뭐, 그러시다면 어쩔 수 없는 일이지요."

천천히 몸을 일으킨 알렉스는 검지와 중지를 마주쳤다. 딱 하는 소리가 터져 나왔다. 그와 거의 동시에,

쩡—!

무언가 단단한 것이 깨지는 소리가 들려왔다. 유태준이 움찔하며 고개를 돌렸다. 두꺼운 방탄유리 한쪽이 무언가 틀어박힌 듯 거미줄처럼 금이 가 있다.

"방탄유리로군요. 제법 단단하긴 해도 뚫지 못할 정도는 아닌 것 같습니다만."

"한패가 더 있나?"

"물론이지요. 설마하니 저 혼자 찾아온 거라고 생각하신 겁니까? 회장님이시라면 이 정도로도 충분히 지금 상황을 이해하실 겁니다. 자, 어떻습니까? 선택하시죠."

숫제 협박이나 마찬가지였다. 유태준은 끄응 하고 낮은 신음을 토해냈다.

쉽게 대답할 수 있는 문제가 아니다. 하지만 거절한다면 어찌 될지는 불 보듯 뻔한 일이다. 목숨이 아깝지는 않았다.

이미 가족이라고는 아무도 없는 신세이다. 하지만 평생을 바쳐 이룩해 온 라이온스 그룹을 성주완 따위에게 넘겨줄 수는 없었다.

이내 결정을 내린 유태준은 천천히 고개를 끄덕였다.

"그 제안… 받아들이겠네."

알렉스는 입꼬리를 말아 올리며 돌아서서 천천히 펜트하우스를 나섰다.

문득 거미줄처럼 금이 간 방탄유리가 눈에 들어왔다. 아직까지 탄두가 박혀 있다. 정찬혁에 대한 의심이 갑자기 치솟았다.

탄두를 회수해 선조흔을 비교해 본다면 확실히 알 수 있을 터이다. 하지만 알렉스는 그대로 돌아섰다.

만약 정찬혁이 사신이라면 수상쩍은 행동을 보일 수는 없었다. 아쉽지만 다음에 또 기회가 올 거라 생각하며 알렉스는 천천히 걸음을 옮기기 시작했다.

*　　　*　　　*

성주완은 만족한 미소를 지으며 내연녀의 집을 나섰다. 주말이라 내연녀와 밤을 보낸 덕에 활력이 넘쳤다.

역시 젊은 여인과의 잠자리는 자신의 젊은 시절을 되찾게 해주었다. 스태미나에 좋은 음식을 먹고 나오는 길이라 뱃속도 두둑했다.

요 며칠은 생각대로 일도 잘 풀려 기분이 좋을 수밖에 없었다.

“또 언제 올 거예요?”

속이 훤히 비치는 네글리제를 걸친 이십대 여성이 성주완을 따라 나와 팔짱을 끼며 물었다.

성주완은 반쯤 드러난 여성의 탐스러운 가슴을 주무르며 말했다.

“모레쯤 들르지.”

“정말요? 몇 시쯤 오실 건데요?”

“글쎄? 빠르면 오후 다섯 시쯤 될 거야.”

“그럼 저녁 준비해 놓고 기다릴게요. 안 오면 알죠? 확 바람피울 거야.”

“하하, 무서워서라도 늦지 않게 꼭 와야겠는데? 그럼 모레 보자고.”

성주완은 장난기 어린 얼굴로 여성의 가슴을 가볍게 툭 치고 돌아섰다.

여성은 아쉬움이 가득한 얼굴로 엘리베이터로 향하는 성주완의 뒷모습을 바라보았다.

“꼭 와야 해, 자기? 잊지 마요!”

막 도착한 엘리베이터에 오른 성주완은 씨익 미소를 지으며 여성에게 고개를 돌렸다.

이내 엘리베이터가 닫혔다. 우웅 하는 소리와 함께 내려가기 시작했다.

성주완은 벽에 등을 기댄 채 일 층에 도착하기를 기다렸다.

그때 재킷 안주머니에 있는 휴대폰이 신호음을 토해냈다.

"응?"

웬만해서는 주말에는 누구와도 연락을 하지 않는 성주완
이다. 보통은 휴대폰 전원을 꺼놓는데 깜빡한 모양이다. 휴대
폰을 꺼내자 짤막한 문자 메시지가 떠 있다.

―처리 완료.

"응? 무슨 소리지?"

영문을 알 수 없는 문자 메시지였다. 고개를 갸웃하던 성주
완은 스팸 메일이겠거니 하며 휴대폰을 주머니에 쑤셔 넣었
다.

순간 무언가 퍼뜩 떠오른 성주완은 휴대폰을 꺼내 발신 번
호를 확인했다.

발신자 표시 제한.

근래에 이런 식으로 전화가 온 것은 한 번뿐이다. 이내 문
자 메시지의 의미를 깨달은 성주완은 씨익 웃었다.

"그런 거로군. 이렇게 친절하게 알려주지 않아도 금방 소
식이 올 텐데 말이야. 크크크."

아무래도 구룡회가 약속대로 유태준을 제거한 모양이다.
곧장 확인하고 싶은 충동이 밀려왔다.

성주완은 싸늘한 미소를 지으며 유태준의 번호를 눌렀다.
뚜르르 하는 신호음이 들려왔다. 마침 일 층에 도착한 엘리베
이터에서 내리며 성주완은 전자키로 차에 시동을 걸었다.

　스무 번이 넘게 신호음이 울렸는데도 유태준은 전화를 받
지 않았다. 이제 곧 라이온스 그룹의 회장이 될 자신의 모습
을 떠올리자 절로 미소가 지어졌다.

　시동이 걸려 있는 벤츠 앞에서 걸음을 멈춘 성주완은 전화
를 끊고 운전석 문을 열려고 손을 뻗었다. 그때였다.

　"죽어라, 성주완!"

　갑작스레 귓가로 날아든 외침과 함께 오른쪽에서 중년 사
내가 달려들었다. 사내의 손에 들린 날카로운 식칼이 눈에 들
어왔다.

　하지만 딴생각을 하느라 피할 틈을 놓친 성주완이다. 움찔
하며 뒤로 물러나려 했지만 식칼을 든 사내의 손이 더 빨랐
다.

　파슉!

　섬뜩한 파육음이 터져 나왔다. 불쏘시개가 몸속으로 파고
드는 통증에 성주완은 짧은 신음을 토해냈다.

　"컥!"

　중년 사내는 한 번으로 만족하지 않고 몇 번이나 성주완의
배를 찔렀다.

　성주완은 버티지 못하고 그 자리에 털썩 쓰러졌다. 피와 함
께 온몸의 힘이 빠져나갔다. 소리칠 힘도 없었다.

　부들부들 몸을 떨던 성주완은 이내 숨이 멎었다. 두 눈을
부릅뜬 채로. 성주완의 죽음을 확인한 사내는 천천히 몸을 일

으켰다.

피가 잔뜩 묻은 식칼을 시체 위에 툭 떨어뜨린 사내는 비척이며 어딘가로 걸음을 옮기기 시작했다.

성주완의 시체가 다른 사람에게 발견된 것은 사내가 떠난 지 채 5분도 지나지 않아서였다.

경기도 파주 외곽의 폐허가 된 건물에 피가 말라붙어 검게 변한 옷을 입은 중년 사내가 들어섰다.

"처리했소이다. 약속한 물건은?"

폐허로 들어서자마자 중년 사내는 어두운 구석을 바라보며 입을 열었다.

커다란 아타셰케이스를 들고 있는 사내, 알렉스가 천천히 다가왔다.

"현금으로 팔천, 십만 원 권 수표로 오천이다. 새벽 2시까지 인천항으로 가면 밀항할 배가 있을 거다. 동남아 쪽으로 가면 그 돈으로 충분히 떵떵거리며 살 수 있겠지."

알렉스는 사내에게 아타셰케이스를 건네며 말했다. 내용물을 확인한 사내는 혹시라도 누가 빼앗을세라 케이스를 품속에 꼭 끌어안고는 후다닥 밖으로 달려나갔다.

퓨욱! 퓨퓨욱!

타이어의 공기가 빠지는 소리가 들려왔다. 달려나가던 사내가 케이스를 안은 채 피를 뿜으며 쓰러졌다.

알렉스의 눈썹이 꿈틀했다. 소음기를 단 권총을 쥔 사내가 천천히 다가왔다. 정찬혁이었다.

"증인은 남겨두지 않는 게 좋지."

죽은 사내의 품에서 아타셰케이스를 회수한 정찬혁이 나직이 중얼거렸다. 알렉스가 입꼬리를 말아 올리며 입을 열었다.

"그럴 필요까진 없었는데."

"어차피 죽일 생각 아니었나?"

정찬혁은 작은 권총을 쥐고 있는 알렉스의 오른손을 가리켰다. 알렉스는 멋쩍은 듯 피식 미소를 지으며 권총을 주머니에 넣었다.

"뭐, 그럴 수도 있지."

"첸 대인께 보고는 네가 해라."

소음기를 분해해 권총을 품속에 갈무리한 정찬혁은 대답도 듣지 않고 돌아서서 폐허를 나섰다. 알렉스의 질문이 귓가로 날아들었다.

"어딜 가는 거냐?"

걸음을 멈춘 정찬혁이 천천히 고개를 돌렸다.

"카페를 너무 오래 비워뒀다."

*　　　*　　　*

딸랑!

입구에 매달린 종이 작게 울렸다. 고개를 돌리자 입구에 선 신유진이 보였다. 정찬혁이 다시 카페를 연 지 사흘 만에 온 첫 손님이다.

"어서 오십시오, 유진 씨."

"그동안 어딜 다녀온 거예요? 며칠 전에 보니까 닫혀 있는 것 같던데."

신유진이 바짝 다가오며 질문을 던졌다. 컵의 물기를 닦아 내던 정찬혁이 천천히 입을 열었다.

"지방에 일이 있어서 좀 다녀왔습니다. 혹시 계속 찾아오신 겁니까?"

"에이, 설마요. 저 그렇게 한가한 사람 아녜요. 그냥 근처에 볼일이 있어서 잠깐 들렀던 것뿐이에요. 커피나 한 잔 주세요."

신유진은 샐쭉한 얼굴로 자신의 지정석에 앉았다. 피식 미소를 지으며 정찬혁은 커피를 준비했다.

화약 냄새가 아닌 오랜만의 커피 향에 정찬혁은 마음이 편안해지는 것 같았다. 이내 깊은 향을 머금은 커피가 완성되었다.

"여기 커피 나왔습니다."

신유진은 잔을 들고 커피 향을 음미했다. 싱긋 미소를 지으며 신유진이 말했다.

“확실히 찬혁 씨는 솜씨가 좋은가 봐요. 여기 커피 말고는 다른 건 못 마시겠다니까요.”

“과찬이십니다.”

두 사람이 잡담을 하는 중 입구의 종이 낮게 울렸다. 고개를 돌리자 또 다른 단골손님 한윤철이 보였다.

순간 신유진의 미간이 살짝 찌푸려졌다. 얼마 전의 불쾌한 사건을 떠올린 탓이다.

“어서 오십시오, 손님.”

정찬혁은 아무렇지도 않은 듯 한윤철을 맞이했다. 한윤철은 입구에 선 채 놀란 눈으로 정찬혁을 바라보았다. 그리곤 이내 헛기침을 하며 자신의 지정석에 앉았다.

“커험! 여, 여기 따뜻한 아메리카노 부탁합니다.”

“주문 받았습니다.”

정찬혁은 카운터로 돌아가 주문 받은 아메리카노를 준비하기 시작했다.

마침 음악 프로그램이 끝나고 스피커에서 뉴스가 흘러나오기 시작했다.

―오늘 오후 3시, 경기도 파주 외곽의 폐허에서 총상을 입은 시신이 발견되었습니다. 최초 목격자는 D 대학의 학생 다섯 명으로 흉가 체험 차 현장을 찾았다고 합니다. 경찰은 입고 있는 복장으로 보아 사망자의 신원은 사흘 전 라이온스 그

룹의 성주완 부회장을 살해한 범인으로 추정하고 있습니다. 시신의 상태로 보아…….

기분 나쁜 사건 뉴스였다. 신유진은 살짝 인상을 찌푸리며 나직이 중얼거렸다.

"우리나라도 참 많이 살벌해졌네요. 매일 저런 사건사고가 끊이질 않잖아요. 게다가 총이라니."

"어딜 가든 사람 사는 곳이면 저런 일이 생기게 마련이지요."

"하긴 그렇긴 하죠."

신유진은 가만히 고개를 끄덕였다. 총기 소지를 철저히 규제하는 한국이라 저런 사건은 드문 편이다.

하지만 그보다 더 잔인하고 심뜩한 사건이 보도되기도 하는 터라 그리 놀랄 일은 아니었다.

"기분이 안 좋으신 것 같으니 다른 채널로 바꾸겠습니다."

"네, 부탁해요."

정찬혁은 곧장 라디오 주파수를 바꿨다. 치칙 하는 잡음이 잠깐 들려오고 이내 은은한 클래식 음악이 스피커를 타고 흘러나왔다.

구겨진 신유진의 표정이 부드러워졌다. 정찬혁은 아메리카노를 가지고 한윤철에게 다가갔다.

"아메리카노 나왔습니다."

무슨 생각을 하고 있는지 한윤철은 반응이 없었다. 커피 잔을 앞에 내려놓자 그제야 한윤철은 다가온 정찬혁을 보고 입을 열었다.

"아, 고맙습니다."

"그럼 맛있게 드십시오."

한윤철은 커피 잔을 들고 한 모금 들이켰다. 조금 전의 라디오 뉴스가 한윤철의 머릿속을 어지럽히고 있었다.

카페가 닫혀 있는 사이에 벌어진 두 살인 사건이 어쩌면 정찬혁과 관련이 있을지도 모른다는 생각이 들었다.

한윤철은 날카로운 눈빛을 감추고 정찬혁을 가만히 바라보았다.

"그러고 보니 알렉스는 어디 있나요? 설마 벌써 홍콩으로 돌아간 건 아니겠죠?"

갑작스런 신유진의 말에 한윤철은 귀가 번쩍 뜨였다. 예상치 못한 이름에 놀라 커피 잔을 놓칠 뻔했지만 간신히 버틸 수 있었다.

한윤철은 최대한 자연스레 잔을 내려놓으며 귀를 기울였다. 정찬혁의 낮은 음성이 귓가로 날아들었다.

"갑자기 알렉스는 왜 찾으십니까?"

"지난번에 민속촌을 안내해 주기로 약속했거든요. 근데 정말 돌아간 건 아니죠?"

정찬혁은 피식 미소를 지으며 고개를 내저었다.

"아닙니다. 일이 좀 바쁜 모양이더군요."

"그래요? 그럼 언제쯤 볼 수 있을까요?"

"글쎄요. 제가 따로 연락해 보겠습니다."

"그러지 말고 저한테 연락처를 알려주세요. 제가 직접 물어볼게요. 그러는 편이 약속 잡기도 쉬울 테니까요."

신유진의 말에 잠깐 생각하던 정찬혁은 이내 고개를 끄덕였다. 어차피 개인 연락용으로 쓰는 휴대폰은 출처를 추적할 수 없는 대포폰이니 걱정할 필요는 없었다.

"휴대폰 주십시오. 제가 입력해 드리겠습니다."

"아!"

한윤철은 저도 모르게 낮게 탄식했다. 휴대폰 번호로 알렉스를 추적할 수 있을 거라 생각하던 참이다. 아쉬움에 절로 나온 소리에 정찬혁과 신유진의 시선이 한윤철에게로 향했다. 등줄기로 식은땀이 흘렀다.

한윤철은 최대한 자연스럽게 주머니를 뒤졌다. 바지 뒷주머니에서 휴대폰을 꺼낸 한윤철은 전화를 받는 체하며 두 사람의 시선을 피해 고개를 돌렸다.

"어, 여보세요?"

딴청을 피우는 한윤철을 힐끔 쳐다보던 신유진은 이내 시선을 돌렸다. 숄더백에서 휴대폰을 꺼내 정찬혁에게 건넸다.

"그럼 부탁해요, 찬혁 씨."

휴대폰을 받아 든 정찬혁은 자신이 기억하고 있는 알렉스의 전화번호를 눌렀다. 다시 휴대폰을 건네받은 신유진이 물었다.

"모르는 번호라고 안 받으면 어쩌죠?"

"받을 겁니다. 한번 걸어보세요."

"그럴까요?"

전화번호를 저장한 신유진이 통화 버튼을 눌렀다. 신호음이 서너 번 울리더니 이내 상대가 전화를 받았다.

—여보세요.

"알렉스? 저 신유진이에요. 카페에 한 번도 안 오시는 걸 보니 요즘 많이 바쁜가 봐요?"

신유진이 미소를 지으며 말했다. 수화기를 타고 알렉스의 음성이 흘러나왔다.

—좀 바빴습니다. 그런데 제 번호는 어떻게 아셨습니까, 유진 씨?

"찬혁 씨가 가르쳐 줬어요. 근데 별로 반갑지 않은가 봐요?"

—아, 아닙미다. 유진 씨가 전화할 줄은 생각지도 못한 일이라서 좀 놀란 겁니다.

당황한 알렉스의 말에 신유진은 장난기 어린 미소를 지으며 입을 열었다.

"농담이에요. 그나저나 전에 저랑 약속한 거 기억하죠? 민속촌 안내해 주기로 했잖아요."

─아, 기억납니다.

"언제가 좋을까요? 전 언제든 상관없으니까 시간은 알렉스가 정해요."

신유진의 말에 알렉스는 잠시 고민하는 듯 아무 대답 없이 조용했다. 신유진은 가만히 알렉스의 말을 기다렸다. 이내 알렉스의 밝은 음성이 들려왔다.

─이번 주 일요일에 시간이 날 것 같습니다.

"이번 주 일요일요? 그러면 오후 1시에 민속촌 앞에서 만나는 게 어때요?"

─좋습니다.

"그럼 그때 봐요, 알렉스. 또 전화할게요."

전화를 끊은 신유진은 단숨에 커피를 비우고는 벌떡 일어났다. 휴대폰을 숄더백에 넣은 신유진이 가방을 어깨에 걸치며 말했다.

"그럼 전 이만 가볼게요. 주말에 알렉스를 만나려면 준비도 좀 해야 할 것 같으니까."

뭐가 그리 급한지 신유진은 정찬혁의 말도 듣지 않고 그대로 횡하니 밖으로 나가 버렸다.

전화를 받는 척하며 신유진의 통화를 엿듣고 있던 한윤철의 눈빛이 순간 번쩍였다.

＊　　　＊　　　＊

“알렉스, 여기 좀 봐요.”

신유진이 빨리 오라는 듯 손짓했다. 알렉스는 나직이 중얼거렸다.

“안내해 주겠다더니 누가 관광 중인지 모르겠군그래.”

“빨리 와보라니까요!”

신유진의 재촉에 피식 미소를 지으며 다가가던 알렉스는 문득 누군가의 시선을 느끼고 멈칫했다.

주위에는 단체 관광을 온 외국인들과 가족 단위의 관람객밖에는 보이지 않았다. 하지만 시선은 여전히 느껴졌다.

‘귀찮은 꼬리가 붙었나 보군.’

알렉스는 살짝 인상을 찌푸렸다. 어느새 가까이 다가온 신유진의 의아해하는 음성이 날아들었다.

“왜 그래요, 알렉스?”

“아, 아무것도 아닙미다.”

알렉스는 움찔하며 고개를 내저었다. 신유진은 이내 방긋 미소를 지으며 알렉스의 팔을 잡았다.

“그럼 가요. 일부러 시간 내서 왔는데 제대로 구경해야죠.”

알렉스에게 안내를 해주겠다고 나선 것이지만 오히려 신난 것은 신유진이었다.

벌써 세 시간이 넘게 민속촌을 돌아다녔는데도 신유진은

전혀 지치지 않은 기색이다.

구석구석 돌아다니는 중에도 알렉스는 자신을 향한 시선을 느꼈다. 표정은 웃고 있었지만 알렉스는 적잖이 기분이 나빠졌다.

"화장실에 좀 다녀오겠습니다."

"아, 그러세요."

신유진이 팔을 놓자 알렉스는 어딘가로 걸음을 옮겨갔다. 웃음기를 완전히 지운 알렉스는 주머니에서 휴대폰을 꺼내 정찬혁에게 전화를 걸었다.

—무슨 일이냐?

"귀찮은 꼬리가 달라붙었다. 네가 와서 좀 떼줘야겠다."

—글쎄. 내키지 않는군.

정찬혁의 말에 알렉스는 왈칵 인상을 찌푸렸다.

"네놈 쪽에서 붙은 꼬리다. 계속 달고 다니며 임무를 할 셈이냐?"

—지금 출발해도 늦을 것 같은데?

"저녁때까지는 여기 있을 거다. 오려면 지금 당장 출발해."

알렉스는 대답을 듣지도 않고 전화를 끊어버렸다. 주머니에 휴대폰을 쑤셔 넣고는 길게 한숨을 내쉬었다.

구겨진 표정을 펴고 억지미소를 지은 채 알렉스는 신유진을 향해 천천히 걸음을 옮겼다.

‘대체 저 두 사람은 어떤 사이지?’

상대가 알렉스만 아니라면 영락없는 데이트였다. 한윤철은 나직이 중얼거리며 멀리 보이는 두 사람을 주시했다.

벌써 네 시간이 넘도록 두 사람의 뒤를 쫓고 있지만 얻은 것은 전혀 없었다.

어느새 주위는 어둑어둑해지고 폐장 시간이 다가왔다. 주위를 오가는 사람이 뜸해져 더 이상 몸을 숨길 수가 없었다. 자칫하다간 신유진이 자신을 알아볼 수도 있었다.

한윤철은 한숨을 내쉬며 민속촌 입구로 향했다. 입구 근처에 있는 기둥에 몸을 숨긴 채 한윤철은 두 사람이 나오기를 기다렸다.

순간 싸늘한 금속이 목덜미에 닿았다. 한윤철은 저도 모르게 어깨를 움찔했다.

‘총!’

총구가 자신의 목덜미에 닿았음을 본능적으로 느낄 수 있었다. 돌이 된 것처럼 꼼짝도 할 수 없었다. 억지로 목을 긁어내는 듯한 거친 음성이 귓가로 흘러들었다.

“목숨이 아깝지 않다면 적당히 하십시오.”

한윤철은 침을 꿀꺽 삼키며 억지로 입을 열었다.

“그만두지 않겠다면?”

대답 대신 철컥 하는 격철 음이 들려왔다. 상대가 방아쇠만 당기면 자신은 목에 구멍이 난 시체로 발견될 것이다. 식은땀이 등줄기를 흠뻑 적셨다.

온 신경이 등 뒤의 인물에게로 향했다. 방아쇠에 걸린 손가락에 힘이 들어가는 것이 느껴졌다.

한윤철은 질끈 두 눈을 감았다. 총성과 함께 피를 흘리며 쓰러지는 자신의 모습이 선명하게 떠올랐다.

퍼억!

순간 둔탁한 충격음과 함께 정신이 아득해졌다.

한윤철은 채 신음도 지르지 못하고 그대로 풀썩 쓰러졌다. 멀어지는 의식 속에서 상대의 거친 음성이 조용히 흘러들었다.

"오늘은 경고만 하려고 온 것이니 이 정도만 해두겠습니다. 하지만 계속 지켜볼 테니 허튼수작 부리지 마십시오."

"크으……!"

낮은 신음을 흘리며 한윤철은 천천히 몸을 일으켰다. 뒷머리를 강하게 맞은 탓에 아직까지 통증이 남아 있다.

한윤철은 부은 뒷머리를 매만지며 천천히 몸을 일으켰다. 폐장 시간이 지난 것인지 이미 민속촌은 닫혀 있었다.

한윤철은 손목시계를 확인했다. 그사이 한 시간 정도가 지났다. 알렉스와 신유진이 언제 나갔는지 당연히 알 수 없었다.

한윤철은 길게 한숨을 내쉬며 비척비척 걸음을 옮겼다. 머리의 통증 때문에 제대로 걸을 수가 없었다.

"빌어먹을!"

빠득 이를 악물며 한윤철은 주차장으로 향했다. 텅 빈 주차장에 한윤철의 차만 덩그러니 놓여 있다.

비틀거리며 운전석에 앉은 한윤철은 눈을 감고 길게 한숨을 내쉬었다. 십여 분이 지나자 조금씩 통증이 가시고 팔다리에 힘이 돌아왔다.

천천히 눈을 뜬 한윤철은 시동을 걸고 액셀을 밟았다. 중후한 배기 음과 함께 튕겨나가듯 차가 앞으로 내달렸다.

총구가 닿은 뒷덜미에 아직까지 우툴두툴한 닭살이 돋아 있다. 이미 각오하고 있다고 생각했지만 죽음을 앞에 두고 아무것도 하지 못한 자신이 한심했다.

앞을 달리는 차를 수십 대나 추월한 후에야 한윤철은 아직까지 남아 있는 두려움을 떨쳐낼 수 있었다.

흥분을 가라앉힌 한윤철은 길게 한숨을 내쉬며 속도를 늦추기 위해 기어를 바꾸고 브레이크를 살짝 밟았다.

"응?"

속도가 전혀 떨어지지 않았다. 한윤철은 고개를 갸웃하며 다시 브레이크를 밟았다. 브레이크가 먹히지 않고 속도가 점점 빨라졌다.

당황한 한윤철은 계속 기어를 바꾸고 브레이크를 밟았다.

하지만 여전히 브레이크는 먹통이었다.

"젠장!"

한윤철은 혀를 차며 핸들을 급히 꺾었다. 속도가 떨어지지 않는 이상 곡예 주행을 할 수밖에 없다.

한윤철은 충돌을 피하기 위해 계속 차선을 바꿨다. 하지만 그것도 곧 한계가 왔다. 차량이 정체된 구간이 보였다. 이대로 내달렸다간 대참사가 벌어질 것이다.

아무리 머릴 굴려 봐도 해결책이 떠오르지 않았다. 순식간에 정체 구간이 가까워졌다.

한윤철은 아랫입술을 꽉 깨물고 눈을 질끈 감았다. 그리곤 핸들을 도로 밖으로 확 꺾었다.

끼기긱—

타이어가 미끄러지며 비명을 토해냈다. 한윤철은 핸들을 꽉 움켜쥔 채 최대한 몸을 웅크렸다. 한윤철의 차는 곧장 가드레일로 돌진했다.

쾅—

커다란 파열음과 함께 엄청난 충격이 온몸으로 밀려왔다. 핸들 아래에서 에어백이 터졌다.

온몸을 두드려 맞은 듯 엄청난 통증을 느끼며 한윤철은 그대로 의식을 놓고 말았다.

"어머! 사고 났나 봐요, 알렉스."

조수석에 앉아 창밖을 내다보던 신유진이 놀란 얼굴로 한쪽 방향을 가리켰다.

조금 떨어진 곳에서 사이렌이 번쩍이고 있었다. 사고 처리 때문인지 차가 꽉 막혀 있다.

"그런가 봅니다. 차가 이렇게 막히는 걸 보니."

한참을 지나서야 알렉스의 렌터카는 사고 현장 근처를 지날 수 있었다. 가드레일에 부딪쳐 흉하게 구겨진 승용차와 함께 피투성이가 된 채 구급차에 실려 나가는 운전자의 모습이 눈에 들어왔다.

신유진은 살짝 인상을 찌푸리며 고개를 돌렸다. 사고 차량의 번호판을 슬쩍 확인한 알렉스의 입꼬리가 살짝 말려 올라갔다.

'귀찮은 꼬리는 완전히 떨어져 나갔군그래. 꼴을 보아하니 최소한 서너 달은 잠잠하겠는걸.'

속으로 중얼거리며 알렉스는 엑셀을 밟아 사고 현장을 조용히 지나쳤다.

두어 시간 후, 두 사람은 종로에 도착했다. 꽤나 차가 막혔지만 잡담을 나누며 온 터라 그리 길게 느껴지지는 않았다. 신유진은 종로경찰서 인근에서 차를 내렸다.

"그럼 또 연락할게요, 알렉스."

"예, 다음에 뵙겠습니다."

알렉스도 빙그레 미소를 지으며 간단히 목례했다. 차문이 닫히고 알렉스가 막 출발하려 할 때였다.

신유진이 반쯤 열린 차창으로 불쑥 고개를 내밀었다.

"아참, 잊을 뻔했네."

"왜 그러십니까, 유진 씨?"

"줄 게 있었는데 깜빡했네요. 잠깐만요."

신유진은 자신의 숄더백에서 누런 서류 봉투를 꺼내 알렉스에게 내밀었다. 서류 봉투를 받아 든 알렉스는 고개를 갸웃했다.

"이게 뭡니까?"

신유진은 장난스레 찡긋 윙크하며 입을 열었다.

"선물이에요. 그게 필요한 곳은 알렉스 당신이 제일 잘 알고 있을 거예요. 후훗!"

"그게 무슨……?"

영문을 알 수 없는 소리에 알렉스는 반문했다. 하지만 신유진은 더 이상 아무런 말도 하지 않고 그대로 훌쩍 돌아서서 걸음을 옮기기 시작했다.

멀어져 가는 신유진의 뒷모습을 멍하니 바라보던 알렉스는 서류 봉투를 열어 내용물을 확인했다.

손바닥만 한 크기의 종잇조각이 한 장 들어 있다. 종잇조각에는 알파벳과 숫자, 그리고 특수문자로 이루어진 두 줄의 문자가 쓰여 있었다.

"뭐지, 이건?"

의미를 알 수 없는 문자의 나열에 알렉스는 신유진이 장난친 거라 생각하며 종잇조각을 구겨 바닥에 내던졌다.

"이상한 여자로군. 이런 장난이라니."

중얼거리며 알렉스는 기어를 바꾸려고 손을 얹었다. 막 엑셀을 밟으려는 찰나, 신유진의 마지막 말이 떠올랐다.

"필요한 곳은 내가 제일 잘 알거라고? 내게 제일……."

알렉스는 무언가에 홀린 것처럼 몇 번이고 같은 말을 되뇌었다.

그러다 망치로 뒤통수를 후려 맞은 것처럼 번개같이 한 가지 생각이 머릿속을 스쳤다.

"서, 설마?"

알렉스는 신음하듯 소리치며 바닥에 떨어진 종잇조각을 집어 들었다. 당장 확인해 봐야 했다. 고개를 돌리자 뒷좌석에 놓여 있는 노트북 가방이 눈에 들어왔다.

손을 뻗어 노트북을 꺼낸 알렉스는 전원 버튼을 눌렀다. 이내 부팅이 완료되자 알렉스는 네트워크 연결 상태를 확인했다.

신호가 잡히지 않았다. 휴대폰을 꺼내 노트북과 연결하자 네트워크 신호가 잡혔다. 알렉스는 곧장 구룡회의 비밀 전산망에 접속했다.

탁! 타타탁!

자동차의 배기음 사이로 키보드를 두드리는 소리가 조용

히 들려왔다.

이내 구룡회의 최고 장로만 열람할 수 있는 최상위 극비 데이터베이스에 닿았다. 아이디와 패스워드를 입력하라는 메시지 창이 떴다. 알렉스는 조심스레 구겨진 종잇조각을 펼쳤다.

의미를 알 수 없는 두 줄의 문자 나열. 알렉스는 첫 번째 줄의 문자를 아이디 란에 그대로 옮겼다.

패스워드 란에는 당연히 두 번째 줄의 문자가 채워졌다. 남은 것은 엔터키를 누르는 것뿐이다.

꿀꺽―

긴장한 탓에 절로 침이 넘어갔다. 만약 로그인에 실패할 경우, 그 즉시 접속한 기기의 정보가 보안 시스템이 전송되어 추적이 시작된다.

아무런 대비도 하지 않은 상황이라 자신이 접속했다는 것은 금방 밝혀질 것이다.

엔터키에 손가락을 얹은 채 알렉스는 다시 한 번 침을 꿀꺽 삼켰다. 손끝이 파르르 떨렸다. 어느새 이마는 식은땀으로 흠뻑 젖어 있었다.

엔터키를 누르느냐, 마느냐.

자신의 생각이 옳다면 간절히 원하던 정보를 얻을 수 있으리라. 하지만 틀렸다면 구룡회 전체가 알렉스의 목숨을 노리고 달려들 것이다.

　한참을 고민하던 알렉스는 질끈 눈을 감고 엔터키를 눌렀다.

　칭 하는 낮은 신호음이 귓가에 들려왔다. 아랫입술을 꽉 깨문 알렉스는 천천히 눈을 떴다.

　노트북 화면에 떠 있는 네 글자가 크게 확대되어 눈에 들어왔다.

　접속 완료(接續完了).

　알렉스의 눈이 크게 치켜떠졌다.

　"이, 이럴 수가……!"

　알렉스는 신음하듯 나직이 중얼거렸다. 알렉스는 무언 가에 홀린 것처럼 커서를 이리저리 옮기며 클릭했다. 자신이 필요로 했던 모든 정보를 손쉽게 열람할 수 있었다.

　"대, 대체 뭐지. 그 여잔……?"

　신유진의 마지막 미소를 떠올리며 알렉스는 의혹에 찬 얼굴로 중얼거렸다.

　단순히 카페 단골손님인 줄 알고 있던 신유진이 어떻게 비밀전산망의 최고 등급 아이디와 패스워드를 알고 있는 것인가. 그리고 어째서 그것을 자신에게 가르쳐 준 것일까. 강한 의문이 떠올랐다.

　하지만 알렉스는 이내 의문을 머릿속에서 지웠다. 어찌 됐든 자신은 그동안 필요로 하던 정보를 얻을 수 있었으니.

그것을 통해 누군가의 의도대로 자신이 행동하게 될지도 모르는 일이었지만 마오의 복수를 위해서는 선택의 여지가 없었다.

알렉스는 입꼬리를 말아 올리며 나직이 중얼거렸다.

"정체는 모르겠지만 내게 원하는 게 있다면 그렇게 해주지. 하지만 어느 쪽이 이용당할지는 두고 봐야 알 일이지."

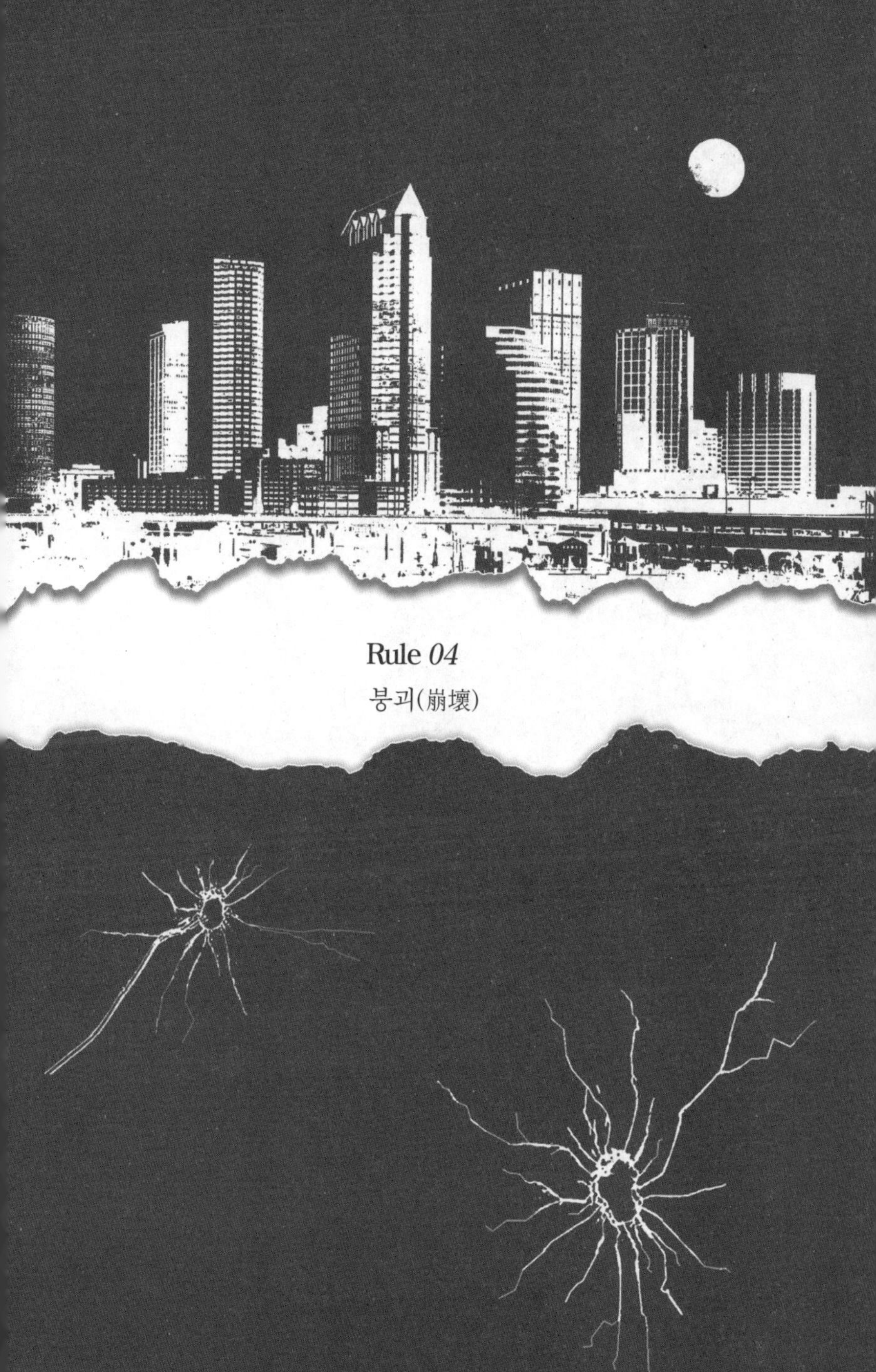

Rule 04
붕괴(崩壞)

넉 달이 흘렀다.

그사이 구룡회는 라이온스 그룹의 협력 체계를 굳건히 해 성공적인 한국 진출을 이루었다.

재단법인 진용(眞龍).

구룡회가 한국에서 설립한 기업체의 이름이다. 재단법인 진용을 설립하는 과정에서 있었던 수많은 잡음은 라이온스 그룹과 구룡회의 손이 닿아 있는 각계각층의 인사의 힘을 빌려 쉽사리 해결할 수 있었다. 방해가 되는 인물은 정찬혁과 알렉스에 의해 제거되었다.

가장 큰 도움이 된 것은 살해당한 김의환 의원을 대신해 한민당의 대선 주자로 나서서 대통령이 된 윤준식이었다.

김의환 의원을 잃고 연일 계속되는 언론과 야당의 공세로 혼란에 빠진 한민당을 단번에 수습한 윤준식은 거의 만장일치에 가까운 90%대의 득표율로 후보자 경선에 당선되었다.

대선에서도 여타 후보자들과는 비교도 할 수 없을 정도의 카리스마를 발휘, 70%에 가까운 득표율로 승리를 거뒀다.

그 배후에는 구룡회의 막대한 자금 지원이 있었다. 비자금의 대가로 윤준식은 대선 전에 추진한 몇몇 법안으로 재단법인 진용의 설립을 도왔다.

한국의 제1×대 대통령으로 당선된 윤준식은 국제화 시대에 발맞춰 국정을 운영할 것이라는 당선 소감과 힘께 취임식에 세계 각국의 정재계 인사들을 초빙했다.

대통령 윤준식의 초빙을 받은 인사들 중에는 재단법인 진용의 대표이자 구룡회의 최고 장로 중 한 사람인 첸도 포함되어 있었다.

수많은 조직원과 함께 한국에 도착한 첸은 재단법인 진용이 운영하는 루한 내셔널 호텔을 숙소로 잡았다.

정찬혁과 알렉스가 호출된 것은 첸이 도착한 지 약 열두 시간이 지난 후의 일이다.

"첸 대인께서 어쩐 일로 호출하신 거지?"

핸들을 꺾으며 알렉스가 불쑥 물었다. 옆 좌석에 앉아 있는 정찬혁이 관심 없다는 듯 나직이 중얼거렸다.

“부르셨으니 가는 것뿐이다. 그런 것까지 생각할 필요는 없지.”

그동안 꽤나 손발을 맞춰왔음에도 정찬혁의 말투는 여전히 무뚝뚝하기 짝이 없었다. 어차피 그 편이 알렉스에게도 부담이 적었다.

진실을 알게 된 알렉스에게 정찬혁은 언젠가는 자신이 죽여야 할 원수에 불과했으니.

“네놈에게 물어본 내가 잘못이지.”

알렉스는 피식 미소를 지어 보이며 이죽거렸다. 그러는 사이 루한 내셔널 호텔이 보이기 시작했다.

첸이 머물고 있는 곳은 최상층인 32층 펜트하우스였다. 그 아래 객실은 현재 모두 구룡회의 조직원들이 차지하고 있었다.

알렉스가 호텔 입구에 차를 세우자 도어맨 대신 검은 양복에 선글라스를 끼고 있는 구룡회의 조직원이 나와 차문을 열어주었다.

“어서 오십시오. 대인께서 기다리고 계십니다. 이쪽으로 오시죠.”

정찬혁과 알렉스가 차에서 내리자 조직원 두 사람이 앞장서서 걸음을 옮기기 시작했다.

로비부터 구룡회의 조직원이 가득했다. 호텔 직원들도 대부분 조직원의 가족이다.

두 사람을 안내하는 조직원은 엘리베이터에 올라 24층으로 향했다. 다른 층과는 달리 24층엔 넓은 연회장이 있다.

연회장 한쪽에는 다양한 뷔페 음식이 차려져 있고, 그 옆에서는 현악 5중주로 은은한 클래식 음악을 연주하고 있었다. 연회장을 가득 채운 것은 연미복과 드레스를 입은 조직원과 그 가족들이었다.

"이제 도착한 게냐? 둘 다 가까이 오너라."

사람들 사이에서 휠체어를 탄 첸이 나서며 두 사람을 조용히 불렀다. 두 사람은 조용히 첸에게 다갔다.

알렉스는 아랫입술을 꽉 깨물었다. 모든 일의 원흉인 첸이다. 당장에라도 죽여 버리고 싶지만 알렉스는 주먹을 꽉 움켜쥐고 충동을 억눌렀다.

이 자리에서 일을 벌였다간 첸을 죽이기는커녕 자신이 먼저 죽을 확률이 높았다.

억지로 웃는 얼굴을 만들어내며 알렉스는 첸의 앞에 멈춰 서서 포권을 취했다.

"오랜만에 뵙습니다, 첸 대인."

"그동안 무탈하셨습니까?"

두 사람의 인사에 첸은 미소를 지으며 고개를 끄덕였다.

"나야 너희 둘 덕에 이렇게 잘 지내고 있다. 그동안 정말 수고가 많았구나."

"별말씀을……."

“명령을 따랐을 뿐입니다.”

첸의 칭찬에 두 사람은 각자의 성격대로 반응했다. 몇 개월 전과 그리 변하지 않은 두 사람의 모습에 첸은 만족한 얼굴로 입을 열었다.

“둘 다 여전하구나. 하긴 그리 쉽게 변할 아이들이 아니지. 인사치레는 이 정도면 됐으니 너희도 연회를 즐기거라.”

“알겠습니다, 대인.”

대답과 함께 정찬혁은 구석진 창가로 걸음을 옮겨갔다. 멀어져 가는 정찬혁의 뒷모습을 바라보던 알렉스가 조용히 질문을 던졌다.

“무슨 연흽니까?”

“진용 설립 기념 파티다. 너희 덕분에 아무 탈 없이 이룬 일이니 이런 자리에 빠질 수는 없는 노릇 아니겠느냐.”

“그럼 사양 않고 마음껏 즐기겠습니다.”

알렉스는 연회를 즐기는 사람들에게로 다가갔다. 사람들 중 몇몇은 마오의 밑에 있을 때부터 알고 지내던 자들이다.

마오의 직계 조직원의 대부분이 그의 사후 구룡회 내의 알력다툼을 피해 첸에게 의탁한 것이다.

우선은 저들을 자신의 편으로 만들어둬야 했다. 마오에 대한 충성심이 남다른 자들이었으니 진실을 알면 자신에게 협조할 것이다.

“오랜만입니다, 알렉스 형님. 그동안 잘 지내셨습니까?”

회색 연미복을 입은 사내가 아는 체를 하며 알렉스에게 다가왔다.

마오의 밑에 있던 시절, 알렉스가 직접 이끌던 행동대의 조장 중 하나다. 다소 왜소한 체형이지만 질긴 근성으로 바닥에서 시작해 조장이 된 사내다. 마오에 대한 충성심도 남달랐다.

"신수가 훤해 보이는구나, 샤오."

샤오라 불린 사내는 쑥스러운 듯 뒷머리를 긁적이며 고개를 끄덕였다.

"하하, 다 형님 덕분이지요. 이번에 한국으로 발령이 났으니 자주 뵙게 될 겁니다. 다른 녀석들도 조만간에 한국에 들어올 겁니다."

"그래? 얼마나?"

"전부 합치면 서른 정도 될 겁니다. 조장 급은 저를 포함해서 다섯이구요."

샤오의 대답에 알렉스는 입꼬리를 살짝 말아 올렸다. 그리 많지는 않지만 충분히 도움이 될 수 있는 숫자다.

"훗! 그동안 다들 잘 버텨왔구나. 다행이다."

"첸 대인 덕분입니다. 마오 대인께서 돌아가셨을 때는 정말 막막하기만 했는데."

순간적으로 알렉스의 얼굴이 일그러졌다. 이내 원래의 미소를 되찾았지만 샤오는 그 순간을 놓치지 않았다. 고개를 갸웃하며 샤오가 물었다.

"왜 그러십니까, 형님?"

"아, 아무것도 아니다. 그나저나 녀석들은 언제 도착하는 거냐?"

"조장 급은 사흘 후에 도착할 겁니다."

"사흘 후라……"

말꼬리를 흐린 알렉스는 조용히 샤오에게 다가갔다. 그리 곤 샤오에게만 들릴 정도의 낮은 음성으로 말을 이었다.

"녀석들이 도착하면 바로 내게 연락해 다오. 꼭 전할 말이 있다. 내 비상 연락 번호를 잊진 않았겠지?"

심상치 않은 분위기를 느낀 샤오가 저도 모르게 목소리를 낮췄다.

"기억하고 있긴 합니다만… 무슨 일로?"

"아무 내색하지 마라. 마오 대인의 일이다."

알렉스의 경고가 아니었다면 순간적으로 놀라 소리칠 뻔한 샤오이다. 애써 놀람을 감춘 샤오는 어색한 미소를 띤 채 조용히 입을 열었다.

"찾으신 겁니까?"

알렉스는 대답 대신 가만히 고개를 끄덕였다. 샤오의 눈이 크게 치켜떠졌다. 이내 놀람을 가라앉힌 샤오는 조용히 말을 이었다.

"조장들이 도착하면 바로 연락드리겠습니다."

"좋아, 그럼……."

말꼬리를 흐린 알렉스는 샤오의 어깨에 팔을 걸치며 너털웃음을 터뜨렸다.

"크하핫! 오랜만에 만났으니 그냥 넘길 수는 없지. 오늘은 밤새 마실 테니 각오하라고, 샤오!"

"술은 원래 제가 더 세지 않습니까! 형님이야말로 각오하셔야 할 겁니다. 하하!"

어깨동무를 한 두 사람은 와인을 한 잔씩 들고는 미소를 지으며 한쪽으로 걸음을 옮기기 시작했다.

그런 두 사람을 정찬혁이 가만히 지켜보고 있었다.

＊　　　＊　　　＊

우웅—!

—알렉스 형님, 지금 인천공항입니다. 예정대로라면 30분 안에 도착할 겁니다. 직접 오시겠습니까?

수화기를 타고 흘러든 샤오의 음성에 알렉스는 입꼬리를 살짝 말아 올렸다.

"아니. 샤오 네가 조장들만 데리고 이쪽으로 와라. 다른 놈들에게는 알리지 말고 조용히 와야 한다. 혹시라도 누가 뒤를 쫓지 않는지도 꼭 확인해야 하고. 알겠지?"

—명심하겠습니다.

조용히 들려온 샤오의 대답에 알렉스는 가만히 고개를 끄덕이며 말을 이었다.

"여기 주소는……."

알렉스는 원룸의 주소를 알려주고 전화를 끊었다. 휴대폰을 주머니에 쑤셔 넣은 알렉스는 컴퓨터를 켜고 미리 다운로드해 둔 기밀문서를 프린트하기 시작했다.

우우웅—!

구형 레이저 프린터가 낮은 구동 음과 함께 인쇄한 종이를 토해내기 시작했다.

가만히 그것을 바라보며 알렉스는 마오의 얼굴을 떠올렸다.

"조금만 더 기다려 주십시오, 마오 대인. 이제 곧 대인의 원한을 풀어드리겠습니다."

뿌드득 이를 갈며 알렉스는 피의 복수를 다짐했다.

＊　　＊　　＊

며칠 전부터 정찬혁은 기묘한 불안감을 느끼고 있었다.

무엇 때문인지 정확히 알 수는 없었지만 무언가 큰일이 벌어질 것 같은 예감이 계속 머릿속을 맴돌았다.

챙그랑—!

불길한 예감 탓인지 정찬혁은 물기를 닦고 있던 커피 잔을 놓쳐 버렸다.

바닥에 떨어져 박살 난 커피 잔을 바라보며 정찬혁은 나직이 한숨을 내쉬었다.

"아무래도 좀 쉬어야 할 것 같군."

나직이 중얼거리며 정찬혁은 깨진 잔을 치우기 위해 손을 뻗었다. 순간 따끔한 통증이 느껴졌다. 붉은 핏방울이 손끝을 타고 바닥에 떨어져 내렸다.

꽤나 깊이 찔린 것인지 피가 계속 방울져 떨어져 내렸다. 몸을 일으킨 정찬혁은 티슈를 몇 장 뽑아 피가 흐르는 손가락을 감쌌다.

금세 티슈가 붉게 물들었다. 다시 티슈 몇 장을 더 뽑아 대충 지혈을 한 정찬혁은 카운터 아래에 있는 구급상자를 꺼냈다. 상처를 치료한 정찬혁은 다시 깨진 커피 잔을 치우기 시작했다.

딸랑—

갑자기 입구에 있는 종이 울렸다. 막 파편을 쓰레받기에 담은 정찬혁은 몸을 일으키며 말했다.

"어서 오십……!"

입구에 선 인영의 모습에 정찬혁은 말을 잇지 못했다. 넉 달 만에 찾아온 신유진이 입구에 서 있었다.

또각! 또각!

하이힐이 바닥을 때리는 소리와 함께 신유진은 빙그레 미소를 지으며 천천히 정찬혁에게 다가왔다.

"오랜만이에요, 찬혁 씨."

"그렇군요. 오랜만입니다."

오랫동안 신유진이 오지 않아 무슨 사고라도 생긴 건 아닐까 걱정하고 있던 정찬혁이다.

반가움이 앞섰지만 정찬혁은 겉으로 드러내지는 않았다. 신유진은 미소를 띤 채 항상 앉던 지정석을 찾았다.

"커피 부탁해요."

신유진이 주문을 하기도 전에 이미 정찬혁은 커피를 내리고 있었다. 신유진에게 커피를 가져다 주면서 정찬혁은 조용히 입을 열었다.

"그동안 잘 지내셨습니까?"

"네. 일이 많이 바빠서 그동안 통 오질 못했네요. 혹시나 카페가 망했으면 어쩌나 걱정했어요."

"유진 씨를 위해서라도 망하면 안 되겠군요."

신유진은 풋 하고 웃으며 천천히 커피를 음미했다. 여느 때와는 달리 금세 커피를 비운 신유진은 천천히 몸을 일으켰다.

"그럼 저 가볼게요. 아직 할 일이 좀 남아서요."

신유진은 들어올 때처럼 또각 소리를 내며 입구로 천천히 다가갔다. 막 문을 열려는 찰나, 왠지 모를 아쉬움에 정찬혁이 불쑥 물었다.

"또 언제 오실 겁니까?"

멈칫한 신유진이 천천히 고개를 돌렸다.

"조만간 다시 볼 수 있을 거예요. 이곳이 아닌 다른 어딘가에서. 당신이 모든 걸 잃은 후에요."

"그게 무슨……?"

의미를 알 수 없는 말에 정찬혁은 고개를 갸웃했다. 신유진은 의미심장한 미소를 남긴 채 밖으로 나갔다.

딸랑 하는 종소리가 귓가에 들려왔다. 퍼뜩 정신을 차린 정찬혁이 급히 뒤를 쫓았다.

"자, 잠깐!"

정찬혁은 버럭 소리치며 달려나갔다. 사람들이 갑자기 뛰쳐나온 정찬혁을 놀란 눈으로 흘끔 쳐다보았다.

정찬혁은 사람들의 시선을 무시하고 주위를 둘러보았다. 하지만 신유진의 모습은 어디에도 보이지 않았다.

한참을 그 자리에 가만히 선 채 신유진의 자취를 뒤쫓던 정찬혁은 무언가에 홀리기라도 한 듯 나직이 중얼거렸다.

"모든 걸 잃은 후에 다시 만날 수 있다고?"

＊　　　＊　　　＊

딩동—

초인종 소리가 귓가에 들려왔다.

천천히 몸을 일으킨 알렉스가 문가에 몸을 기댄 채 입을 열었다.

"샤오냐?"

"예, 형님."

알렉스는 작은 도어뷰로 문밖을 확인했다. 샤오와 조장들의 모습이 눈에 들어왔다. 알렉스는 살짝 입꼬리를 말아 올리며 문을 열었다.

"오랜만에 뵙습니다, 형님!"

"그동안 무탈하셨습니까!"

샤오의 뒤를 이어 안으로 들어온 네 조장은 저마다 한마디씩 반가움을 표현했다. 알렉스는 조장들을 바라보며 빙긋 미소를 지었다.

"다들 오랜만이다. 그동안 잘들 지내고 있었겠지?"

알렉스의 질문에 조장들은 저마다 고개를 끄덕이며 대답했다.

"물론입니다."

"첸 대인 덕에 무탈하게 지내고 있었습니다."

조장 중 하나가 첸을 언급하자 알렉스의 얼굴이 순간 살짝 굳었다.

조장들로서는 영문을 알 수 없었다. 조장 중 하나가 조심스레 질문을 던졌다.

"왜 그러십니까, 형님?"

"아, 아무것도 아니다. 곧 알게 될 테니 일단 다들 안으로 들어와라.”

샤오를 비롯한 조장들은 일제히 원룸 안으로 들어왔다. 그리 넓지 않은 원룸이라 건장한 사내 다섯이 들어서자 방 안이 꽉 들어찼다.

알렉스가 바닥에 앉자 조장들도 그 자리에 풀썩 앉았다. 조장 중 하나가 조심스레 알렉스에게 질문을 던졌다.

“그런데 무슨 일입니까? 그저 회포나 풀자고 부른 건 아닌 듯한데.”

알렉스는 대답 대신 샤오를 힐끗 바라보았다.

“걱정 마십시오. 미행은 없었습니다.”

“좋아, 그럼 얘기를 시작하지.”

알렉스의 진지한 얼굴에 조장들은 긴장한 얼굴로 침을 꿀꺽 삼켰다.

알렉스가 하려는 말이 결코 가볍지 않을 것임을 예상한 까닭이다. 알렉스는 천천히 입을 열었다.

“우선 한 가지 경고를 하겠다. 내가 지금부터 하려는 일은 너희 목숨을 보장할 수 없는 일이다. 목숨이 아깝다면 지금 당장 빠지는 게 좋을 거야. 무슨 일인지 듣고 나서는 절대 빠질 수 없으니 지금 선택해라.”

본론에 들어가기에 앞서 알렉스는 나직이 경고했다. 자칫하다간 구룡회 전체를 상대해야 할지도 모르는 일이다.

하지만 조장들은 조금도 동요하지 않았다. 그저 미소를 지으며 알렉스를 바라볼 뿐. 샤오가 조장들을 대표해서 입을 열었다.

"그런 소릴 하면 저희가 겁먹을 거라고 생각하신 겁니까?"

당연하다는 듯 조장들이 씨익 미소를 지었다. 알렉스 역시 그럴 줄 알았다는 듯 입꼬리를 살짝 말아 올렸다.

"다들 여전하구나. 죽고 싶어 안달난 놈들 같으니. 좋아, 그럼 본격적으로 얘길 시작해 볼까?"

알렉스는 준비한 서류철을 조장들에게 하나씩 건넸다. 서류철을 받아 든 조장들이 고개를 갸웃했다.

"이게 뭡니까, 형님?"

조장 중에 옌이 조심스레 질문을 던졌다. 알렉스는 굳은 얼굴로 조용히 입을 열었다.

"내 얘길 듣기 전에 그걸 먼저 읽어봐라."

조장들은 이내 말없이 서류철을 펼쳐 인쇄된 내용을 읽기 시작했다. 채 두어 장도 넘기기 전부터 조장들의 얼굴이 일그러졌다.

"이럴 수가!"

"이게 사실입니까, 형님?"

도저히 믿기지 않는 내용에 알렉스에게 질문을 던지는 조장도 있었다. 알렉스는 가만히 고개를 끄덕였다.

"끝까지 참고 읽어라. 그게 너희가 지금 해야 할 일이다."

조장들은 으득 이를 갈면서 서류철을 한 장 한 장 넘겼다.

서류를 한 장 넘길 때마다 뿌득 이를 가는 소리와 주먹을 꽉 움켜쥐는 소리가 들려왔다.

알렉스는 분노를 억누르며 서류를 읽고 있는 조장들의 모습을 지켜보았다. 마지막 장까지 다 읽은 조장들은 분노를 참지 못하고 서류를 왈칵 구겨 버리거나 붉게 달아오른 얼굴로 주먹을 쥐고 바닥을 쾅쾅 두드렸다.

가장 냉정함을 유지하고 있는 리우가 서류를 내려놓으며 살기가 담긴 눈빛으로 알렉스를 바라보았다.

"이게 사실입니까?"

저마다 분노를 표출하던 조장들의 시선이 순간 알렉스에게 집중되었다. 알렉스의 입술이 천천히 벌어졌다.

"사실이다."

"그런!"

"그럼 지금까지 원수의 명령을 따랐단 말입니까!"

알렉스의 대답에 조장들은 흥분을 감추지 못하고 저마다 노성을 토해냈다. 마오가 죽고 난 후 자신들을 거둬준 은인인 첸이 모든 일의 원흉이었다니.

아무것도 모르고 원수의 수족이 된 자신들의 어리석음에 분하고 원통했다. 냉정한 얼굴로 알렉스를 바라보고 있던 리우가 물었다.

"왜 저흴 부르셨는지 알겠습니다, 형님. 저희가 해야 할 일이 뭡니까?"

알렉스는 입꼬리를 말아 올리며 천천히 입을 열기 시작했다.

"우선은……."

*   *   *

제1×대 대통령 취임식.

국회의사당 앞에서 치러진 취임식에는 각국의 귀빈은 물론 각계각층의 주요 인사들도 참석했다.

정식 초대 손님만 삼백여 명에 육박하고 일반 참석자까지 합치면 거의 십만에 이르는 대한민국 사상 최대의 취임식이었다.

단상 아래의 자리는 모두 세 부분으로 나뉘었다. 하나는 국내 각계각층의 주요 인사들을 모신 자리, 또 하나는 각국의 귀빈, 그리고 마지막은 국민 대표로 선정된 100인을 위한 자리다.

그 뒤로 참여 신청을 한 구만이 넘는 일반 참석자들이 자리했다. 첸의 자리는 해외 귀빈석의 가장 중앙에 위치해 있었다.

두 명까지 동행할 수 있는 자리라 첸은 자신의 호위를 위해 정찬혁과 알렉스를 대동하고 자리에 앉아 있었다.

팡파르가 울리고 고색창연한 색종이들이 휘날렸다. 군악

대의 웅장한 연주와 함께 식전 행사가 시작되었다.

"와아아―!"

수많은 사람의 함성이 주위를 뒤흔들었다. 얼마 지나지 않아 화려한 식전 행사가 끝나고 본격적인 취임식이 시작되었다.

윤준식 대통령의 취임사는 꽤나 인상적이었다. 국제화 시대에 발맞춰 문화, 경제적 경계를 허물고 하나가 되어야 한다는 취지의 취임사였다.

첸은 윤 대통령의 취임사를 상당히 만족스러워했다. 취임사가 의미하는 바를 누구보다 잘 알고 있는 첸이다.

"이제 한국에서도 더욱 확실히 자리매김할 수 있을 것이다. 이 나라에서 가장 튼튼한 줄을 잡았으니까."

첸은 씨익 미소를 지으며 단상 위의 대통령을 가만히 바라보았다.

취임사를 마치고 자리에 앉은 대통령은 첸과 눈이 마주치자 까딱 목례를 했다. 첸도 미소를 띤 채 고개를 끄덕였다.

대규모의 축포를 쏘는 것으로 취임식은 마무리되었다. 군악대의 나팔 소리와 사람들의 커다란 함성이 주위를 가득 메웠다.

귀빈들 대부분은 군경의 호위 하에 취임 기념 파티 참석을 위해 청와대로 향했다.

하지만 첸은 뒷좌석에 앉자마자 운전대를 잡은 알렉스에

게 말했다.

"호텔로 돌아가자꾸나."

"파티에는 참석하지 않으십니까?"

알렉스의 질문에 첸은 피식 미소를 지으며 고개를 끄덕였
다.

"굳이 번잡한 자리에 끼고 싶지 않구나. 어차피 조만간 조
용한 자리에서 만나볼 수 있을 테니."

"그러고 보니 당분간 한국에서 지낸다고 하셨지요?"

"그래. 이번에 사업 확장을 좀 크게 할 예정이라 최소한 두
어 달 정도는 한국에 있을 것 같구나."

"그럼 저희 일이 많아지는 겁니까?"

첸은 가볍게 고개를 내저으며 대답했다.

"아니. 이번에는 되도록 합법적인 수단을 쓸 생각이다. 너
희가 할 일은 당분간 없을 게야. 그래, 이번 기회에 휴가라도
가보는 게 어떠냐?"

"하하, 저야 좋긴 합니다만 그래도 혹시 모르니 그냥 대기
하고 있겠습니다."

알렉스는 거짓 웃음을 지으며 힐끗 백미러를 보았다. 시트
에 몸을 파묻는 첸의 모습이 보인다.

알렉스는 정찬혁에게 보이지 않도록 입꼬리를 살짝 말아
올렸다.

"네 녀석은 어쩔 거냐? 첸 대인이 휴가를 주신다는데."

알렉스의 질문에 정찬혁은 관심 없다는 듯 창가를 내다보며 나직이 대답했다.

"글쎄. 딱히 쉴 생각은 없다. 가게도 열어야 하고."

"네 녀석답군."

알렉스의 비꼬는 말투에 정찬혁은 별다른 반응을 보이지 않았다. 그럴 줄 알았다는 듯 알렉스는 입꼬리를 말아 올리며 말을 이었다.

"모레쯤 잠깐 시간 내줄 수 있나?"

정찬혁은 고개를 갸웃했다. 지금까지 반년 가까이 함께 일을 해왔지만 임무 외에 개인적으로 만난 일은 거의 없지 않는가.

알렉스는 별다른 감정이 느껴지지 않는 무표정한 얼굴이다. 무슨 생각인지 의도를 파악할 수 없었다. 잠시 고민하던 정찬혁은 조용히 질문을 던졌다.

"가능하다. 그런데 왜 그러지?"

알렉스가 피식 미소를 지으며 대답했다.

"네 녀석이 꼭 알아야 하는 중요한 얘기가 있다. 못 들었다가는 평생 후회하게 될지도 몰라."

"그게 무슨?"

"도착한 것 같군. 그럼 모레 저녁에 내가 카페로 찾아가지."

알렉스는 차를 베아투스 앞에 세우고 내리라는 듯 정찬혁을 바라보며 고개를 까딱했다.

지금 물어봤자 아무런 대답도 해주지 않을 것 같았다. 정찬혁은 나직이 한숨을 내쉬며 천천히 차에서 내렸다.

이내 알렉스의 차는 저 멀리 사라져 버렸다. 물끄러미 멀어져 가는 차를 바라보며 정찬혁은 거푸 한숨을 내쉬었다.

대체 자신의 주위에서 무슨 일이 벌어지려는 것인지 도무지 알 수가 없었다. 불길한 예감만이 머릿속을 스칠 뿐이다.

*　　　*　　　*

도무지 일이 손에 잡히자 않았다. 오랜만에 찾아온 신유진의 말과 일렉스의 이상한 행동이 머릿속을 어지럽히고 있었다.

정찬혁은 길게 한숨을 내쉬며 벽에 걸린 시계를 쳐다보았다. 오후 다섯 시. 애매한 시간이다.

알렉스가 시간을 지정한 것은 아니었지만 늦어도 여덟 시 전에는 올 터였다. 점심도 먹지 않아 허기가 느껴졌지만 자리를 비울 수 없었다. 언제 알렉스가 올지 모른다.

우웅―

카운터에 놓아둔 휴대폰이 부르르 몸을 떨었다. 정찬혁은 손을 뻗어 휴대폰을 집어 들었다. 알렉스의 전화였다.

─30분쯤 후에 도착할 거다. 혹시 손님이 있다면 보내는 게 좋을 거야.

"기다리겠다."

대답하자마자 전화는 그대로 끊어졌다. 뚜뚜 하는 통화 종료 음을 들으며 정찬혁은 휴대폰을 내려놓았다.

대체 무슨 얘기를 하려는 것인지 알 수는 없었지만 심각한 내용임은 틀림없었다.

정찬혁은 불을 끄고 입구를 잠갔다. 혹시라도 다른 손님이 올지도 모르는 일이다. 희미한 비상등이 어둠을 약간이나마 거뒀다.

시계 바늘이 딸깍이는 소리만이 조용한 카페를 가득 채워 갔다. 정확히 30분 후에 알렉스는 서류 봉투 하나를 든 채 잠 겨 있는 카페의 문을 두드렸다.

천천히 몸을 일으킨 정찬혁이 문을 열자 알렉스는 피식 미 소를 지으며 안으로 들어왔다.

"오래 기다렸나?"

"글쎄."

"일단 앉아서 얘기하지."

알렉스가 먼저 자리에 앉았다. 그 모습을 가만히 바라보던 정찬혁도 문을 잠그고 그 맞은편에 자리를 잡았다. 희미한 빛 속에서 두 사람의 눈빛이 얽혔다.

"할 얘기가 뭐지?"

알렉스는 대답 대신 들고 온 서류 봉투를 툭 던졌다. 탁자에 놓인 서류 봉투를 바라보며 정찬혁이 다시 물었다.

"이게 뭐지?"

"일단 보고 나서 얘기하지."

알렉스가 의미심장한 미소를 지으며 어깨를 으쓱했다. 정찬혁은 고개를 갸웃하며 실로 봉인된 서류 봉투를 열었다.

순간,

파팟! 쿠당탕! 철컥!

갑작스레 알렉스가 벌떡 일어나는 바람에 테이블이 옆으로 쓰러졌다. 동시에 알렉스의 총구가 정찬혁의 이마에 닿았다.

서류 봉투를 여느라 미처 반응하지 못한 정찬혁이 알렉스를 날카롭게 쏘아보았다.

"무슨 짓이지?"

알렉스는 일그러진 미소를 지으며 천천히 입을 열었다.

"오늘만을 기다려 왔다, 빌어먹을 사신 놈아!"

차가운 금속의 촉감이 이마를 타고 온몸에 전해졌다. 하지만 정찬혁은 눈 하나 깜짝하지 않고 알렉스를 쏘아보았다.

"왜지?"

정찬혁이 조용히 물었다. 알렉스는 파르르 떨리는 손으로 권총을 움켜쥔 채 천천히 입을 열었다.

"서류를 보면 알 수 있을 거다."

그 말은 지금 당장은 쏘지 않겠다는 뜻이다. 정찬혁은 봉투 안의 서류를 꺼내며 알렉스의 눈치를 살폈다.

빈틈이 보이면 바로 총을 빼앗고 제압할 생각이다. 하지만 알렉스의 싸늘한 음성이 정찬혁의 행동을 앞서 막았다.

"머리에 구멍 나고 싶지 않으면 허튼수작 부릴 생각은 하지 마라. 네놈이 어떻게 움직일지는 누구보다 내가 잘 알고 있으니까."

알렉스는 방아쇠에 걸린 손가락에 약간 힘을 주었다. 달칵 하는 소리가 들렸다. 알렉스가 조금만 더 힘을 주면 총구가 불을 뿜을 것이다.

죽음.

두 글자가 정찬혁의 머릿속을 스쳤다. 이 자리에서 죽어서는 안 된다. 자신에게는 아직 해야만 하는 일이 있었다.

우선은 알렉스가 시키는 대로 따르는 것이 좋을 터였다. 정찬혁은 나직이 한숨을 내쉬며 저항할 생각을 버렸다.

"역시 판단이 빠르군. 그럼 계속해라."

정찬혁은 천천히 서류를 꺼냈다. 서류는 꽤나 두꺼웠다. 한 페이지를 넘기자 그동안 정찬혁이 사신으로서 했던 일에 대한 자세한 기록이 쓰여 있었다.

정찬혁은 말없이 서류를 넘겼다. 십여 장을 넘긴 후에야 다른 내용이 나왔다.

정찬혁의 부모님의 죽음에 관한 내용이었다. 수십, 수백 번은 본 현장 사진에 정찬혁의 얼굴이 일그러졌다.

터져 나오는 격정을 억누르며 정찬혁은 천천히 서류를 읽었다. 서류를 넘기는 손이 미세하게 파르르 떨려왔다. 잊으려야 잊을 수 없는 그날의 기억이 머릿속에 생생하게 되살아났다.

왈칵 눈물이 터져 나올 것만 같았다. 치밀어 오르는 눈물을 참으며 정찬혁은 서류를 넘겨갔다.

시간이 지나 서류의 마지막에 손이 닿은 순간, 정찬혁의 눈이 찢어질 듯 크게 치켜떠졌다. 서류를 넘기던 손은 돌처럼 굳었다.

"크크. 이제 알았나? 네놈이 그동안 어떤 자의 수족이 되어 살아왔는지?"

알렉스의 비웃음 섞인 낮은 음성이 흘러나왔다. 하지만 정찬혁에게는 아무런 소리도 들리지 않았다. 돌처럼 굳은 손이 부르르 떨리기 시작했다.

정찬혁은 자신의 이마에 총구가 닿아 있는 것도 잊은 채 알렉스를 바라보았다.

"이게… 사실인가?"

"사실이다. 구룡회의 비밀 전산망에 단 한 사람만이 열람할 수 있도록 몇 겹이나 쳐져 있는 보안 시스템을 뚫고 얻은 정보지."

알렉스는 입꼬리를 살짝 말아 올렸다. 이내 떨림이 멎은 정찬혁은 들고 있던 서류를 원래대로 봉투에 넣었다.

분노가 극에 달하자 흥분이 가라앉고 차분해진 정찬혁이었다. 한층 냉정해진 얼굴로 정찬혁은 알렉스에게 조용히 말했다.

"하루, 아니, 열두 시간만 기다려 줄 수 있겠나?"

"열두 시간? 그사이에 도망칠 생각이냐?"

"너도 내게 원하는 게 있지 않나?"

정찬혁의 질문에 알렉스는 긍정하듯 미소를 지었다. 이내 알렉스가 입을 열었다.

"내가 얻을 수 있는 건?"

정찬혁이 으득 이를 갈며 한 치의 망설임도 없이 대답했다.

"첸 카이후와 내 목숨."

"크크큭! 복수를 위해서는 네놈의 목숨 따위는 아깝지 않다는 거냐? 좋다, 그 목숨, 받아두기로 하지."

알렉스는 싸늘한 미소를 지으며 고개를 끄덕였다. 정찬혁의 반응은 충분히 예상한 수준이다.

알렉스는 미소를 띤 채 정찬혁의 이마에 댄 총구를 거뒀다. 이내 몸을 일으킨 정찬혁은 준비실로 향했다.

정찬혁은 한쪽 벽에 가지런히 놓여 있는 원두 봉투를 다른 쪽으로 치웠다. 그리곤 바닥에 손잡이처럼 파여 있는 곳을 잡아당겼다.

끼이익—!

경첩의 낮은 비명과 함께 지하로 이어진 계단이 모습을 드러냈다. 정찬혁은 곧장 계단을 내려가기 시작했다.

이내 형광등이 켜져 있는 지하실에 닿았다. 벽에는 다양한 종류의 도검과 총기가 걸려 있었고, 바닥에는 탄통이 가득했다.

정찬혁은 은장도처럼 생긴 스로잉 나이프 십여 자루를 팔목과 발목에 차고 쿠크리 나이프를 한 자루 챙겼다.

권총을 두 자루 품속에 갈무리하고 커다란 스포츠 백에 기관단총을 비롯한 총기를 쓸어 넣었다.

탄환이 장전된 탄창도 수십여 개를 챙긴 후에야 정찬혁은 가방을 둘러메고 계단을 올랐다.

"혼자서 전쟁이라도 할 셈이냐?"

묵직한 가방을 들고 있는 정찬혁의 모습에 알렉스가 불쑥 물었다.

정찬혁은 아무런 대답 없이 알렉스를 스쳐 지나쳤다. 입구에서 멈춰 선 정찬혁은 돌아보지도 않고 입을 열었다.

"늦지 않게 돌아오겠다."

알렉스가 씨익 미소를 지으며 고개를 끄덕였다.

"기다리지."

밖으로 나서는 정찬혁을 가만히 지켜보던 알렉스는 휴대폰을 꺼내 들었다.

단축번호를 누르자 곧 신호음이 들려왔다. 두어 번 벨이 울리는 듯하더니 누군가 전화를 받았다.

─시작하는 겁니까, 형님?

샤오의 음성이 귓가로 흘러들었다. 알렉스는 입꼬리를 살짝 말아 올리며 고개를 끄덕였다.

"그래, 놈이 방금 출발했다. 나도 20분 후에 출발할 테니 모두 준비하라고 일러둬."

* * *

우우웅─

낮은 진동음이 귓가에 들려왔다. 선잠이 들었던 첸은 천천히 눈을 떴다. 탁자 위에 놓인 휴대폰이 몸을 떨고 있다.

"으하암! 잠깐 잠이 들었나 보군."

하품을 하며 휴대폰을 집어 든 첸의 얼굴이 굳었다.

정찬혁의 전화다. 지금껏 임무가 아닌 한 정찬혁이 먼저 전화를 한 적은 한 번도 없었다.

'설마 오늘이……?'

수년 전의 일을 떠올리며 첸은 길게 한숨을 내쉬었다. 휴대폰을 들고 있는 손이 파르르 떨렸다. 받고 싶지 않은 전화다. 하지만,

"받아라."

갑작스레 등 뒤에서 들려온 기괴한 음성에 첸은 어깨를 움

찔했다.

첸은 차마 돌아보지 못하고 파르르 떨리는 음성으로 억지로 입을 열었다.

"오, 오늘이 그날인 거요?"

"크크크."

뼛속까지 시린 웃음소리가 귓가로 파고들었다. 첸은 무언가에 홀리기라도 한 것처럼 전화를 받았다.

"찬혁이냐?"

목소리가 미세하게 떨려왔다. 대답이 없다. 잠깐의 침묵이지만 첸에게는 수억 년처럼 느껴졌다. 이내 수화기를 타고 정찬혁의 음성이 흘러나왔다.

―왜 그러셨습니까?

"무얼… 말이냐?"

첸의 반문에 정찬혁은 침묵으로 대답했다. 정찬혁의 낮은 음성이 잠시 후 다시 들려왔다.

―지금 그쪽으로 가겠습니다.

무어라 말하기도 전에 정찬혁은 전화를 끊어버렸다. 뚜뚜 하는 신호음이 첸의 귓가에 들려왔다.

몸에 힘이 빠져나간 탓에 첸의 손에서 휴대폰이 미끄러지듯 떨어져 내렸다. 탁 하는 소리와 함께 충격으로 배터리가 분리되었다.

"후우!"

저도 모르게 긴 한숨이 흘러나왔다. 등 뒤에서 느껴지던 기이한 인기척은 이미 사라지고 없었다.

첸은 거푸 한숨을 내쉬며 바닥에 떨어진 휴대폰을 주워들었다. 그리곤 밖을 향해 낮게 소리쳤다.

"아무도 없느냐?"

"부르셨습니까, 대인!"

밖에서 대기하고 있던 린이 안으로 들어오며 문 앞에서 낮게 소리쳤다. 첸은 린을 쳐다보지도 않고 배터리를 끼우며 입을 열었다.

"지금 당장 연락이 닿는 모두를 호텔로 불러들여라. 경계 태세를 최상급으로 올려야 할 게야."

"그게 무슨……?"

전혀 예상 밖의 명령에 린은 고개를 갸웃했다. 첸의 말이 조용히 이어졌다.

"찬혁이… 그 아이가 내 목숨을 노리고 이곳으로 올 게다. 녀석을 막아라."

린의 눈이 찢어질 듯 크게 치켜떠졌다. 정찬혁이 첸의 목숨을 노리다니. 대체 무슨 헛소리란 말인가.

하지만 첸은 린의 의문에 답해주지 않았다. 그저 낮은 호통만 쳤을 뿐.

"서둘러라!"

"예! 아, 알겠습니다!"

잠시 머뭇거리던 린은 이내 고개를 숙이며 대답했다. 무슨 상황인지 알 수는 없었지만 첸의 명령은 무엇보다도 절대적이다.

린은 머릿속의 의문을 지우며 조용히 물러났다. 밖으로 나가는 린의 모습을 가만히 바라보던 첸은 휴대폰을 들어 누군가에게 전화를 걸었다.

"나 첸이오. 부탁이 하나 있소이다."

정찬혁은 휴대폰을 거칠게 내던졌다. 별다른 말을 하지는 않았지만 첸의 반응으로 알 수 있었다. 알렉스가 건네준 서류에 쓰여 있는 것이 모두 진실임을.

'아버지… 어머니……'

피눈물을 흘리며 원망의 눈빛으로 부모님이 자신을 바라보고 있었다.

눈앞에 있는 원수를 알아보지 못하고 그의 수족이 된 자신을 책망하고 있는 것만 같았다.

우드득―

정찬혁은 피가 배어나올 정도로 아랫입술을 꽉 깨물었다. 아무런 통증도 느껴지지 않았다.

아무것도 모르고 첸을 따랐던 자신의 어리석음에 비하면 이런 고통은 아무것도 아니다.

툭! 투툭― 쏴아아―!

마치 정찬혁의 심정을 대변이라도 하듯 하늘에서 갑작스레 빗줄기가 쏟아져 내리기 시작했다. 모든 것을 씻어내 버리겠다는 듯 거친 빗줄기였다.

당장에라도 달려가고 싶었지만 퇴근 시간이라 제대로 속도를 낼 수 없었다. 속도를 줄인 정찬혁은 손을 뻗어 옆 좌석에 놓여 있는 가방을 확인했다.

가득 담겨 있는 총기류의 싸늘한 감촉이 느껴졌다. 지금의 속도라면 첸이 머물고 있는 루한 내셔널 호텔까지 약 두 시간 정도 걸릴 터였다.

긴 시간이다. 첸이 자신의 습격을 대비해 완전한 방어태세를 취할 수 있을 정도로. 그것을 알고 있었지만 정찬혁은 서두르지 않았다.

대비를 한다고 해봤자 한국에서 동원할 수 있는 조직원의 숫자는 한정적이다. 그들 대부분은 자신처럼 특수 훈련을 받은 자들이 아니었다.

조심해야 할 것은 린을 비롯한 첸의 친위대였다. 정찬혁 자신이 직접 훈련시킨 자들이라 그들의 실력은 누구보다 잘 알고 있다.

개개인의 실력은 정찬혁에 비해 많이 모자란 편이지만 그들이 힘을 합친다면 장담할 수 없었다.

정찬혁은 린을 비롯한 친위대를 훈련시키던 때를 떠올렸다. 각각의 특기와 장점, 특유의 습관과 단점들이 선명하게 떠올랐다.

얼마 지나지 않아 정찬혁은 친위대를 돌파할 방법을 생각
해 냈다. 각자의 습관을 이용한 방법이다.

그동안 얼마나 변했는지 알 수는 없지만 어느 정도는 유효
할 것이다. 생각을 정리한 정찬혁은 엑셀을 강하게 밟았다.
어느새 도로가 한산해진 덕이다.

"이상하군."

정찬혁은 고개를 갸웃하며 조용히 중얼거렸다. 도로가 한
산해진데다 주위로 오가는 사람들의 모습이 거의 보이지 않
았다. 정찬혁은 시간을 확인했다.

아직 저녁 아홉 시도 채 되지 않았다. 그런데 거리에 이렇
게 사람이 없다는 것은 말이 안 되었다.

간간이 보이는 식당이나 카페도 간판이 꺼져 있다. 이내 정
찬혁은 알 수 있었다. 첸이 자신을 상대하기 위해 무대를 만
들어놓았다는 것을.

정찬혁은 저도 모르게 입꼬리를 말아 올렸다. 무대까지 마
련해 주었으니 머뭇거릴 이유가 없었다.

정찬혁은 더욱 강하게 엑셀을 밟았다. 차가 거친 엔진음을
토해내며 쏟아지는 빗속을 미끄러지듯 내달렸다.

쏴아아―!

거센 빗소리가 주위를 가득 뒤덮었다.

첸의 거처인 루한 내셔널 호텔에 수많은 구룡회의 조직원
이 집결했다. 일반 사원을 뺀 나머지가 거의 대부분 모였으니
그 숫자가 삼백에 이르렀다.

그들 중 일백여 명은 호텔의 1층에 포진, 각자 권총이나 기
관단총으로 무장하고 호텔 주위를 경계하고 있었다.

"거참, 갑자기 이렇게 호출이라니. 무슨 전쟁이라도 하실
셈인가?"

영문도 모르고 달려온 조직원 하나가 투덜거렸다. 그 옆에
있는 조직원이 투덜거리는 사내를 질책했다.

"위에서 시키면 시키는 대로 할 일이지 뭐가 그리 불만인
가? 그만 투덜거리고 바깥에 나가 보자고. 순찰 돌 시간이
야."

"알겠수다, 형님."

투덜거리던 조직원은 앞장서서 걸음을 옮기는 조직원의
뒤를 따라 호텔 밖으로 나섰다. 거센 빗줄기가 온통 시야를
어지럽히고 있었다.

두 조직원은 몸이 젖는 것도 아랑곳하지 않고 천천히 주위
를 둘러보았다. 몇 미터 떨어진 곳에 동료 두 사람의 모습이
희미하게 보였다.

"여어! 밖에는 아무 이상 없나?"

나이가 많은 조직원이 질문을 던졌다. 하지만 아무런 대답
도 들려오지 않았다. 그런데,

“커억!”

빗소리 사이로 낮은 신음이 들려온 것 같았다. 순간 질문을 던진 조직원의 눈이 커졌다. 그가 옆의 동료를 돌아보며 물었다.

“자네도 들었나?”

침을 꿀꺽 삼키며 젊은 조직원이 고개를 끄덕였다. 두 조직원은 이내 긴장한 얼굴로 총을 고쳐 쥐고 신음이 들려온 방향을 향해 천천히 다가갔다. 거센 빗줄기에 가려 있던 두 동료의 모습이 점점 뚜렷해졌다.

“이봐, 괜찮나?”

나이 많은 조직원이 조심스레 질문을 던졌다. 순간,

핏—!

빗줄기를 뚫고 무언가 번뜩이는 물체가 날아왔다. 날아드는 것이 작은 스로잉 나이프라는 것을 깨달은 순간, 이미 그것은 목덜미를 파고들었다.

“끄륵!”

가래가 들끓는 짧은 신음을 토해내며 나이 많은 조직원이 비틀했다.

그제야 자신의 정면에 있는 두 동료가 허물어지듯 쓰러지는 것이 보였다. 다리에 힘이 풀려 쓰러지는 중에 자신과 비슷한 모습으로 쓰러지는 옆에 있는 동료의 모습이 보였다.

털썩—!

바닥에 호되게 부딪쳤지만 통증이 느껴지지 않았다. 그저 의식이 흐릿해져 갈 뿐이다.

저벅저벅—!

누군가의 걸음 소리가 그들이 들은 이승에서의 마지막 소리였다.

정찬혁은 어깨에 가방을 둘러멘 채 천천히 호텔을 향해 나아가고 있었다. 벌써 호텔 주위를 지키고 있는 조직원 십여 명을 스로잉 나이프로 쓰러뜨린 후다.

보아하니 한국 내에 있는 조직원을 모두 불러들인 것 같았다. 호텔 입구까지는 고작해야 20여 미터 앞이다. 지금까지는 거센 빗줄기가 시야를 가려준 덕에 은밀히 다가올 수 있었다.

하지만 호텔 안에서는 얘기가 달라진다. 수많은 감시카메라가 자신의 움직임을 낱낱이 저들에게 알려줄 테고, 게다가 최소한으로 쳐도 삼백이 넘는 숫자가 안을 지키고 있을 터였다.

아무리 정찬혁이 특수 훈련을 받았다지만 움직임이 노출된 상태에서 저들을 상대하는 것은 무리였다. 그렇다고 물러설 수는 없었다.

방법은 하나. 모두 상대하지 않고 최대한 빠른 속도로 첸이 있는 최상층의 펜트하우스로 향하는 것이다.

어차피 첸을 죽이고 난 후에는 자신의 목숨 따위 아무 상관 없었다. 좀 더 수월하게 펜트하우스로 가려면 우선 지하 삼층에 있는 배전실을 점거해 전원을 차단해야 했다.

물론 자가발전 시설이 갖춰 있어서 금세 전원이 들어오겠지만, 26층에 있는 빌딩 제어 시스템을 절반 정도는 무력화시킬 수 있었다.

그것만으로도 충분히 펜트하우스에 침입할 빈틈을 만들 수 있었다.

철컥—!

일련의 계획을 세운 정찬혁은 가방에서 기관단총 한 자루와 탄창 십여 개를 꺼내 허리춤에 찼다.

한 손에는 기관단총을, 다른 손에는 스로잉 나이프를 든 채로 정찬혁은 천천히 호텔을 향해 걸음을 내디뎠다.

투타타타—

"커헉!"

"다들 뭐하는 거냐! 놈을 막아라! 크헉!"

터져 나오는 총성과 비명, 짙은 화약 냄새가 주위에 가득했다.

단신으로 호텔에 뛰어든 정찬혁은 지하 주차장을 통해 계획대로 배전실로 향했다.

그 앞을 막아선 조직원은 정찬혁의 총구에 피투성이가 되어 쓰러져 갔다.

탕—타탕—!

안개처럼 짙은 화약 연기 사이로 불꽃이 튀었다. 벽에 부딪쳐 도탄된 탄환이 사방으로 튀었다.

정찬혁은 거의 엎드리듯 자세를 낮추고 쓰러진 조직원의 시체를 방패로 삼았다.

쾅—!

순간 조금 떨어진 곳에서 커다란 파열음이 터져 나왔다. 비상계단으로 이어진 문이 박살 나고 십여 명의 조직원이 안으로 달려들었다.

조직원은 추호의 망설임도 없이 자욱한 화약 연기 사이로 총을 난사했다.

투타타타—

문이 박살 나는 소리를 듣자마자 벽 뒤로 몸을 숨긴 덕에 정찬혁은 총알세례를 면할 수 있었다. 탄환이 콘크리트 벽에 틀어박히며 사방으로 파편을 튀겨댔다.

안 그래도 시야를 희미하게 만들던 화약 연기가 파편의 먼지로 인해 더욱 자욱해졌다.

한참을 정신없이 방아쇠를 당기던 조직원은 가장 지위가 높아 보이는 중년 사내의 손짓에 사격을 멈췄다.

중년 사내가 힐끗 고갯짓하자 세 사람이 기관단총을 든 채 조심스레 앞으로 나섰다.

침묵과 함께 걸음을 내딛는 소리가 조용히 들려왔다. 벽 뒤에 몸을 숨긴 채 정찬혁은 발목에 차고 있는 가죽 칼집에서 스로잉 나이프를 꺼내 들었다.

그리곤 눈을 감은 채 귀를 기울였다. 부서진 콘크리트 조각이 바닥에 떨어지는 소리가 들려왔다.

정찬혁은 그 자리에서 꼼짝도 하지 않았다. 조용히 다가오는 걸음 소리와 희미한 금속성이 들려온 순간, 정찬혁은 번쩍 눈을 뜨고 스로잉 나이프를 던졌다.

"컥!"

짧은 신음이 들려왔다. 그와 동시에 다시 총탄세례가 시작되었다.

들려오는 총성으로 총기의 종류와 숫자, 그리고 총탄이 날아드는 방향을 가늠할 수 있었다.

속으로 타이밍을 재던 정찬혁은 철컥 하는 낮은 금속성이 들려온 순간, 망설임없이 몸을 던지며 방아쇠를 당겼다.

투타타탕—!

"컥!"

"끄아악!"

정찬혁의 손에 들린 기관단총이 불꽃을 뿜었다. 마침 탄창을 교체하려던 자들은 비명을 지르며 쓰러졌다. 살아남은 자들이 황급히 응사했다.

하지만 정찬혁은 바닥에 쓰러져 있는 시체를 방패로 삼아 천천히 몸을 일으켰다.

날아든 총알이 몸에 틀어박힐 때마다 시체가 움찔거렸으나 아랑곳하지 않고 정찬혁은 시체에 몸을 완전히 숨긴 채 천천히 앞으로 나아갔다.

자욱한 먼지 속에서 불꽃이 튀었다. 총구가 뿜어내는 불꽃으로 상대의 위치를 확인한 정찬혁은 곧장 방아쇠를 당겼다.

"끄억!"

"커허억!"

귀가 따가울 정도의 총성 사이로 고통에 찬 신음이 연이어 터져 나왔다. 연신 방아쇠를 당기는 정찬혁의 표정은 무심하기만 했다.

어느새 탄창이 텅 비어버렸다. 정찬혁은 들고 있던 기관단총을 휙 내던지고는 품속에서 권총을 꺼내 들었다.

타탕—!

정찬혁은 정확히 두 발씩 총구의 불꽃을 향해 방아쇠를 당겼다. 탄창 하나가 거의 텅 빌 때가 되자 상대 쪽의 총성이 잦아들었다.

정찬혁은 빙글 돌아서서 쓰러지는 시체를 등으로 지지한 채 탄창을 교체했다.

투투투!

간헐적으로 들려오던 총성이 이제는 완전히 멎었다. 하지만 정찬혁은 곧바로 움직이지 않고 잠시 그 자리에서 꼼짝도 하지 않았다.

차츰 화약 연기와 먼지가 가라앉고 주위의 모습이 드러났다. 사방에 총에 맞아 쓰러진 자들의 시체가 가득했다. 짙은 피비린내가 코끝을 자극해 왔다.

정찬혁은 방패로 쓴 시체를 옆으로 밀었다. 수많은 총탄을 몸으로 받아낸 시체는 제 형체를 알아볼 수 없을 정도로 짓이겨져 있다.

"으, 으으……!"

걸음을 옮기기 시작한 정찬혁의 귓가에 낮은 신음이 들려왔다. 고개를 돌리자 피투성이가 되어 쓰러진 자들 중 아직 숨이 멎지 않은 자가 몇몇 보였다.

정찬혁은 그 자리에 멈춰 선 채 신음을 흘리는 자들에게 총구를 뻗었다.

탕! 타탕―!

총성과 함께 이내 신음이 멎었다. 정찬혁은 무표정한 얼굴로 다시 걸음을 옮기기 시작했다.

지하 삼 층으로 이어진 계단으로 향하던 정찬혁은 힐끔 고개를 들었다. CCTV가 자신을 비추고 있었다.

이내 총구가 불을 뿜었다. CCTV가 박살 나고 배선이 드러나며 전기가 튀었다. 빈 탄창을 갈아 끼운 정찬혁은 권총을 품속에 넣고 등에 멘 가방에서 기관단총을 꺼냈다.

재킷의 커다란 주머니에 탄창을 너덧 개 쑤셔 넣고는 가방을 메고 천천히 계단을 내려가기 시작했다.

일차 목표인 배전실까지는 이제 얼마 남지 않았다.

치칙! 치치칙—!

여기저기서 불꽃이 튀었다. 배전실에 기관단총을 난사한 정찬혁은 나직이 한숨을 내쉬며 탄창을 갈아 끼웠다.

이곳까지 오면서 가방 가득 챙겨온 총기류와 탄환의 절반 정도를 소모했다. 쓰러뜨린 자들의 숫자는 대략 60이 조금 넘는 정도에 불과했다.

탄환의 낭비가 심한 편이었지만 어차피 하나하나 다 상대할 생각은 조금도 없었다.

이내 비상 전원이 들어왔다. 그리 밝지는 않지만 움직이는 데는 지장이 없을 정도의 희미한 주황색 빛이 주위를 밝혔다.

정찬혁은 천천히 걸음을 옮기기 시작했다. 주위를 경계하며 조심스레 배전실을 나섰지만 인기척은 느껴지지 않았다.

하지만 방심할 수는 없었다. 매복을 하고 있을 수도 있는 일이다. 최대한 신경을 기울여 조심스레 걸음을 내디뎠다. 얼마 지나지 않아 문이 활짝 열려 있는 엘리베이터에 닿을 수 있었다.

잠시 고민하던 정찬혁은 엘리베이터에 올랐다. 22층 버튼에 불이 들어와 있다. 다른 층을 눌러보았지만 달칵 하는 소리만 날 뿐 불이 들어오지는 않았다.

"22층에서 날 기다리겠다는 뜻인가?"

정찬혁은 나직이 중얼거렸다. 첸의 친위대가 움직이기 시작한 것이 틀림없었다.

그렇다는 것은 남은 다른 조직원을 상대할 필요가 없다는 소리다. 직속 친위대인 만큼 프라이드가 남다른 데다 첸에 대한 충성심이 강한 자들이다. 배신자인 정찬혁을 일반 조직원에게 맡기지 않고 직접 처리하려는 것이다.

이미 어느 정도는 예상하고 있던 일이라 정찬혁은 별다른 동요 없이 엘리베이터에 올랐다.

방아쇠를 당겨 CCTV를 박살 낸 정찬혁은 엘리베이터 문을 닫았다. 우웅 하는 소리와 함께 엘리베이터가 움직이기 시작했다.

비상 전원으로 움직이는 터라 평소보다 속도가 많이 느렸다. 정찬혁은 눈을 감은 채 호흡을 고르며 엘리베이터가 멈추기를 기다렸다. 숫자 전광판이 차츰 22에 다가가고 있었다.

전광판이 21을 가리키는 순간, 정찬혁은 감은 눈을 번쩍 떴다. 이내 전광판이 22로 변하고 엘리베이터가 멎었다. 칭 하는 소리와 함께 문이 스륵 열렸다.

정찬혁은 내리지 않고 천천히 문 너머를 살폈다. 길게 이어진 복도 양쪽으로 객실이 쭉 이어져 있다.

지금까지와는 달리 너무도 조용했다. 하지만 희미한 살기가 주위에 가득했다. 객실을 사이에 두고 친위대가 매복하고 있는 것이 틀림없었다.

정찬혁은 엘리베이터 문이 닫히지 않게 한 손으로 열림 버튼을 누른 채로 복도를 향해 방아쇠를 당겼다.

투타타타—!

총구가 불꽃을 뿜으며 순식간에 탄창 하나를 깨끗이 비워 버렸다.

총성이 조용한 복도를 크게 진동시켰다. 정찬혁은 탄창 멈치를 누르며 손목을 살짝 털었다. 빈 탄창이 스르륵 미끄러져 바닥에 떨어졌다.

철컥!

낮은 금속성이 총성의 잔향을 뚫고 퍼져 나간 순간, 근처 객실 문이 벌컥 열리고 검은 정장 사내 서넛이 뛰쳐나와 엘리베이터를 향해 방아쇠를 당겼다.

투타타타—!

총구가 불을 뿜었다. 미리 준비하고 있던 정찬혁은 사내들이 뛰쳐나온 순간 이미 엘리베이터 밖으로 몸을 던지고 있었다.

날아드는 총탄을 피해 엘리베이터와 객실 사이의 통로로 몸을 던진 정찬혁은 동시에 기관단총을 내던지며 품속에서 권총을 꺼내 들었다.

정찬혁의 눈보다 더 빨리 총구가 달려나온 사내들에게 향했다.

탕! 타탕—!

"컥!"

"크흑!"

총성과 함께 낮은 신음이 터져 나왔다. 처음 달려든 사내 서넛은 모두 이마에 총을 맞고 쓰러졌다.

하지만 정찬혁도 무사하지는 않았다. 피하는 타이밍이 조금 늦었던 것인지 총탄이 어깨와 등을 스쳤다. 재킷이 찢어지고 드러난 하얀 셔츠가 붉게 물들어갔다. 통증에도 아랑곳하지 않고 정찬혁은 벽에 등을 기댄 채 힐끔 복도를 바라보았다.

화약 냄새와 피비린내가 코끝을 자극해 왔다. 쓰러진 자들의 피로 바닥이 흥건했다.

하지만 조용했다. 정찬혁은 등에 멘 가방을 내려놓았다. 가방에도 총탄이 스친 것인지 여기저기 찢어져 있다. 스친 것이 다행이다.

만약 정통으로 맞았다면 가방 안에 있는 탄약들이 연쇄 폭발을 일으켜 정찬혁의 몸이 걸레짝처럼 너덜너덜해졌을지도 모르는 일이다. 물론 그것을 막기 위해 허리를 뒤틀다가 어깨와 등을 다친 것이다.

정찬혁은 가방을 열었다. 산탄총과 기관단총 몇 자루, 권총 몇 자루, 거기에 탄창 수십여 개가 아직 남아 있다. 친위대는 모두 오십여 남짓.

그중 최소한 절반 정도는 첸의 신변 보호를 위해 남아 있을 터였다. 그렇다면 이곳에 매복하고 있는 자들은 많아야 서른 정도일 것이다. 자신을 22층으로 유도한 것은 그만큼 상대할 자신이 있다는 소리다.

"크큭! 여기가 내 무덤 자리라는 건가?"

정찬혁은 피식 미소를 지었다. 첸에게 가기 전에 죽어줄 생각은 조금도 없다.

상황을 보아하니 자신이 먼저 움직이기 전에는 매복해 있는 친위대도 움직이지 않을 터였다. 정찬혁은 총알이 장전되어 있는 탄창을 한 뭉치 꺼냈다.

기관단총은 이제는 더 필요하지 않았다. 권총용 탄창 네 개를 챙긴 정찬혁은 남은 탄창을 그대로 복도를 향해 힘껏 내던졌다.

그리곤 품속에서 권총을 꺼내 허공의 탄창을 노리고 방아쇠를 당겼다. 불꽃을 뿜어내며 날아간 총탄이 정확히 정찬혁이 던진 탄창들을 맞췄다.

투파파팍—! 피피핑—!

탄창이 폭발하고 사방으로 총탄이 튀었다. 특히나 산탄총의 탄환이 폭발하자 작은 쇠구슬이 사방으로 비산했다.

벽에 등을 기대고 선 정찬혁은 폭음이 잦아들자 양손에 권총을 하나씩 쥔 채 복도를 향해 뛰어들었다.

복도를 중심으로 좌우에 있는 박살 난 객실 문 사이로 힐끗

검은색 정장이 보였다. 정찬혁은 망설임없이 방아쇠를 당겼
다.

"컥!"

"허컥!"

귓가로 날아드는 신음을 들으며 정찬혁은 몸을 최대한 낮
춘 채 빠른 속도로 걸음을 옮겨갔다. 복도 끝에서 커다란 외
침이 터져 나왔다.

"멍청한 놈들 같으니라고! 모두 나와 놈을 쳐라!"

거의 동시에 모든 객실의 문이 부서질 듯 벌컥 열리고 뛰쳐
나온 친위대가 총탄세례를 퍼부었다.

정찬혁은 외침을 듣는 것과 거의 동시에 가까운 객실로 몸
을 날렸다. 온몸의 무게를 실어 어깨로 문을 부딪치자 콰작
하는 소리와 함께 문이 박살 났다.

마침 달려나오던 친위대가 부서진 문과 함께 튕겨나갔다.
낙법으로 빙글 한 바퀴 구르며 몸을 일으킨 정찬혁은 부서진
문에 깔려 있는 사내에게 총을 쐈다.

쓰러지면서 머리를 부딪쳐 기절해 있던 사내는 끄륵 하는
낮은 신음을 흘리며 절명했다. 정찬혁은 문가에 몸을 기댄 채
밖의 동향을 살폈다.

투타타타ㅡ!

총탄세례는 쉽사리 멈출 기세가 아니었다. 간간이 총성 사
이로 철컥거리는 소리가 들려왔다. 쉴 새 없이 탄창을 교체하

고 방아쇠를 당기고 있다는 뜻이다.

지금 뛰어들었다가는 쏟아지는 탄환에 벌집이 될 게 뻔했다. 그렇다고 이렇게 기다리고만 있을 시간은 없었다. 고민하고 있는 정찬혁의 눈에 문에 깔려 있는 시체의 허리춤에 달려 있는 물건이 보였다.

소형 최루탄이다. 자신이 알고 있는 친위대의 표준 장비는 아니었다. 그랬다면 벌써 사용했을 테다.

아마도 개인적으로 구한 물건일 터였다. 솔방울보다 조금 작은 크기의 최루탄이라 효과가 미치는 범위는 그리 넓지 않겠지만 상황을 타개하기에는 충분했다.

정찬혁은 손을 뻗어 최루탄을 집어 들었다. 수류탄과는 달리 안전핀 없이 일정 수준 이상의 충격을 주면 터지는 형태였다.

정찬혁은 손수건을 꺼내 코와 입을 가린 후 쏟아지는 총탄 사이로 최루탄을 던졌다.

카캉―!

총탄이 최루탄을 꿰뚫는 금속성이 터져 나왔다. 동시에 허연 최루 가스가 뿜어져 순식간에 복도를 가득 메웠다.

빗발치던 총성이 잦아들었다. 그와 함께 기침 소리가 들려오기 시작했다.

"콜록! 콜록!"

"크흑! 모두 숨을 멈, 콜록! 콜록!"

총성이 잦아들자 정찬혁은 손수건으로 얼굴을 가린 채 천천히 최루 가스가 자욱한 복도로 나갔다.

빠른 속도로 걸음을 옮기며 검은 정장이 가스 사이로 보일 때마다 방아쇠를 당겼다.

탕! 타타탕!

"커헉!"

총에 맞은 친위대의 짧은 신음이 들려왔다. 눈이 따갑고 피부가 가려웠지만 정찬혁은 아랑곳하지 않고 계속 전진하며 검은색이 보일 때마다 방아쇠를 당겼다.

어느새 탄창이 비었다. 정찬혁은 탄창을 교체하지 않고 들고 있던 권총을 내던졌다. 동시에 품속에서 여분의 권총을 꺼내 들고 눈앞의 그림자를 향해 총구를 뻗었다.

순간,

"오랜만에 뵙습니다, 정찬혁 팀장님."

오른쪽에서 누군가의 낮은 음성과 함께 무언가 날아드는 파공성이 들려왔다.

정찬혁은 본능적으로 몸을 웅크리며 소리가 들려온 방향으로 총구를 돌렸다. 방아쇠를 당기려는 순간, 무언가 날아들어 손등을 후려쳤다.

정찬혁은 강한 통증에 권총을 놓쳐 버렸다. 거의 동시에 검게 칠해진 컴뱃 나이프가 허리 어림을 스쳤다. 재킷이 찢어지고 피가 배어 나오기 시작했다.

"큭!"

짧은 신음을 토해낸 정찬혁은 그대로 몸을 굴려 뒤이어질 공격을 피했다.

자욱한 최루 가스 사이로 세 사람이 정찬혁 주위로 모습을 드러냈다. 시엔을 비롯한 두 조장이다.

최루탄이 있는 것을 미리 알기라도 한 듯 세 조장은 코와 입만 가린 소형 방독면을 쓰고 있었다.

"일어나시죠. 이대로 어설프게 끝낼 수는 없잖습니까?"

피 묻은 컴뱃 나이프를 든 시엔이 입꼬리를 말아 올리며 말했다.

정찬혁은 자신의 앞에 선 시엔을 바라보며 천천히 몸을 일으켰다.

"시엔, 리우, 그리고 파오인가?"

정찬혁은 자신을 포위하고 있는 세 조장의 이름을 금세 떠올릴 수 있었다.

"기억하고 계시는군요. 그러면 우리가 왜 이렇게 직접 나선 건지도 잘 아시겠지요?"

등 뒤에서 들려온 키가 작은 사내, 리우의 음성에 정찬혁은 가만히 고개를 끄덕였다.

본래 친위대의 목적은 첸의 신변 보호에 있다. 그런 만큼 조를 이뤄 대상을 보호하거나 적을 격멸하는 집단 전술이 중요했다. 훈련 프로그램도 그에 맞춰 진행했다.

하지만 세 사람, 시엔과 리우, 그리고 파오는 집단 전술보다는 육탄전을 선호했다.

호전적인 성향이 강해 전술 훈련 시에도 대열을 이탈해 폭주하기 일쑤였다. 실력이 뛰어나 조장이 되긴 했지만 그 성향은 변하지 않았다. 오죽하면 친위대 내에서도 첸을 지키는 미친 지옥의 삼두견 케르베로스라는 별명으로 불릴 정도였다.

"어쩐지 전술이 형편없다 했더니 이럴 셈이었던가?"

정찬혁은 나직이 중얼거렸다. 자신이 직접 훈련시킨 친위대가 나섰음에도 다른 조직원과 별다를 바 없는 난사 위주의 공격에 안 그래도 조금 이상하다고 생각하던 정찬혁이다.

덩치 큰 사내 파오가 누런 이를 드러내며 미소를 지었다.

"크크! 언젠가는 직접 당신을 해치우겠다는 약속을 지키려는 거요."

정찬혁은 나직이 한숨을 내쉬며 발목에 차고 있던 칼날이 손바닥 길이만 한 쿠크리 나이프를 꺼내 들었다.

정찬혁은 역수로 쿠크리 나이프를 들고 세 조장을 노려보았다.

"누가 먼저 올 테냐? 아니, 셋이 같이 덤비는 쪽이 승산이 높겠군."

세 조장의 얼굴이 동시에 구겨졌다. 옳은 말이다. 훈련을 받을 때도 세 사람이 함께 정찬혁에게 달려든 적이 있었다.

하지만 제대로 손도 못 쓰고 혼쭐이 났다. 그때도 정찬혁이 세 사람의 자존심을 긁어 흥분하는 바람에 제 실력을 발휘하지 못했다.

거의 동시에 그것을 떠올린 세 조장은 서로 눈빛을 교환했다. 같은 수법에 두 번이나 당할 조장들이 아니다.

세 조장은 살기 어린 눈빛으로 정찬혁을 노려보며 좌우로 천천히 움직이기 시작했다.

어느새 자욱하던 최루 가스가 옅어지고 있었다.

*　　　*　　　*

바닥이 진동했다. 총성이 들려왔다. 아까보다 훨씬 가까운 곳에서 전해지는 소리다.

휠체어에 앉아 있는 첸은 몸으로 진동을 느끼며 고개를 들었다. 주위에는 자신을 지키기 위한 친위대가 가득했다.

"모두 나가 있거라."

바로 옆에 있던 린이 화들짝 놀라며 소리쳤다.

"하지만 첸 대인, 지금은……!"

첸은 손을 들어 린의 입을 막고 천천히 말을 이었다.

"알고 있다. 하지만 이렇게 사람이 많아서야 날 지키기는 커녕 오히려 답답하기만 하구나."

맞는 말이다. 요인을 보호하는데 한곳에 이렇게 많이 모여 있을 필요는 없었다.

입술 왼쪽에 세로로 길게 찢어진 흉터가 있는 조장이 주위
의 친위대를 향해 눈짓했다. 신호를 받은 친위대가 밖으로 흩
어졌다.

남은 것은 첸과 린, 그리고 입가에 흉터가 있는 조장뿐이
다.

"이러면 되겠습니까, 첸 대인?"

"아니. 린과 야오 너희 둘도 물러나라."

야오라 불린 사내의 말에 첸은 가만히 고개를 내저었다. 야
오가 놀란 얼굴로 첸을 바라보았다.

"저희까지 물러날 수는 없습니다. 언제 정찬혁 팀장, 아니,
배은망덕한 배신자 놈이 첸 대인을 노리고 달려들지 모릅니
다."

"녀석을 막을 자신이 없는 게로구나. 설마 찬혁이 녀석이
이곳까지 무사히 올 수 있을 거라고 생각하는 게냐?"

첸의 말에 야오는 말문이 탁 막혔다. 이미 정찬혁을 막기
위해 친위대 세 개 조가 나서지 않았는가.

야오가 머뭇거리는 사이 린이 첸에게 한 걸음 다가가며 입
을 열었다.

"알겠습니다, 첸 대인. 이 자리에서는 물러나겠습니다. 하
지만 보이지 않는 곳에서 대인을 지키겠습니다. 그러면 되지
않겠습니까?"

"그래, 그러는 게 좋겠구나. 대신 내가 신호하기 전까지는

절대 나와서는 안 된다. 알겠느냐?”

“예, 명심하겠습니다.”

첸의 말에 린은 고개를 깊이 숙이며 대답했다. 야오도 말없이 고개를 숙였다. 이내 두 사람은 천천히 밖으로 나왔다. 야오가 앞서 걸음을 옮기는 린을 불러 세웠다.

“무슨 생각으로 그렇게 말한 거냐, 린?”

“대인의 명령대로 하는 것뿐이야.”

걸음을 멈춘 린은 돌아보지도 않고 짧게 대답했다. 그리곤 근처에 있는 친위대 중 가장 실력이 뛰어난 두 사람을 불렀다.

자신의 부름을 받은 두 사람이 다가오자 린은 야오를 향해 힐끗 고개를 돌리며 말을 이었다.

“뭐하는 거야? 보이지 않는 가까운 곳에서 대인을 보호해야 할 것 아냐? 가자고.”

이내 린의 의도를 깨달은 야오는 고개를 끄덕였다.

두 친위대와 함께 린이 앞장서서 걸음을 옮기기 시작했다. 야오가 조용히 그 뒤를 따랐다.

*　　*　　*

챙! 채챙!

튀는 불꽃과 함께 날카로운 금속성이 연이어 터져 나왔다.

정찬혁와 세 조장은 한 치의 양보도 없는 공방을 수십 번이나 주고받았다.

오랜 시간 손발을 맞춰온 세 조장의 합공은 빈틈이 거의 보이지 않았다. 치명상은 없었지만 칼이 스친 생채기가 정찬혁의 온몸에 가득했다.

"큭!"

시엔의 나이프가 정찬혁의 팔꿈치를 스쳤다. 길게 찢어진 상처에서 피가 터져 나왔다.

뒤이어진 리우의 공격을 자세를 낮춰 피하며 정찬혁은 파오를 향해 나이프를 휘둘렀다. 파오는 뒤로 살짝 물러나며 공격을 피했다. 거의 동시에 시엔과 리우가 달려들었다.

정찬혁은 봄을 회전시키며 날아드는 공격을 쳐냈다. 공격을 막아내긴 했지만 출혈 탓인지 눈앞이 흐릿해졌다.

순간 정찬혁은 몸의 균형을 잃고 한쪽 무릎이 꺾였다. 비웃음 섞인 시엔의 음성이 귓가로 날아들었다.

"크큭! 꼴사납군요. 겨우 이런 모습을 보이려고 첸 대인을 배신한 겁니까?"

정찬혁은 뿌득 이를 악물며 천천히 몸을 일으켰다.

"배신은……."

정찬혁은 말꼬리를 흐리며 고개를 숙였다. 정찬혁의 음성이 제대로 들리지 않자 시엔은 고개를 갸웃했다.

"뭐라는 겁니까?"

　정찬혁은 순간 현기증으로 휘청거리는 척하며 그대로 버럭 소리를 질렀다.

"배신은 그자가 먼저다!"

　동시에 정찬혁은 바닥을 박차고 정면의 시엔을 향해 달려들었다. 시엔이 움찔하며 뒤로 몇 걸음 물러났다.

　정찬혁의 좌우에서 리우와 파오가 달려들었다. 두 사람의 컴뱃 나이프가 섬뜩한 빛을 뿜어내며 정찬혁에게 뻗어 나갔다.

　하지만 정찬혁은 아랑곳하지 않고 시엔을 향한 돌진을 멈추지 않았다.

　스카!

　섬뜩한 파육음이 터져 나왔다. 파오의 컴뱃 나이프가 정찬혁의 오른쪽 겨드랑이 부근 깊이 파고들었다. 리우의 공격은 정찬혁의 허벅지를 스쳤다. 대량의 피가 왈칵 터져 나왔다.

　순간 움찔했지만 정찬혁은 멈추지 않고 시엔을 향해 쿠크리 나이프를 내뻗었다. 시엔이 자신의 컴뱃 나이프를 휘둘러 정찬혁의 공격을 쳐내려 했다.

　순간 정찬혁이 손목을 비틀어 공격의 궤도를 변화시키며 나이프를 내던졌다. 시엔의 팔을 타고 미끄러지듯 날아든 쿠크리 나이프는 그대로 목덜미에 틀어박혔다.

"끄륵!"

　시엔은 신음 대신 피거품을 뿜어냈다. 정찬혁은 멈추지 않

고 어깨로 시엔의 가슴을 들이받으며 동시에 쿠크리 나이프
를 뽑았다. 대량의 피가 허공으로 터져 나왔다.

부딪친 두 사람, 정찬혁과 시엔은 바닥을 몇 바퀴나 뒹굴었
다. 눈앞이 아득해질 정도의 통증이 밀려왔지만 순간적으로
정찬혁의 눈에 바닥에 떨어져 있는 기관단총이 보였다.

손을 뻗어 잽싸게 기관단총을 집어 든 정찬혁은 리우와 타
오를 향해 총구를 뻗고 방아쇠를 당겼다.

투타타타ㅡ!

"컥!"

"끄아악!"

피 묻은 컴뱃 나이프를 고쳐 쥐고 재차 공격하려던 리우와
타오는 정찬혁의 갑작스러운 공격을 피하지 못했다.

순식간에 날아드는 수십 발의 총탄을 온몸으로 받아낸 두
사람은 신음을 토해내며 쓰러졌다. 하지만 정찬혁은 멈추지
않고 몸을 날리며 연이어 방아쇠를 당겼다.

최루 가스를 털어내고 막 정신을 차리고 있던 친위대가 무
력하게 쓰러져 갔다.

탄창이 비자 정찬혁은 바닥에 있는 다른 총을 집어 들고 방
아쇠를 당겼다.

총구가 불꽃을 뿜을 때마다 터져 나오는 신음과 핏줄기가
주위에 가득했다.

"허억! 허억!"

한참 동안 정신없이 총을 주워 방아쇠를 당기던 정찬혁은 인기척이 사라지자 총구를 떨궜다.

정찬혁은 그 자리에 가만히 선 채 천천히 주위를 둘러보았다. 두 다리로 서 있는 것은 정찬혁 혼자밖에 없었다.

"끄륵!"

거품을 뿜어내는 듯한 소리가 귓가에 들려왔다. 고개를 돌리자 온몸을 부들부들 떨고 있는 시엔의 모습이 눈에 들어왔다.

목의 동맥을 찔려 연신 피거품을 토해내고 있었지만 아직까지 숨이 멎지 않고 있었다.

정찬혁은 천천히 시엔에게 다가갔다. 허벅지에 난 깊은 상처 때문에 다리가 제대로 움직이지 않았다.

한쪽 다리를 질질 끌면서 시엔에게 다가가던 정찬혁은 바닥에 떨어져 있는 자신의 권총을 발견했다.

손을 뻗어 권총을 챙긴 정찬혁이 천천히 몸을 일으키자 시엔의 나직한 음성이 귓가로 날아들었다.

"크, 크큭! 어이… 쿨럭! 없게 당했… 끄륵!"

시엔은 말을 잇지 못하고 연신 피거품을 토해냈다. 정찬혁은 천천히 손을 들어 총구를 시엔에게 겨누며 천천히 입을 열었다.

"마지막까지 방심하지 말라고 몇 번이나 충고하지 않았던가?"

“어, 어째서 배신으… 쿨럭! 쿨럭!”

금방이라도 숨이 멎을 듯 시엔은 피를 토해내며 온몸을 부르르 떨었다. 정찬혁은 총구를 내리며 말했다.

“배신을 당한 것은 그가 아니라 나였다.”

정찬혁의 말에 시엔의 눈이 크게 치켜떠졌다. 정찬혁은 그대로 돌아서서 천천히 걸음을 옮기기 시작했다.

“엘리… 베이터… 복도 끝… 쿨럭! 펜트하, 하우스 직해… 끄륵!”

무슨 소린지 제대로 이어지지 않는 단어 몇 개를 내뱉은 시엔의 음성이 이내 끊겼다.

그 자리에 멈춰 선 정찬혁은 시엔을 바라보았다. 눈을 부릅뜬 채 절명한 시엔의 손가락이 한쪽 방향을 가리키고 있었다. 정찬혁은 비틀거리며 걸음을 옮겼다.

벽에 작은 버튼이 있었다. 버튼을 누르자 우웅 하는 소리와 함께 벽이 스륵 열렸다. 펜트하우스까지 직통으로 이어진 비밀 엘리베이터였다.

정찬혁은 시엔의 시체를 향해 고개를 돌렸다. 마치 가서 답을 얻으라고 말하는 것 같았다. 쓴웃음을 지으며 정찬혁은 엘리베이터로 들어갔다.

스륵 문이 닫히고 엘리베이터가 곧장 펜트하우스를 향해 이동하기 시작했다.

정찬혁은 그 자리에 풀썩 주저앉았다. 피를 많이 흘린 탓인지 졸음이 밀려왔다.

정찬혁은 고개를 좌우로 흔들며 잠을 떨치려 했다. 조금만 더 가면 첸을 만날 수 있을 것이다. 그전에는 절대로 쓰러져서는 안 된다.

정찬혁은 허벅지에 난 상처에 손가락을 쑤셔 넣었다. 엄청난 통증과 함께 정신이 번쩍 들었다.

"큭!"

저절로 신음이 터져 나왔다. 정찬혁은 아랫입술을 꽉 깨물고 한쪽 벽을 지지대로 삼아 천천히 몸을 일으켰다.

온몸이 크고 작은 상처로 엉망이었다. 정찬혁은 손에 든 권총의 탄창을 갈아 끼웠다.

철컥!

슬라이드를 당겨 장전한 정찬혁은 허리춤에 있는 남은 권총을 꺼냈다.

양손에 권총을 들고 정찬혁은 길게 한숨을 내쉬었다. 이내 엘리베이터가 멎었다. 곧바로 문이 열리지 않았다.

정찬혁은 천천히 권총을 든 양손을 들었다. 스르륵 문이 열리고 검은색 정장을 입은 자들의 등이 눈에 들어왔다.

정찬혁은 조금의 망설임도 없이 그대로 방아쇠를 당겼다.

탕! 타타탕!

쾅—!

문이 박살 나는 소리가 들려왔다. 첸은 천천히 고개를 돌렸다.

온몸이 피투성이가 된 채 비틀거리며 안으로 들어오는 정찬혁의 모습이 보였다.

금방이라도 쓰러질 것 같은 모습으로 정찬혁이 천천히 다가왔다. 첸의 눈이 커졌다가 이내 원래대로 돌아갔다.

첸의 서너 걸음 앞에서 멈춰 선 정찬혁이 천천히 총구를 들어 이마를 겨눴다.

정찬혁은 날카로운 눈으로 앞에 있는 첸을 노려보았다. 조금 전까지는 첸을 보면 바로 쏴버릴 생각이었다.

하지만 방아쇠가 무언가에 걸린 것처럼 제대로 당길 수가 없었다.

첸을 마주하자 자신을 친자식처럼 대해주던 어린 시절이 떠올랐다. 믿고 있었다. 세상 모두가 자신을 배신한다 해도 첸만큼은 그러지 않을 거라 생각했다.

하지만 그 믿음은 무참할 정도로 박살 나버렸다. 정찬혁은 아랫입술을 꽉 깨물었다. 눈가에 습막이 차올랐다.

첸의 이마를 향한 총구가 파르르 떨렸다. 한줄기 눈물이 볼을 타고 흘러내렸다.

정찬혁은 억지로 떨리는 입을 열었다.

"어째서입니까? 어째서, 어째서 절 계속 속이신 겁니까, 첸 대인!"

저도 모르게 불쑥 터져 나온 질문이다. 첸은 슬픈 눈으로 피투성이가 된 정찬혁을 가만히 바라보았다.

이내 첸은 길게 한숨을 내쉬며 입을 열었다.

"그래, 모든 걸 알게 된 게냐?"

첸의 말은 모든 것을 인정한다는 뜻이다. 주룩 눈물이 흘러내렸다. 총을 든 손이 더욱 크게 떨렸다.

아니라고 말해주길 바랐다. 하지만 첸은 모든 것을 인정했다. 그 순간 그동안 쌓아온 정찬혁의 모든 것이 한순간에 무너져 내렸다.

"어째서… 어째서……!"

정찬혁은 버럭 소리치며 권총을 쥔 손에 힘을 줬다. 금방이라도 방아쇠를 당길 것 같았다. 순간 첸이 지팡이로 바닥을 살짝 내려쳤다.

쿵—!

거의 동시에 인영 서넛이 천장에서 떨어지듯 내려와 정찬혁을 포위하며 총을 겨눴다. 린이 정찬혁의 오른쪽 관자놀이에 총을 겨눈 채 말했다.

"총 버리십시오, 정찬혁 팀장님."

조용하지만 단호한 린의 말이다. 하지만 정찬혁은 듣지 않았다. 눈물을 흘리며 앞에 마주한 첸을 바라볼 뿐이다. 정찬혁과 눈이 마주치자 첸은 시선을 피했다.

"처음부터… 모든 것이 계획된 것이었습니까?"

다시 날아든 질문에 첸은 정해진 대답을 할 수밖에 없었다. 가슴 한구석이 아려왔지만 어쩔 수 없는 일이다.

첸은 일부러 입꼬리를 말아 올리며 대답했다.

"…그렇다면 어쩔 게냐?"

순간 정찬혁의 표정이 크게 일그러졌다. 눈물을 흘리며 정찬혁은 괴성을 토해냈다.

"으, 으아아아—!"

방아쇠에 걸린 정찬혁의 손가락에 힘이 들어갔다. 동시에 정찬혁을 포위하고 있는 네 친위대의 총구가 불꽃을 뿜었다.

타타탕—!

첸은 바닥을 흥건히 적신 피 웅덩이에 드러누워 미약하게 숨을 내쉬고 있는 정찬혁을 가만히 내려다보았다.

린이 정찬혁의 머리에 총을 겨눴다. 금방이라도 방아쇠를 당길 것 같았다.

"그만."

첸의 조용한 음성이 린의 행동을 막았다. 린이 의아한 얼굴로 첸을 바라보았다.

"첸 대인?"

배신의 대가는 죽음이다. 그냥 내버려 둬도 곧 죽을 테지만 확실하게 목숨을 끊어야 했다. 린은 다시 쓰러져 있는 정찬혁에게 총구를 겨눴다.

“그만두라고 하지 않더냐!”

첸의 낮은 질책에 린은 어깨를 움찔했다. 어쩔 수 없이 총구를 내렸다. 첸의 명령에는 절대적으로 따라야만 했다. 첸의 말이 조용히 이어졌다.

“녀석을 쓰레기장에 버리고 와라. 제 주인을 몰라본 짐승은 그 앞에서 죽을 자격조차 없다.”

“예, 대인.”

대답과 함께 검은색 양복의 사내들이 쓰러져 있는 정찬혁을 끌고 나갔다. 첸은 린을 힐끗 바라보며 말했다.

“너희도 나가 보거라.”

“하지만 대인…….”

“혼자 있고 싶구나.”

조용히 흘러든 첸의 말에 린을 비롯해 남아 있던 자들이 조용히 뒷걸음질로 물러났다.

방 안에 홀로 남은 첸은 바닥을 흥건히 적신 피 웅덩이를 내려다보았다. 첸은 그대로 고개를 떨군 채로 속삭이듯 입술을 달싹였다.

“이러면… 되는 거요?”

길게 늘어진 첸의 그림자 위로 한 인영이 스륵 모습을 드러냈다.

“그렇다. 이젠 더 이상 볼 일은 없겠군.”

음울한 울림을 지닌 낮은 음성이 조용히 첸의 귓가로 흘러들었다.

쳰은 돌아보지도 않고 피로 흥건한 바닥을 가만히 바라보며 입을 열었다.

"그 아이는… 이제 어떻게 되는 거요?"

쳰의 등 너머로 길게 드리워진 그림자가 한마디를 남겨둔 채 사라졌다.

"알 필요 없다."

쳰은 나직이 한숨을 내쉬며 천천히 고개를 들었다.

멍하니 정면을 응시하던 쳰은 그대로 스륵 두 눈을 감았다. 볼을 타고 한줄기 물방울이 또륵 흘러내렸다.

*　　　*　　　*

알렉스는 쏟아지는 빗줄기 사이로 희미하게 보이는 루한 내셔널 호텔을 바라보고 있었다.

입구 주변을 분주하게 오가는 조직원의 모습이 눈에 들어왔다.

"어떻습니까, 형님?"

승합차에 함께 타고 있던 다섯 조장 중 하나가 조심스레 말을 걸었다.

다들 알렉스가 명령하면 바로 달려들 수 있도록 중무장한 채다. 사실 처음의 계획은 정찬혁이 들어간 후 십 분쯤 간격을 두고 습격할 생각이었다.

정찬혁의 난입으로 혼란에 빠진 틈에 첸을 제거할 생각이
었다.

하지만 첸이 한국의 상층부에 요청한 것인지 진입을 막는
검문이 많아 그것을 피하느라 시간을 맞추지 못했다.

언제 찾아올지 모르는 기회를 놓칠 수는 없는 터라 알렉스
는 상황을 지켜보고 있었다.

"아직. 조금만 더 기다려라."

알렉스는 고개를 내저으며 창 너머 호텔을 뚫어져라 바라
보았다.

분주하게 오가는 조직원들의 모습이 보였다. 부상자들을
옮기고 있는 것 같았다. 순간 피투성이가 된 채 세 조직원의
손에 질질 끌려 나오는 한 사내에게 알렉스의 눈길이 멎었다.

정찬혁이었다. 아무런 움직임 없이 축 늘어진 것을 보니 아
무래도 죽었거나 빈사 상태로 보였다.

검은색 리무진이 미끄러지듯 스륵 다가와 그들 앞에 멈춰
섰다. 세 조직원은 정찬혁을 트렁크에 아무렇게나 던져 넣었
다.

알렉스의 눈이 순간 날카로운 안광을 뿜어냈다. 정찬혁으
로 인한 혼란이 어느 정도 정리된 지금이 바로 절호의 기회였
다. 다들 어느 정도 방심하고 있을 터였다.

"가자. 지금이 최적의 기회다."

알렉스가 입꼬리를 말아 올리며 나직이 입을 열었다.

다섯 조장의 눈빛이 살기로 번뜩였다. 이내 여섯 사람은 쏟아지는 빗줄기 속에 모습을 숨기고 호텔로 달려들었다.

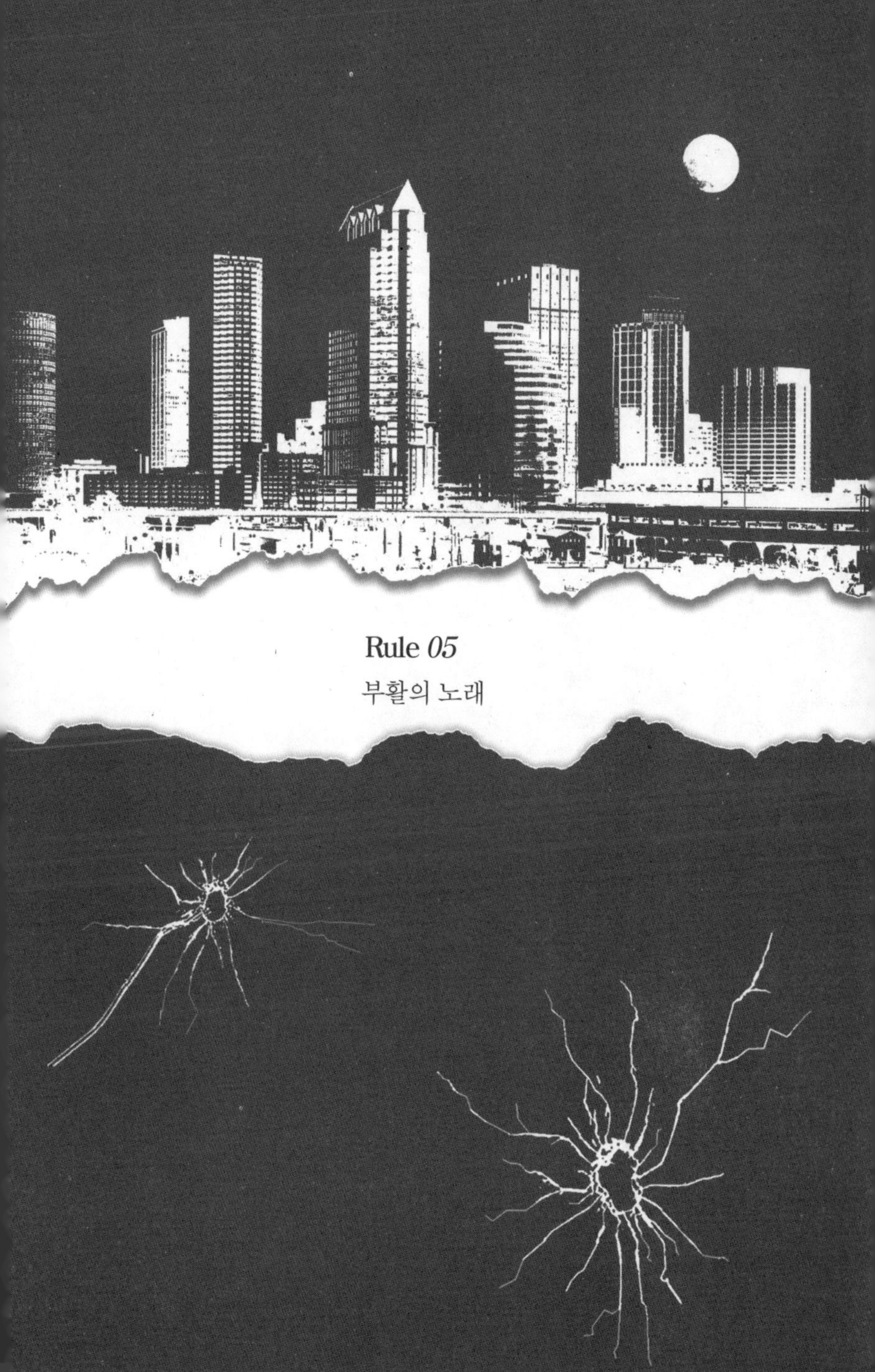
Rule 05
부활의 노래

쏴아아―

쏟아져 내리는 빗줄기가 온몸을 후려쳤다.

마치 방망이로 온몸을 두들겨 대는 것만 같았다. 정찬혁은 산처럼 쌓여 있는 거대한 쓰레기더미에 던져져 있었다. 흐르는 빗줄기는 정찬혁의 피로 붉게 물들어 있었다.

'이제 끝인 건가.'

눈앞이 점점 흐려졌다. 정찬혁은 죽음을 예감했다. 몸속 깊이 박힌 총탄만 서너 발이다.

크고 작은 자상도 수두룩했다. 지금까지 어느 정도의 의식을 유지하고 있는 것이 기적에 가까운 일이다.

하지만 그것도 이제 얼마 버티지 못할 것 같았다. 호흡이 점점 얕아져 갔다. 눈꺼풀은 쇳덩이를 얹어놓은 것처럼 무겁기만 했다.

정찬혁은 스스로를 탓했다. 원수를 눈앞에 두고도 복수하지 못한 자신이 한심스럽기만 했다.

차라리 곧장 방아쇠를 당길 것을. 지금에 와서 후회해 봤자 아무 소용없었다. 이렇게 죽어가는 자신에게 다음 기회란 없었다.

기적이 일어나지 않는 이상 이런 상태로는 채 오 분도 버티지 못한다는 것쯤은 알 수 있었다. 정찬혁은 쓴웃음을 지었다.

이런 곳에서 최후를 맞이하게 될 줄은 생각지도 못했다. 정찬혁은 힘없이 스륵 두 눈을 감아버렸다.

졸음이 밀려왔다. 이대로 잠이 들면 다시 눈을 뜨지 못할 것이다.

정찬혁은 금방이라도 달아날 듯 억지로 부여잡고 있던 의식의 끈을 놓아버렸다.

그때였다.

피투성이가 된 부모님의 모습이 갑작스레 떠올랐다. 마치 자신을 크게 꾸짖는 것 같은 모습이다.

눈을 뜨라고 재촉하는 것만 같다. 순간 정찬혁은 저도 모르게 무언가를 움켜쥐듯 허공을 향해 손을 뻗었다.

저 멀리 달아나던 의식이 차츰 되돌아오기 시작했다. 빗줄기가 몸을 후려치는 고통도 생생하게 되살아났다.

'주, 죽고 싶지 않아!'

정찬혁은 속으로 소리쳤다. 의지가 되살아나자 약간이나마 힘이 돌아오는 것 같았다.

정찬혁은 온 힘을 다해 억지로 몸을 일으켰다. 그 바람에 쓰레기더미가 무너졌다.

정찬혁은 힘없이 무너지는 쓰레기더미와 함께 아래로 굴러 떨어졌다. 온몸이 으스러지는 듯한 통증이 밀려왔다.

"큭!"

절로 신음이 터져 나왔다. 하지만 그것은 아직 정찬혁이 살아 있다는 증거였다.

정찬혁은 다시 비틀거리며 몸을 일으켰다. 마음먹은 대로 몸이 움직여지지 않았다.

하지만 정찬혁은 힘겹게 한 걸음 한 걸음 내디뎠다. 걸음을 내디딜 때마다 온몸이 부서질 것 같은 통증이 밀려왔다. 고작 해야 세 걸음 만에 힘이 다했다.

정찬혁은 그 자리에 돌처럼 굳어버렸다. 아무리 해도 더 이상은 움직일 수가 없었다. 의지는 강했지만 그것이 죽어가는 육체에 생명을 되돌리지는 못했다.

"제, 젠장……!"

그 한마디 말을 남기고 정찬혁은 온몸의 힘을 소진해 버렸다. 미약하게 뛰던 심장이 그 순간 멎었다.

삶을 향한 강한 의지도, 꺼질 듯 이어지던 호흡도. 정찬혁의 삶의 시계는 완전히 멈춰 버렸다.

숨이 다한 정찬혁의 몸이 스륵 앞으로 쓰러졌다. 언제부터 그 자리에 있었던 것인지 한 인영이 쓰러지는 정찬혁의 몸을 끌어안았다.

인영은 이미 목숨이 끊어진 정찬혁의 귓가에 나직이 귓속말로 중얼거렸다.

"내가 말했죠? 모든 것을 잃은 후에 다시 만날 수 있을 거라고요."

빙긋 미소 짓는 인영은 바로 신유진이었다.

*   *   *

수많은 피투성이 손이 쫓아왔다.

정찬혁은 본능적인 두려움에 손을 피해 멀리 달아나려 애썼다. 하지만 거리는 점점 좁혀질 뿐 멀어지지 않았다.

늪에라도 빠진 듯 내달리는 발걸음은 무겁기만 했다. 정찬혁은 두려움에 가득 찬 눈으로 저도 모르게 힐끗 뒤를 돌아보았다.

피투성이가 된 수많은 손의 주인은 모두 정찬혁 자신의 손에 죽음에 이른 자들이었다.

원한에 가득 찬 피눈물을 흘리며 정찬혁의 뒤를 쫓는 그들의 모습은 뼛골이 시릴 정도로 섬뜩했다.

―모두 네놈 때문이다! 모두 네가 저지른 일이야!

머릿속을 울리는 원망 가득한 외침에 정찬혁은 어깨를 움찔했다.

온몸이 마비된 듯 절로 멈춰 섰다. 다가온 피투성이 손들이 정찬혁의 몸을 갈가리 찢었다.

"끄아아아―!"

상상조차 할 수 없을 정도의 엄청난 통증에 정찬혁은 날카로운 비명을 토해냈다. 뼈가 부러지고 살이 찢기는 소리가 사방으로 퍼져 나갔다.

어느 샌가 정찬혁이 흘린 피가 주위에 가득했다. 점점 차오르는 피 웅덩이가 정찬혁의 몸을 뒤덮고, 피투성이 손을 모조리 집어삼켰다.

정찬혁은 바닥을 알 수 없는 깊은 바닷속에 빠진 것 같은 기분이 들었다. 그대로 정찬혁은 피 웅덩이 속에 깊이 가라앉았다.

정찬혁은 조금의 저항도 하지 않고 그대로 계속해서 한없이 깊은 곳으로 잠겨들었다.

피비린내가 주위에 가득했지만 자신에게 이곳만큼 어울리는 곳은 없을 것 같았다.

정찬혁은 저도 모르게 스륵 두 눈을 감았다. 아무것도 느껴지지 않았다. 아무런 생각도 들지 않았다. 그저 깊이, 더욱 깊이 잠겨들 뿐이었다.

그때였다.

제 형체를 알아볼 수 없을 정도로 박살 난 승용차.

운전석과 조수석에서 피투성이가 된 채 정신을 잃고 있는 두 남녀, 그리고 조금 떨어진 곳에서 비틀거리며 부서진 승용차로 다가가는 어린아이의 모습이 머릿속을 스쳤다.

사고의 충격으로 튕겨나간 탓에 아이는 온몸이 쓸려 피투성이가 된 채였다. 아이는 엉엉 울면서 비틀거렸다.

"으아앙! 엄마아!"

울음을 터뜨린 아이는 엄마를 찾아 부서진 승용차로 다가갔다. 심하게 찌그러진 문이 몸을 짓누르고 있는 조수석의 피투성이 여인이 아이에게 손을 뻗었다.

목소리도 나오지 않고 휘휘 내젓는 손은 다가오지 말라고 하는 것 같았다.

그 순간 화르륵 불길이 치솟아 부서진 승용차를 집어삼켰다. 가솔린에 불이 붙어 승용차가 폭발했다.

비틀거리며 다가가던 아이는 폭발의 충격파에 뒤로 튕겨나가 몇 바퀴나 나뒹굴었다.

울음이 뚝 그칠 정도로 심한 통증에 아이는 일어나지 못하고 부르르 몸을 떨었다. 그 순간 아이의 귓가에 여성의 외침이 들려왔다.

"살아야 해, 찬혁아! 넌 살아야 해!"

엄마의 외침에 아이는 억지로 몸을 일으켰다. 아이는 눈물을 흘리며 불타는 부서진 승용차를 바라보았다. 멀리서 사이렌 소리가 빠른 속도로 다가오고 있었다.

짧은 순간 머릿속을 스친 한때의 기억. 그것은 잊으려야 잊을 수 없는 그 순간의 영상이었다.

정찬혁은 가슴 한구석이 아려오는 것을 느끼고 번쩍 눈을 떴다. 순간 저 멀리 하늘에서 한줄기 밝은 빛이 정찬혁을 향해 뻗어 나왔다. 눈이 부셔 정찬혁은 저도 모르게 손을 들어 얼굴을 가렸다.

피투성이에 제 형체를 알아볼 수 없을 정도로 짓이겨진 손이었지만 빛을 가리기에는 충분했다.

쏟아지는 빛줄기 속에서 정찬혁은 멍하니 위를 바라보았다. 순간 눈부신 빛 속에서 새하얀 손이 정찬혁을 향해 다가왔다.

"잡아요, 어서!"

어디선가 들어본 듯 익숙한 음성이 빛을 타고 머릿속으로 전해졌다. 정찬혁은 저도 모르게 손을 뻗었다.

피투성이에 뼈가 드러난 손이 순식간에 원래대로 돌아왔다. 하지만 정찬혁은 그것도 알아채지 못한 채 멍한 얼굴로 새하얀 손을 붙잡았다.

순간 몸이 둥실 떠오르는 기분이 들었다. 피로 물든 고깃덩이 같던 정찬혁의 몸은 원래대로 돌아왔다. 이상하게도 의식이 몽롱해지고 시야가 흐릿해졌다.

통증은 이미 사라진 지 오래다. 정찬혁은 스르 눈을 감으며 자신을 끌어올리는 손을 바라보았다. 주위에 눈부신 은백색 깃털이 휘날렸다.

수많은 깃털 사이로 갈색 머리칼과 누군가의 얼굴이 보였다. 눈에 익은 여성의 모습이다. 정찬혁은 저도 모르게 입을 열었다.

"다, 당신은……!"

순간 여성이 힐끔 정찬혁을 돌아보며 빙긋 미소를 지었다. 순간 눈부신 빛의 날개가 여성의 등에서 솟아나와 정찬혁의 온몸을 감쌌다.

정찬혁은 더 이상 아무런 생각도 하지 못하고 의식이 멀어졌다. 엄청난 섬광이 주위 전체를 뒤덮었다.

정찬혁은 벌떡 몸을 일으켰다. 온몸이 식은땀으로 흠뻑 젖어 있다.

땀에 젖은 담요가 몸에서 스르 흘러내렸다. 거친 숨을 고르던 정찬혁은 문득 주위를 둘러보았다.

자신이 누워 있는 침대와 한쪽 벽에 걸려 있는 거울만 보일 뿐이다.

멍하니 주위를 보던 정찬혁은 순간 강한 두통을 느끼고 신음을 토해냈다.

"큭!"

머리가 깨질 듯 아파왔다. 정찬혁은 손으로 관자놀이를 꽉 누르며 통증을 이겨내려 했다.

머릿속에 수많은 기억이 빠르게 플래시백 되었다. 마지막으로 남은 것은 바로 자신이 첸을 습격했을 때의 일이다.

첸에게 방아쇠를 당기려는 마지막 순간, 린을 비롯한 친위대의 총구가 불을 뿜었다.

동시에 정찬혁은 불쏘시개가 온몸을 파고드는 통증을 느끼며 그 자리에 쓰러졌다. 그리고 매립지에 버려져 그대로 숨이 멎었다.

그것이 자신이 기억하고 있는 마지막, 바로 죽음의 순간이다.

양손으로 머리를 감싸 쥐며 통증에 괴로워하던 정찬혁은 이내 통증이 가시자 의혹에 가득 찬 얼굴로 나직이 중얼거렸다.

"난… 죽지 않았던가?"

분명히 죽었다. 기억하고 있다는 게 이상한 일이지만 그것만큼은 확실히 알 수 있었다.

그렇다면 지금 이렇게 깨어난 자신은 대체 뭐란 말인가. 알 수 없는 일이다. 꿈은 아니다.

그동안의 일이 꿈이었다면 이렇게까지 선명하게 기억이

남아 있지 않을 것이다.

머릿속이 혼란스러웠지만 정찬혁은 천천히 몸을 일으켰다. 그러다 문득 거울에 비친 자신의 모습을 보았다.

머리칼이 어깨를 넘어 등에 닿아 있다. 수염은 오랫동안 면도를 하지 않은 것인지 덥수룩했다.

게다가 가장 큰 변화는 심장 부근을 중심으로 상반신의 절반 이상이 멍이 든 것처럼 시커멓게 변해 있다는 것이다. 총과 칼에 맞은 상처는 희미한 흉터만 남아 있다.

"이게 나?"

정찬혁은 자신의 낯선 모습에 고개를 갸웃했다. 도무지 자신에게 무슨 일이 생긴 것인지 알 수가 없었다.

반쯤 넋 나간 얼굴로 거울을 쳐다보고 있는 정찬혁의 귓가에 누군가의 음성이 날아들었다.

"이제 정신이 들었네요?"

정찬혁은 천천히 고개를 돌렸다. 문 앞에 서 있는 여성의 모습이 눈에 들어왔다.

정찬혁의 눈이 커졌다. 자신을 바라보며 미소를 짓고 있는 여성은 바로 신유진이었다. 정찬혁에게 다가온 신유진이 말을 이었다.

"전에 제가 말했죠? 모든 걸 잃은 후에 절 다시 만날 수 있을 거라고요."

"……"

"근데 몸은 좀 어때요? 계속 깨어나지 않아서 걱정했다고
요."

말없이 자신을 바라보는 정찬혁에게 신유진은 미소를 띤
채 말했다.

의혹 가득한 얼굴로 신유진을 바라보던 정찬혁의 입이 천
천히 벌어졌다.

"이게 어떻게 된 일입니까? 그리고 당신은 대체……."

정찬혁의 질문에 신유진은 잠시 멈칫했다. 무언가 궁리하
듯 오른손 검지를 아랫입술이 갖다 대며 고개를 갸웃하던 신
유진은 이내 천천히 말했다.

"으음. 뭐부터 설명해야 할까? 일단은 이걸 먼저 말하는 게
좋겠네요. 찬혁 씨는 확실히 죽었어요."

신유진의 말에 정찬혁의 눈이 크게 치켜떠졌다.

분명 죽음의 순간에 대한 기억은 있지만 자신은 지금 이렇
게 살아 움직이고 있지 않은가.

그런데 한 가지 이상한 점이 있었다. 심장의 박동이 전혀
느껴지지 않는다는 것이다.

살아 있는 인간이라면 심장이 뛰지 않을 리가 없다. 정찬혁
은 저도 모르게 손을 들어 심장 언저리에 갖다 댔다.

역시나 심장박동이 전혀 느껴지지 않았다. 체온도 느껴지
지 않았다. 그저 싸늘한 느낌만이 손끝에 남아 있을 뿐.

그리고 보면 거울에 비친 자신의 낯빛은 핏기가 없어 창백

해 보였다.

체온이 느껴지지 않고 심장이 뛰지 않는다는 것은 지금 자신이 시체나 마찬가지라는 뜻이다.

"내가… 죽었다고?"

정찬혁은 자신의 두 손을 내려다보며 나직이 중얼거렸다. 신유진의 음성이 곧장 이어졌다.

"네. 기억할지는 모르겠지만 당신은 삼 년 전 그날 매립지에서 심장이 멎었어요. 그건 분명 사실이에요."

정찬혁은 천천히 고개를 돌려 신유진을 바라보았다. 아무렇지도 않게 자신이 죽었다고 말하는 신유진의 미소가 왠지 모르게 섬뜩하게 느껴졌다.

그동안 자신이 알던 사람이 아닌 다른 무언가가 자신의 앞에 신유진의 모습을 하고 나타난 것만 같았다.

정찬혁은 조금은 긴장한 얼굴로 질문을 던졌다.

"그러면 지금의 난… 뭐지?"

신유진을 대하는 말투가 변했다. 신유진은 여전히 미소를 띤 채 대답했다.

"살아 움직이는 시체. 좀비 같은 거라고 생각하시면 될 거예요. 뭐, 좀 더 정확하게 말하자면 지금은 아직 죽지도, 그렇다고 살아 있지도 않은 상태지만요."

신유진이 무슨 소릴 하는지 이해가 되지 않았다. 신유진의 말을 듣고 있자니 간신히 가라앉은 두통이 다시 밀려오는 것 같았다.

정찬혁은 인상을 찌푸린 채 저도 모르게 버럭 소리쳤다.

"그딴 헛소린 집어치워! 빌어먹을!"

더 이상 이곳에 있다가는 미쳐 버릴 것 같았다. 당장에라도 뛰쳐나가고 싶었다.

힐끔 주위를 둘러본 정찬혁은 침대 옆에 놓여 있는 재킷을 대충 걸치고는 신유진의 곁을 스쳐 지나 문으로 다가갔다. 당황한 신유진이 급히 몸을 돌려 정찬혁을 잡으려 했다.

"아직 나가면 안 돼요, 찬혁……!"

신유진은 말을 끝맺지 못했다. 정찬혁이 문고리를 잡은 채 날카로운 눈빛으로 신유진을 노려본 탓이다. 정찬혁은 미간을 찌푸린 채 천천히 입을 열었다.

"따라오지 마라. 죽고 싶지 않으면."

정찬혁은 그대로 문을 벌컥 열고 밖으로 나가 버렸다.

미처 잡을 틈도 없었다. 신유진은 순식간에 저 멀리 사라져 버린 정찬혁의 뒷모습을 눈으로 쫓으며 나직이 중얼거렸다.

"정말이지 길들이기 힘든 사람이라니까."

내리쬐는 햇빛이 눈부셨다. 오랜 시간 햇빛을 보지 못한 탓이다. 정찬혁은 손을 들어 눈을 가렸다.

갑작스런 현기증에 정찬혁은 비틀거리며 걸음을 내디뎠다. 이내 햇빛이 눈에 익고 현기증이 가셨다.

정찬혁은 눈을 가린 손을 내리고 터벅터벅 걸음을 옮겨갔다.

"어머, 저 사람 좀 봐."

"이런 날씨에 춥지도 않나?"

웅성거리는 사람들의 음성이 귓가에 들려왔다. 정찬혁은 그 자리에 멈춰 선 채 천천히 주위를 둘러보았다.

거리를 오가는 사람들이 힐끔힐끔 정찬혁을 바라보며 이상하다는 듯 속삭이고 있었다.

사람들의 차림새는 정찬혁과 달랐다. 두꺼운 점퍼를 입고 있거나 털목도리를 두르고 있는 사람이 많았다. 한겨울 차림을 하고 있는 사람들과는 달리 정찬혁은 여기저기 찢어진 얇은 재킷 하나만 걸치고 있다.

사람들이 이상하게 생각하는 것은 당연한 일이다.

정찬혁이 기억하고 있는 계절은 막 가을이 시작될 즈음이다. 그런데 사람들의 차림새는 완연한 겨울로 접어든 모양새다.

"당신은 삼 년 전 그날 매립지에서 심장이 멎었어요."

문득 신유진의 말이 머릿속에 떠올랐다. 삼 년이나 지났다는 것을 곧이곧대로 믿을 수는 없었지만 시간이 꽤나 지난 것은 알 수 있었다.

자신의 몸이 보통 사람들과 다르다는 것도 금방 깨달을 수 있었다. 다른 사람들의 입에서는 허연 입김이 나올 정도로 추운 날씨다.

하지만 정찬혁은 감각이 마비된 듯 아무런 추위도 느낄 수 없었다. 자신을 이상하게 보는 사람들의 눈길을 무시한 채 정찬혁은 다시 걸음을 옮겨갔다. 목적지는 없었다.

그저 최대한 빨리 사람들의 눈을 피하고 싶었다. 내딛는 걸음이 점점 빨라졌다. 이내 정찬혁은 내달리기 시작했다.

"허억! 허억!"

한참을 그렇게 맨발로 내달리던 정찬혁은 거친 숨을 몰아쉬며 멈춰 섰다. 이상한 일이다.

채 10분도 달리지 않았는데 손발이 마치 물 먹은 솜처럼 무거웠다. 숨이 턱 끝까지 차올랐다.

눈앞이 핑핑 돌고 어지러웠다. 정찬혁은 길가에 선 가로등에 등을 기댄 채 호흡을 골랐다.

이상하게도 거친 호흡이 진정되지 않았다. 가슴이 탁 막힌 것만 같았다. 정찬혁은 손을 들어 답답한 가슴을 탁탁 두드렸다.

하지만 답답함이 가시기는커녕 오히려 심장 부근이 찢어지는 것 같은 격통이 느껴졌다.

"큭!"

고통에 찬 신음이 절로 터져 나왔다. 정찬혁은 버티지 못하고 손발을 축 늘어뜨린 채 그 자리에 쓰러지고 말았다.

걸치고 있는 재킷이 늘어지며 시커멓게 물든 상반신이 드러났다. 흉터만 남은 상처가 찢어지고 터져 피가 흐르기 시작했다. 바닥이 피로 흥건히 젖어들었다.

고통을 참지 못한 정찬혁은 그대로 혼절해 버렸다. 길을 가던 사내가 쓰러진 정찬혁에게 달려오며 소리쳤다.

"이, 이봐요! 괜찮아요? 정신 차려 봐요!"

의식이 서서히 돌아왔다. 언제 그랬냐는 듯 통증은 완전히 사라졌다.

하지만 눈이 떠지지 않고 몸도 제대로 움직이지 않았다. 아무런 감각도 느껴지지 않는 터라 자신이 지금 어떤 자세로 있는지 알 수 없었다.

코끝에 전해지는 짙은 소독약 냄새로 보아 병원에 있는 것 같았다.

"이상한 일이로군. 상처가 저절로 아물다니 말이야."

"그것만이 아닙니다. 이 환자, 심장이 뛰지 않습니다. 체온도 비정상적으로 낮아요. 의학적으로는 죽었다고밖에 볼 수 없는 몸입니다. 생체 활동이 전혀 없지 않습니까."

"그건 나도 확인했네만… 시체가 살아 움직이다니 그게 말이 되는 소린가? 영화에나 나오는 좀비도 아니고 말이야."

"하지만 이렇게 보시지 않았습니까? 아무리 봐도 이 환자는 한참 전에 죽은 시쳅니다. 영안실에 있어야 한다고요.”

“속단하지 말게. 어쩌면 지금까지 발견하지 못한 전혀 새로운 질병에 걸린 환자일지도 모르네. 당분간은 입원시켜서 지켜보는 게 좋을 것 같아.”

“다른 환자들이 혼란스러워하지 않을까요?”

“독실이 하나 비어 있으니 그쪽으로 옮겨줘야겠지. 여긴 언제 다른 환자가 입원할지 모르는 일이니.”

문이 열렸다 닫히는 소리와 함께 두 사람의 음성이 점점 멀어져 갔다. 마치 기다리기라도 한 듯 그제야 정찬혁은 눈을 뜰 수 있었다.

정찬혁은 천천히 몸을 일으켰다. 감각이 아직 정상은 아니었지만 몸을 움직일 수는 있을 것 같았다. 병원을 빠져나가야 했다.

시험관에 갇힌 모르모트 신세는 절대 사양이다. 정찬혁은 벽에 등을 기대고 살짝 문을 열어 밖을 확인했다.

이리저리 오가는 환자들과 간호사들이 눈에 들어왔다. 마침 환자복을 입고 있으니 다른 환자들 틈에 섞이면 쉽사리 빠져나갈 수 있을 것 같았다.

“또 달아나려고요?”

막 문을 활짝 열려던 정찬혁의 귓가에 나직한 음성이 흘러들었다. 돌이라도 된 것처럼 정찬혁의 몸이 굳었다.

천천히 고개를 돌렸다. 분명 아무도 없는 병실이었는데 신유진이 창턱에 걸터앉아 자신을 바라보고 있었다.

"어, 어떻게……?"

신유진은 피식 미소를 지으며 천천히 몸을 일으켜 정찬혁에게 다가왔다.

세 걸음 정도 앞에서 걸음을 멈춘 신유진이 미소를 띤 채 말을 이었다.

"좀 전에 의사들이 한 말을 모두 들었을 테니 이제 당신이 죽었다는 건 알겠죠?"

정찬혁은 저도 모르게 고개를 끄덕였다. 이미 그전에도 충분히 알고 있는 사실이다. 그저 인정할 수 없었을 뿐.

그제야 정찬혁은 자신의 죽음을 온전히 받아들였다. 정찬혁은 문고리를 잡은 손을 내리며 신유진을 향해 돌아섰다.

"나는… 분명 그때 죽었다. 그것만은 확실하다. 이미 오래전에 죽은 내가 이렇게 움직이는 이유는 당신이 알고 있을 테지."

신유진이 긍정하듯 고개를 끄덕였다. 정찬혁의 음성이 조용히 이어졌다.

"설명해 줄 수 있겠나?"

신유진은 곧장 대답하지 않고 살짝 고개를 숙였다. 정찬혁은 신유진의 입술이 열리기를 기다렸다.

짧은 시간이었지만 수억 년은 지난 것 같은 초조한 기다림의 시간이었다. 그때였다.

우득! 우드득!

순간 무언가 근육이 찢어지는 소리가 들려왔다. 눈부신 빛이 정찬혁의 온몸을 덮쳐왔다.

정찬혁의 눈이 찢어질 듯 크게 치켜떠졌다. 신유진의 등에서 솟아난 커다란 은백색 빛을 발하는 날개를 본 탓이다. 빛을 발하는 깃털이 주위에 휘날렸다.

"이, 이건……!"

정찬혁은 신음하듯 나직이 중얼거렸다. 자신이 눈을 뜨기 전에 꾸었던 꿈이 머릿속을 스쳤다.

죽음이 가득하던 깊은 피 웅덩이 속으로 가라앉던 자신을 건져내 준 빛의 날개를 지닌 누군가의 얼굴과 신유진의 얼굴이 겹쳤다.

정찬혁은 파르르 떨리는 손으로 신유진의 은백색 날개를 가리키며 중얼거렸다.

"꾸, 꿈이 아니었나?"

신유진은 빙긋 미소를 지으며 병실 가득 활짝 펼쳐진 은백색 날개를 접었다. 언제 그랬냐는 듯 날개는 빛과 함께 순식간에 사라졌다.

"죽음의 늪에 빠진 당신을 다시 현실로 건져 올린 게 바로 저예요. 자세한 얘기는 조용한 곳에 가서 하죠."

신유진은 정찬혁에게 다가가 손을 잡았다. 신유진의 몸에서 빛이 뿜어져 나와 두 사람을 감쌌다.

조금 전과는 비교할 수 없을 정도의 빛이 뿜어져 나왔다. 정찬혁은 저도 모르게 질끈 두 눈을 감았다.

빛이 사그라지는 것이 느껴지자 정찬혁은 천천히 눈을 떴다. 병실이 아닌, 처음 자신이 눈을 뜬 방에 있는 것을 금세 깨달은 정찬혁이 놀란 눈으로 신유진을 바라보았다.

신유진이 한쪽 눈을 찡긋해 보였다.

"순간이동이에요. 자주 쓸 수는 없지만."

자신이 이미 죽은 몸이라는 것도 간신히 받아들인 정찬혁이다. 그런데 순간이동이라니.

마치 꿈을 꾸고 있는 듯 현실감이 전혀 느껴지지 않았다. 하지만 눈앞에서 벌어진 일을 믿지 않을 수도 없었다.

정찬혁은 저도 모르게 한숨을 내쉬며 입을 열었다.

"그럼… 자세히 설명해 주겠나?"

"물론이죠."

정찬혁의 질문에 신유진은 가볍게 고개를 끄덕였다. 그리곤 입을 열어 긴 이야기를 시작했다.

"실은……."

*　　*　　*

정찬혁은 홀로 침대에 앉아 길게 한숨을 내쉬었다.

신유진이 한 이야기는 도저히 믿기지 않는 일이었지만 믿을 수밖에 없었다.

"천사와 악마라니… 무슨 소설도 아니고. 하하."

정찬혁은 씁쓸한 미소를 지으며 나직이 중얼거렸다. 평소 신도 믿지 않던 정찬혁이다.

당연히 초자연적인 존재에 대한 것은 조금의 관심도 없었다. 그런데 이제는 그 초자연적인 세계에 자신이 발을 들인 것이다.

죽음에서 깨어난 것도 그렇고 자신의 앞에서 빛의 날개를 펼친 신유진의 존재도 그랬다.

게다가 자신의 죽음에 악마가 깊이 연관되어 있다니, 도무지 믿기 이러운 일투성이였다.

신유진의 말에 따르면 정확한 이유는 알 수 없지만 인간의 사악한 욕망을 먹고 힘을 키워온 악마가 정찬혁을 노리고 있었다고 한다.

수많은 악업을 쌓은 정찬혁이 죽음에 이를 때, 그의 몸을 이용해 무언가 거대한 일을 꾸미려 한다는 것을 알게 된 신유진은 인간의 몸을 빌려 그 주위를 맴돌았다.

그러던 중 정찬혁이 죽음을 맞는 순간을 마주했다. 다행히 신유진은 악마가 나타나기 전에 시신을 빼돌릴 수 있었고, 안타까운 마음에 정찬혁을 죽음의 늪에서 건져냈다.

"당신이 천사라면 내가 죽을 운명을 바꿀 수 있지 않나?"

“이미 정해진 운명은 아무리 천사라도 바꿀 수 없어요. 인간의 운명에 관여하는 것은 신께서 허락하지 않은 일이에요.”

“죽은 날 살리는 건 운명을 거역하는 게 아닌가?”

“그건 그렇긴 하지만… 아직 당신은 완전히 되살아난 게 아니에요. 그저 작은 기회를 얻은 것뿐이에요.”

“기회를 얻어?”

“네. 당신이 새로운 삶을 얻을지, 아니면 다시 죽음의 늪에 빠질지는 앞으로 어떻게 하느냐에 달렸어요.”

“내게 달렸다고?”

정찬혁은 저도 모르게 검게 물든 자신의 심장 부근에 손을 가져다 댔다. 심장박동이 느껴지지 않았다.

상반신을 물들인 검은 멍은 그동안 자신이 쌓아온 악행의 흔적이었다.

정찬혁이 새로운 삶을 얻으려면 상반신의 검은 멍을 말끔히 지워야 했다.

그러면 멈춘 심장이 다시 뛰고 새로운 생명을 얻을 수 있을 거라고 신유진이 말했다.

새로운 삶.

죽은 몸을 가지고 있는 정찬혁에게는 아득한 말이다. 돌아가신 부모님의 복수를 위해 필사적으로 버텨온 삶은 허무하리만치 쉽게 끝나 버렸다.

원수를 눈앞에 두고도 깊은 원한을 갚지 못했다. 만약 또다시 한 번의 기회가 찾아온다면 절대로 같은 실수는 하지 않을 것이다.

추호의 망설임도 없이 방아쇠를 당겨 복수를 할 것이다. 그럴 기회를 얻기 위해서는 멈춰 버린 심장을 다시 뛰게 해야 한다. 새로운 생명을, 새로운 삶을 얻어야만 했다.

한참을 고민하던 정찬혁은 결정을 내렸다. 아니, 선택의 여지가 없었다.

만약 거절한다면 다시 죽음의 세계로 돌아가야 할 것은 뻔했다.

때마침 밖으로 나갔던 신유진이 안으로 들어왔다.

정찬혁은 천천히 고개를 들었다. 무언가를 결심한 정찬혁의 눈빛에 신유진은 미소를 지으며 입을 열었다.

"어때요? 결정하셨나요?"

정찬혁은 대답 대신 말없이 가만히 고개를 끄덕였다.

*　　*　　*

정찬혁은 악력기를 꽉 움켜쥐었다. 보통 사람은 손아귀가 아파 제대로 굽히지 못할 정도로 뻑뻑한 악력기지만 정찬혁이 약간 힘을 주자 너무도 쉽게 접혔다.

마치 말랑한 고무공을 쥐고 있는 것 같다. 정찬혁은 악력기를 내려놓고 이번에는 바닥에 놓여 있는 역기를 한 손으로 번쩍 들었다.

한쪽에 20㎏짜리 바벨이 두 개씩 매달려 있는 역기다. 역시나 그리 큰 무게감이 느껴지지 않았다.

"확실히 힘이 강해지긴 한 것 같군."

강해진 정도가 아니었다. 좀 더 알아봐야겠지만 지금 대충이나마 실험해 본 결과 죽기 전의 자신과는 너덧 배 정도의 차이가 있었다. 순발력도 몇 배는 좋아지고 시력도 확연히 좋아졌다.

도저히 죽은 사람이라고는 여겨지지 않을 정도의 놀라운 변화였다.

하지만 심장이 멈춘 탓에 몸에 피가 돌지 않아 감각이 제대로 느껴지지 않았다.

아픔이 느껴지지 않는 것은 물론, 균형 감각도 거의 사라졌다. 팔다리가 마치 남의 것인 양 목석처럼 느껴질 정도이다.

정찬혁이 운동을 다시 시작한 것은 그 때문이다. 감각이 느껴지지 않아 제대로 움직일 수 없으니 운동이라도 해서 움직임을 강제로 몸에 기억시키려는 것이다.

게다가 보통 인간의 몇 배는 넘는 힘에 어느 정도 적응을 해야 했다. 정찬혁은 철봉에 뛰어올라 턱걸이를 하기 시작했다.

낯빛 하나 변하지 않은 채 정찬혁은 순식간에 턱걸이 백여

개를 했다. 죽은 몸이라 그런지 땀도 안 나고 지치지도 않았다.

가끔씩 심장 언저리를 바늘로 찌르는 것 같은 통증이 느껴질 뿐이다. 지금도 그랬다.

정찬혁은 갑작스러운 심장의 통증을 느끼고 철봉에서 떨어졌다.

"크윽!"

정찬혁은 통증이 느껴지는 심장 부근을 움켜쥐며 나직이 신음을 토해냈다. 그리 길지 않은 시간이었지만 그 순간만큼은 정신이 아득해질 정도다.

아무리 몸을 혹사시켜도 나지 않던 식은땀이 이마를 흠뻑 적셨다. 정찬혁은 한쪽 무릎을 꿇은 채 아랫입술을 꽉 깨물며 통증을 감내했다.

언제 그랬냐는 듯 이내 통증이 가셨다. 정찬혁은 길게 한숨을 내쉬며 천천히 몸을 일으켰다.

"괜찮아요?"

언제 온 것인지 신유진의 음성이 등 뒤에서 들려왔다. 고개를 돌리자 수건을 들고 걱정스러운 얼굴로 자신을 바라보고 있는 신유진의 모습이 눈에 들어왔다.

정찬혁은 무표정한 얼굴로 수건을 받아 들고 땀을 닦았다.

"괜찮다. 그런데 이 통증을 없앨 수는 없는 건가?"

신유진은 고개를 가만히 내저었다.

"지금은 무리예요. 이 흔적이 절반 정도로 줄어들지 않는 한은 주기적으로 통증이 찾아올 거예요. 흔적이 줄어들면 그 주기는 조금씩 길어질 거예요."

"그런가……."

정찬혁은 가만히 고개를 끄덕였다. 통증이 찾아오는 주기는 약 여섯 시간마다 한 번씩이다.

하루에 네 번, 차라리 죽는 게 나을 정도로 엄청난 통증이 느껴지긴 하지만 이미 죽은 몸이다. 새로운 삶을 얻기 위한 통과의례라고 생각하면 충분히 감내할 수 있었다.

구룡회에 있을 때에도 수많은 이가 죽어나간 훈련을 오 년씩이나 버티고 무사히 살아남은 정찬혁이지 않은가.

"그런데… 언제부터 시작할 수 있을 것 같아요?"

신유진이 조심스레 질문을 던졌다. 정찬혁은 다시 철봉에 매달리며 대답했다.

"글쎄? 아무리 빨라도 두어 달 정도는 걸릴 것 같군."

"알겠어요. 그럼 그때에 맞춰서 저도 준비를 해야겠군요."

천천히 고개를 끄덕이며 신유진이 말했다.

이내 돌아선 신유진을 보지도 않고 정찬혁은 턱걸이를 계속했다.

그렇게 시간은 빠르게 흘러갔다.

삼 년간 죽음의 늪에서 헤매던 정찬혁이 눈을 뜬 지 석 달여가 흘렀다.

그동안 정찬혁은 보통 사람이었다면 하루 만에 죽음에 이르렀을지도 모를 정도로 과도한 운동을 통해 감각이 없는 몸에 강제로 정상적인 움직임을 기억시켰다.

보통 사람의 대여섯 배가 넘는 힘을 자유자재로 조절할 수 있었고, 평상시의 생활도 전혀 불편함이 없을 정도다.

몸이 완전히 만들어졌으니 신유진이 제안했던 일을 슬슬 시작해야 할 때였다.

정찬혁이 해야 할 일은 도시에 만연한 악마의 기운에 흘려 악행을 일삼는 자들을 처리하는 것이었다.

"죽기 전에 하던 일과 그리 큰 차이는 없을 거예요."

신유진은 그렇게 말했다. 결정적으로 다른 것은 인간의 생명을 빼앗는 것이 아니라 인간을 홀린 악마의 기운을 봉인한다는 것이다.

만약 일을 처리하는 중에 정찬혁이 사람을 죽이기라도 한다면 심장을 물들이고 있는 검은 기운이 악마를 불러들여 정찬혁을 영원히 헤어 나올 수 없는 죽음의 늪으로 인도하게 될 것이라고도 했다.

이전에는 살아남기 위해서 남을 죽여야만 했던 정찬혁이다. 하지만 이제는 새로운 삶을 얻기 위해서 절대로 남을 죽여서는 안 되었다.

아무리 악한 자라 해도. 아이러니한 일이다. 정찬혁은 저도 모르게 피식 미소를 지었다.

"짐승에서 인간이 되어가는 과정이라는 건가?"

구룡회의 킬러로 지내던 시절 정찬혁은 단 한 번도 자신이 인간이라고 생각하지 않았다.

남의 명령을 받고 타인의 목숨을 빼앗는 짐승이나 다름없었다. 그런데 이제는 어찌 보면 타인의 생명을 구해야 하는 것이나 마찬가지다.

"복수는 잊어요. 당신은 이미 한 번 죽은 걸로 모든 은원을 씻어낸 거나 마찬가지예요. 복수를 한다고 해서 돌아가신 부모님이 살아 돌아오지는 않아요. 그건 당신의 자기만족일 뿐. 만약 새 생명을 얻게 된다면 다시는 그런 어리석은 짓은 하지 말아요. 알겠죠?"

신유진의 말이 머릿속을 맴돌았다. 옳은 말이다. 복수를 한다고 해서 자신이 얻는 것은 아무것도 없었다.

하지만 죽음을 넘어서도 잊히지 않는 원한이다. 생각 같아선 당장에라도 첸을 찾아 복수하고 싶다.

하지만 몇 가지 제약 때문에 그럴 수가 없었다. 우선은 신유진의 곁을 반경 1km 이상 떠나서는 안 된다.

지금 자신의 몸은 신유진의 힘으로 유지되고 있는 것이었다. 시체나 다름없는 몸이 썩지도 않고 웬만한 상처는 저절로 회복되는 것도 다 그 덕이었다.

처음 눈을 떴을 때, 길거리에서 피를 흘리며 쓰러진 것도 다 신유진과의 거리가 멀어져서 신체를 유지하는 힘이 사라진 탓이었다.

만약 정찬혁이 신유진에게서 일정 거리 이상 떨어지게 된다면 이미 완전히 아문 과거의 상처가 모두 벌어져 꼼짝도 할 수 없게 된다.

그리고 그대로 두어 시간이 지나면 간신히 얻은 기회마저 박탈당하고 영원한 죽음의 길로 접어들게 된다.

그것만큼은 절대 사양이다. 첸에 대한 원한을 잊으라고 말하는 신유진을 설득하는 것도 불가능한 일이었으니 새 생명을 얻기 전까지는 고분고분 따르는 수밖에 없었다.

물론 그러는 도중에 기회가 생긴다면 절대 망설이지 않고 복수를 할 생각이다.

"무슨 생각을 그렇게 하는 거예요?"

귓가에 들려온 음성에 정찬혁은 천천히 고개를 돌렸다. 언제나처럼 신유진은 아무런 기척도 없이 불쑥 나타났다. 정찬혁은 무표정한 얼굴로 고개를 가만히 내저었다.

"아무것도 아니다."

"준비는 다 된 거죠?"

“물론. 언제라도 움직일 수 있다. 당신은?”

정찬혁의 질문에 신유진이 빙긋 미소를 지으며 돌아섰다.

“따라와요. 보여줄 게 있으니까.”

정찬혁은 앞장서서 걸음을 옮기는 신유진의 뒷모습을 물끄러미 쳐다보았다.

문을 열고 밖으로 나가려던 신유진이 고개를 돌리며 재촉했다.

“뭐해요? 빨리 따라오라니까요.”

그제야 정찬혁은 몸을 일으켜 신유진의 뒤를 조용히 따르기 시작했다.

“여긴…….”

익숙한 곳이다. 카페 베아투스. 죽기 전까지 정찬혁이 운영하던 카페다. 신유진은 씨익 미소를 지으며 고개를 끄덕였다.

“아직 잊어버리진 않았나 보네요. 맞아요. 앞으로 여기가 우리 아지트가 될 거예요.”

“하지만…….”

카페 베아투스는 본래 정찬혁의 신분 위장을 위해 구룡회의 자금으로 만들어진 곳이다.

구룡회에서는 정찬혁이 죽은 것으로 알고 있을 테니 이렇게 카페가 열려 있다면 이상하게 여길 것이다.

당연히 조사를 시작할 테고, 얼마 지나지 않아 자신이 살아 있다는 사실을 알게 될 것이다.

그러면 첸이 서울로 찾아올지도 모른다. 거기까지 생각이 미친 정찬혁은 말꼬리를 흐려 뒷말을 집어삼켰다.

"걱정 말아요. 구룡회는 절대 이곳을 눈치채지 못할 테니까요."

"어떻게?"

신유진의 말에 정찬혁은 왠지 맥이 탁 풀렸다. 신유진은 오른손 검지를 까딱거리면서 입을 열었다.

"그건 비밀이에요. 그나저나 여기서 이러지 말고 빨리 들어가요, 우리."

신유진이 재촉하며 정찬혁의 등을 떠밀었다. 정찬혁은 신유진의 행동에 저항하지 않고 카페의 유리문을 밀었다.

딸랑 하는 종소리가 조용히 울려 퍼졌다. 정찬혁은 입구에 선 채로 가만히 내부를 바라보았다.

조금 먼지가 쌓여 있기는 하지만 예전 그대로다. 왠지 모를 그리움이 밀려왔다. 뒤에서 신유진이 등을 탁탁 두드리며 말했다.

"어서 들어가지 않고 뭐해요?"

퍼뜩 정신을 차린 정찬혁은 천천히 카페 안으로 걸어 들어갔다.

습관적으로 카운터로 다가간 정찬혁은 진열된 커피 잔을

가만히 바라보았다.

"여기서는 제가 멀리 떨어져 있어도 괜찮을 거예요."

신유진의 음성을 들으며 정찬혁은 가만히 카페를 둘러보았다. 항상 신유진이 앉던 테이블에 눈이 멎었다.

언제나 커피 한 잔을 시켜놓고 문고본 소설을 읽고 있던 신유진의 모습이 보이는 것 같다.

그 옆에서 농담을 던지고 있는 알렉스의 모습도 함께 보인다. 정찬혁이 유일하게 마음을 놓고 지내던 때의 기억이다.

하지만 이미 지나 버린 시간, 절대 돌아올 수 없는 시간이다.

정찬혁 자신도 완전히 변해 버렸고 신유진도, 알렉스도 마찬가지다. 정찬혁은 씁쓸한 미소를 지으며 눈앞의 환영을 지웠다.

신유진은 가만히 정찬혁을 내버려 둔 채 준비실에서 아타세케이스를 들고 나왔다.

"그게 뭐지?"

마침 눈길이 간 정찬혁이 물었다. 신유진은 대답 대신 정찬혁에게 다가와 아타세케이스를 카운터 위에 올렸다.

가방을 열자 분해되어 있는 권총이 정찬혁의 눈에 들어왔다.

글록19. 꽤나 애용하는 권총이라 부품만 봐도 알 수 있다. 정찬혁은 저도 모르게 손을 뻗었다.

수년간 손에 익은 대로 순식간에 권총을 조립했다. 슬라이드를 당기자 철컥 하는 익숙한 금속성이 들려왔다.

"어때요? 마음에 들어요?"

"사람을 죽여서는 안 된다고 하지 않았던가?"

신유진의 질문에 정찬혁은 질문으로 답했다. 무게감도, 방아쇠에 걸린 손가락의 감촉도 모든 것이 익숙하기만 했다. 신유진은 미소를 지으며 대답했다.

"실제 권총이랑 똑같이 만들려고 꽤나 고생했다고요. 대신 실탄은 쓸 수 없고 전용 탄환을 써야 해요."

신유진은 아타셰케이스 안에 있는 스펀지를 꺼냈다. 탄창과 함께 탄환이 눈에 들어왔다.

얼핏 보기에는 글록19에 쓰이는 9㎜ 탄환처럼 보였다. 하지만 탄두의 모양이 조금 특이했다.

보통은 뾰족한 끄트머리가 납작하고 가운데가 구멍이 뚫려 탄두 내부가 비어 있다. 그리고 탄두 주위에 기이한 문자가 빼곡하게 새겨져 있다.

"이게 뭐지?"

"이블 불릿(Evil Bullet). 인간이 품은 악마의 기운을 빨아들이는 특수 탄환이에요. 물론 상대의 미간 한가운데를 정확히 맞춰야 하지만요. 다른 사람은 몰라도 찬혁 씨라면 그 정도는 충분히 하실 수 있을 거예요. 그렇죠?"

"미간을 맞추는 거라면 저격총이 훨씬 편할 텐데 왜 굳이 권총이지?"

"사용한 탄환을 회수해야 하거든요. 그대로 내버려 뒀다간 다른 사람에게 악마의 기운이 옮겨갈 수도 있으니까요."

신유진의 말에 정찬혁이 고개를 갸웃했다.

"탄피라면 모를까 사용한 탄환을 어떻게 회수하라는 거지?"

"일반적인 탄환이랑 다르다니까요. 자세한 설명은 해봤자 이해도 못할 테니 간단히 말해줄게요. 이 탄환을 상대의 미간에 쏘면 살에 닿을 정도에서 저절로 멈출 거예요. 살짝 피가 나올지도 모르지만 목숨에는 전혀 지장이 없죠. 악마의 기운을 모두 빨아들인 후에는 그냥 바닥에 떨어질 테니 그걸 가져오시면 돼요."

"미간이 아닌 다른 곳을 맞추면 어떻게 되지?"

"거부 반응 때문에 괴로워하다가 죽음에 이르겠죠. 만약 그렇게 되면 당신도 끝장이니 조심해야 할 거에요."

"명심하도록 하지. 그러면 모든 준비는 끝난 건가?"

신유진은 대답 대신 고개를 끄덕였다. 정찬혁의 말이 곧바로 이어졌다.

"잘됐군. 그럼 시작하도록 하지. 내가 지금 당장 해야 할 일은 뭐지?"

정찬혁의 질문에 신유진은 바로 대답하지 않고 의미심장한 미소를 지었다.

정찬혁의 죽음과 그 이후의 일을 이야기할 때의 표정이다.
정찬혁은 무표정한 얼굴로 신유진을 가만히 바라보았다.
　신유진의 입술이 천천히 열렸다.
　"그럼 우선……."
　신유진은 말꼬리를 흐리며 침을 꿀꺽 삼켰다. 하지만 이내
빙긋 미소를 지으며 말을 이었다.
　"커피나 한 잔 줄래요?"

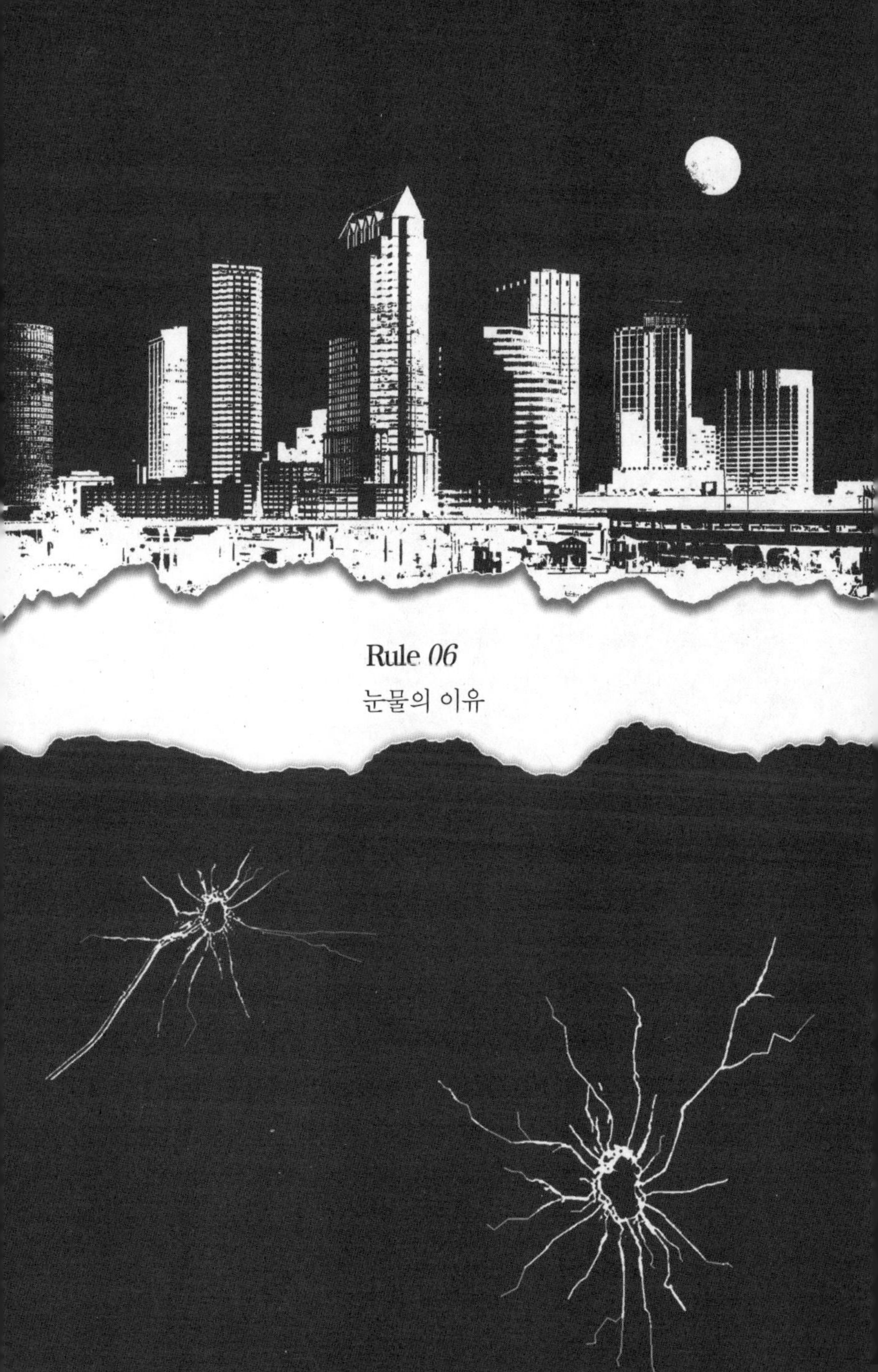
Rule 06
눈물의 이유

"의료상 미스는 전혀 없었습니다만… 약물 거부반응 때문
에 위험한 상황입니다."

청천벽력 같은 소리다. 복합 골절이라 간단한 수술만 하면
금방 회복될 거라고 하지 않았는가.

의사를 바라보는 중년 사내는 삽시간에 십여 년은 늙은 것
처럼 어깨를 축 늘어뜨렸다.

"그, 그게 무슨 소립니까? 분명… 분명 간단한 수술이라고
하지 않으셨습니까?"

"그러니까 좀 전에 말씀드렸잖습니까. 약물 거부반응이 있
다고요. 왜 미리 말하지 않은 겁니까? 따님이 특정 약물에 알

레르기가 있다는 것도 모르셨습니까?"

처음 듣는 소리다. 갓난아이 때부터 잔병치레가 많아 병원을 자주 찾았던 딸이다. 약물 거부반응이 있다면 자신이 모를 리가 없었다.

그만큼 금이야 옥이야 소중히 여기며 키워온 딸이다. 체육 시간에 철봉에서 떨어져서 뼈가 부러졌다는 소식에도 심장이 내려앉을 것 같았던 사내다.

간단한 수술이라고 하던 의사의 말을 믿었다. 그런데 위험한 상황이라니. 사내는 억장이 무너지는 것 같았다.

"내, 내 눈으로 직접 봐야겠습니다. 내 딸, 내 딸은 어디 있습니까?"

사내는 의사의 멱살을 틀어잡으며 버럭 소리쳤다. 의사는 냉정한 얼굴로 사내의 손을 뿌리치며 말했다.

"따님은 집중 치료실에 있습니다. 면회는 불가능하니 기다려 주십시오. 저희가 최선을 다해 치료하겠습니다."

"다 필요 없어! 내 딸을 보여 달란 말이오!"

"이러시면 곤란합니다. 심정은 이해합니다만 흥분을 가라앉히고 진정하십시오. 아버님께서 이러시면 병실에 누워 있는 따님이 더 힘들어할 겁니다."

의사의 말에 사내는 벼락이라도 맞은 듯 움찔했다. 이내 힘없이 풀썩 주저앉으며 사내는 눈물을 쏟아냈다.

"따, 딸아이를⋯ 부탁드립니다. 제 보물 같은 아입니다. 제발, 제발 부탁드립니다."

무표정한 얼굴로 사내를 내려다보던 의사는 인자한 미소를 가장하며 한쪽 무릎을 꿇고 사내의 어깨에 손을 얹었다.

"너무 걱정 마십시오, 아버님. 최선을 다하겠습니다. 저를 믿어주십시오."

"죄송합니다, 선생님."

사내는 고개를 숙인 채 오열했다. 의사는 사내를 달래듯 어깨를 가볍게 두드리며 고개를 끄덕였다. 사내를 바라보는 의사의 눈빛이 섬뜩하리만치 날카롭게 번뜩였다.

사내는 다 죽어가는 얼굴로 비틀비틀 변호사 사무실을 나섰다. 흐르는 눈물이 멈추지 않았다.

억울하게 딸을 잃고도 아무 것도 할 수 없는 자신의 무능함이 그저 원망스러웠다.

"병원 측의 의료 과실을 입증할 증거가 없으면 고소해 봤자 아무 소용없습니다. 오히려 무고죄로 역고소를 당할 수가 있어요."

"하, 하지만 제 허락도 없이 딸을 화장해 버렸잖습니까!"

"장례 절차까지 모든 사후 처리를 병원에 일임한다는 각서에 직접 사인하셨잖습니까?"

"그, 그건 경황이 없는 중에 엉겁결에 한 겁니다. 전 딸의 시신도 못 봤다고요."

"직접 사인한 각서는 법적 효력이 있습니다. 강제로 한 것도
아니잖습니까."

"하지만……!"

"안 그래도 의료 과실 관련 소송은 돈과 시간이 많이 드는 일
입니다. 증거도, 증인도 병원 측에 유리한 상황이구요. 승산은 거
의 제로에 가깝습니다. 방법이 없다구요."

"어떻게 안 되겠습니까? 이대로라면 죽은 딸이 억울해서 제대
로 눈을 감지 못할 겁니다."

"안됐지만 어쩔 수 없습니다. 다른 변호사에게 가도 하는 말은
비슷할 겁니다. 억울하시겠지만 포기하세요."

"그런……!"

사내는 조금 전 변호사와의 대화를 떠올리며 연신 눈물을
쏟았다.

주위를 지나는 사람들은 길 한가운데에 멈춰 서서 눈물을
흘리는 사내의 모습을 이상하다는 듯 힐끔힐끔 쳐다보았다.

하지만 사내의 눈에는 아무것도 보이지도 들리지도 않았
다. 오직 죽은 딸의 얼굴만이 머릿속 가득할 뿐이다.

"미안하다. 널 위해 아무것도 할 수 없는 이 아비를 용서해
다오."

하늘 높이 울부짖던 사내는 기력을 다한 건지 이내 풀썩 힘
없이 쓰러지고 말았다.

사람들이 사내 주위에 모였다. 하지만 누구도 쓰러진 사내에게 다가가지 않았다.

그저 웅성거리며 사내를 지켜보고만 있을 뿐이다. 한참의 시간이 지난 후에야 모여든 인파 사이를 뚫고 한 여성이 사내에게 다가갔다.

"이봐요. 정신 차려요."

이미 혼절해 버린 사내는 꼼짝도 하지 않았다. 그저 끊임없이 눈물을 흘릴 뿐이다.

여성은 날카로운 눈빛으로 주위에 있는 사람들을 노려보며 소리쳤다.

"뭣들 하는 거예요? 어서 좀 도와줘요! 어서요!"

여성의 날카로운 외침에 머뭇거리며 사람들이 다가왔다.

다른 사람들의 도움으로 사내를 부축해 일으킨 여성은 사내를 이끌고 어딘가로 걸음을 옮기기 시작했다.

주위에 모여 있던 사람들은 멀어져 가는 두 사람의 뒷모습을 멍하니 바라보고만 있었다.

"으, 으으, 으아악!"

온몸이 식은땀으로 흠뻑 젖었다. 악몽이라도 꾸는 듯 사내는 신음을 흘리며 이리저리 몸부림치다가 비명을 토해내며 벌떡 상체를 일으켰다.

사내는 아직도 반쯤 감긴 눈으로 멍하니 주위를 둘러보았다. 진한 커피 향이 가득한 곳이다.

"이제 정신이 좀 드세요?"

누군가의 음성이 귓가로 흘러들었다. 사내는 천천히 고개를 돌렸다.

낯선 여성이 자신을 바라보고 있다. 그 뒤에는 무표정한 얼굴로 컵을 닦고 있는 젊은 사내도 있다.

한참을 가만히 눈앞의 여성을 바라보던 사내는 저도 모르게 나직이 중얼거렸다.

"여, 여긴……?"

"카페예요. 갑자기 길에서 쓰러지셔서……."

여성이 말꼬리를 흐렸다. 그제야 사내는 자신이 변호사 상담을 마치고 나오던 중 혼절해 버린 것을 떠올릴 수 있었다. 사내는 당황한 얼굴로 몸을 일으켰다.

"가, 감사합니다. 폐를 끼쳤군요."

사내는 비틀거리며 걸음을 옮기기 시작했다. 하지만 채 몇 걸음 가지 못하고 풀썩 쓰러졌다.

한동안 제대로 먹지도 마시지도 못한 탓에 다리에 힘이 들어가지 않았다.

"괘, 괜찮으세요?"

여성이 다가오며 사내를 부축했다. 괜찮다고 말하려고 했지만 혀가 바짝 말라 제대로 목소리가 나오지 않았다. 여성의 부드러운 음성이 곧장 이어졌다.

"아무래도 무리하지 마시고 여기서 좀 쉬시는 게 좋겠어요."

여성과 눈이 마주치자 사내는 저도 모르게 가만히 고개를 끄덕였다.

이상하게 거절할 마음이 조금도 들지 않았다. 여성은 사내를 부축해 일으켜 편한 자리에 앉혔다.

여성의 눈을 보고 있자니 마음이 편안해지는 것 같았다. 사내는 저도 모르게 스륵 두 눈을 감았다.

"어쩔 셈이냐?"

깊이 잠든 사내를 힐끗 바라보며 정찬혁이 물었다. 신유진은 초췌한 사내의 모습에 나직이 한숨을 내쉬며 입을 열었다.

"아직 모르겠어요, 찬혁 씨?"

"뭘 말이냐?"

"저게 안 보여요?"

신유진은 답답하다는 듯 가슴을 치며 사내를 가리켰다. 사내의 몸에서 희미한 검은 기운이 뿜어져 나왔다.

보통 사람에게는 보이지 않지만 죽음의 세계에 발을 들인 정찬혁에게는 뚜렷하게 보였다.

"그게 어쨌다는 거냐?"

"전에 말한 악마의 기운이에요. 그리 강하지 않은 걸 보니 악마의 기운에 홀린 자와 접촉이 있었던 게 분명해요."

"내가 할 일이 생겼다는 뜻이로군."

신유진이 가만히 고개를 끄덕였다. 악마의 기운을 회수하기 위해서는 우선 사내의 사연을 들어봐야 할 것 같았다.

신유진은 잠든 사내에게 다가가 조용히 손을 뻗었다. 따듯한 기운이 사내에게로 흘러들었다.

정찬혁을 죽음의 늪에서 건져내느라 대부분의 힘을 소모한 신유진이지만 지친 사내에게 약간의 기력을 전해주는 것은 가능했다.

초췌하기만 하던 사내의 얼굴에 약간의 생기가 돌아왔다. 따뜻한 기운을 느낀 사내가 천천히 잠에서 깨어났다.

신유진이 가만히 사내를 바라보며 말했다.

"말해봐요. 조금은 마음의 짐이 가벼워질 거예요."

신유진의 부드러운 음성에 사내는 무언가에 홀리기라도 한 듯 천천히 입을 열었다.

"내 딸… 내 딸이……."

사내는 격앙된 어조로 눈물을 흘리며 가슴속의 커다란 응어리를 풀어내기 시작했다.

"서린 종합병원이라……."

정찬혁은 굳은 얼굴로 나직이 중얼거렸다. 자신의 마인드 컨트롤에 모든 자초지종을 털어놓고 깊이 잠든 사내를 바라보던 신유진이 불쑥 물었다.

"아는 곳이에요?"

“구룡회의 자본으로 만들어진 병원이다. 그러다 보니 뒷세계에서도 꽤나 유명한 곳이지. 경찰에 신고해야 하는 환자를 은밀히 받거나 장기 매매를 알선한다고 들은 기억이 나는군.”

정찬혁의 말에 신유진은 살짝 미간을 찌푸렸다. 여기서 구룡회가 나올 줄은 생각지도 못한 탓이다.

“구룡회라니……. 하긴, 뒷세계에 속한 자들이니 악마의 기운이 깃들 만도 하네요.”

신유진은 이내 납득하고 고개를 끄덕였다. 온갖 악행을 일삼는 암흑가에 악마의 기운이 머무는 것은 당연한 일이다.

신유진은 힐끗 정찬혁의 눈치를 살폈다. 정찬혁은 감정이 느껴지지 않는 무표정한 얼굴로 가만히 잠든 사내를 바라보고 있었다.

“무슨 생각해요?”

“글쎄……?”

정찬혁은 말꼬리를 흐렸다. 여전히 무표정한 얼굴이었지만 정찬혁의 어두운 감정이 신유진에게 느껴졌다.

신유진의 힘이 정찬혁의 몸을 유지하고 있는 터라 대강 어떤 감정을 느끼고 있는지 알 수 있었다.

신유진은 살짝 인상을 찌푸리며 말했다.

“다시 한 번 말하지만 복수는 잊어요. 다시는 돌아올 수 없는 죽음의 세계로 떠나고 싶지 않으면 말이에요.”

“알고 있다.”

정찬혁은 가만히 고개를 끄덕였다. 하지만 정찬혁이 품은 어두운 감정은 조금도 사라지지 않고 있었다.

신유진은 걱정스러운 얼굴로 정찬혁을 바라보았다.

“우선은 서린 종합병원에 대해서 좀 알아봐야겠어요. 찬혁 씨가 움직이는 건 그 후에 해도 충분하니까요.”

정찬혁은 대답 대신 가만히 고개를 끄덕였다.

＊　　＊　　＊

“오랜만입니다, 송 수사관님.”

빠른 속도로 키보드를 두드리며 사건 기록을 정리하고 있던 송지훈의 귓가에 쾌활한 음성이 날아들었다.

멈칫한 송지훈이 천천히 고개를 돌렸다. 사무실 입구에 한윤철이 서 있었다.

송지훈은 저도 모르게 벌떡 일어났다.

“하, 한 검사님?”

한윤철은 장난기 어린 표정을 지으며 손가락을 브이 자로 펼쳐 보였다.

“드디어 돌아왔습니다. 한 삼 년쯤 걸렸나요? 그동안 잘 지내셨죠?”

송지훈은 놀란 눈으로 한윤철을 바라보며 중얼거렸다.

“서, 설마 오늘 새로 오신다는 분이 한 검사님이셨습니까?”

“물론이죠. 지방에서 큰 사건 몇 건을 해결했더니 당장 대검으로 돌아가라고 하던걸요?”

송지훈은 밝은 미소를 지으며 한윤철에게 다가가 두 손을 맞잡았다.

“잘됐습니다. 정말 잘된 일이에요!”

반가운 마음에 부산을 떨던 두 사람의 귓가에 낮은 헛기침 소리가 들려왔다.

“커험험! 자네들, 난 안 보이는 건가?”

그제야 송지훈은 한윤철을 뒤따라 사무실로 들어선 부장 검사 박상규를 보았다. 쑥스러운 듯 뒷머리를 긁적이며 송지훈이 입을 열었다.

“죄송합니다, 부장검사님. 워낙에 반가워서.”

“됐네. 잘 아는 사이이니 소개할 필요도 없겠군. 삼 년 만에 겨우 대검에 복귀했으니 쓸데없는 짓 못하게 자네가 잘 감시해야 하네.”

“하하, 알겠습니다.”

“제가 무슨 세 살 먹은 어린앱니까? 알아서 잘할 테니 걱정 마십쇼, 형님.”

한윤철이 너스레를 떨자 박상규는 살짝 인상을 찌푸렸다.

“야, 인마! 청 내에서는 그렇게 부르지 말랬지? 그리고 어

린애가 아니라서 더 걱정인 거다. 너 다시 데려오려고 내가
얼마나 개고생한 줄 아냐?"

"잘 알아 모시겠습니다, 부장검사님!"

"말이나 못하면 밉지나 않지. 하여간 열심히, 아니, 너무
열심히는 하지 말고 적당히 맞춰 살자. 알겠냐?"

"명심하겠습니다요!"

한윤철의 시원시원한 대답에 박상규는 피식 미소를 지으
며 돌아섰다. 손을 살짝 흔들며 박상규는 사무실을 나섰다.

"그럼 수고하라고."

박상규가 사라지자 한윤철은 씨익 미소를 지으며 조용히
말했다.

"그러면 이제 시작해 볼까요? 지금 당장 처리해야 되는 사
건이 뭡니까?"

재회의 인사를 나누는 세 사람 사이에 쉽게 끼어들지 못하
고 있던 여성 사무관이 천천히 몸을 일으키며 입을 열었다.

"유인혜 사무관입니다. 만나서 반갑습니다, 한윤철 검사
님."

"아참, 사무관님을 잊고 있었군요. 죄송합니다. 오랜만에
송 수사관님을 만난 터라 조금 흥분했나 보군요. 한윤철입니
다."

한윤철은 한 손으로 뒷머리를 긁적이며 유인혜에게 악수
를 청했다. 하지만 유인혜는 본 척도 하지 않고 뿔테안경을

살짝 밀어 올리며 말했다.

"인사는 됐습니다. 사건 이야기나 하시죠."

유인혜의 쌀쌀한 말투에 한윤철은 저도 모르게 어깨를 움찔했다.

안 그래도 날카로운 눈매가 뿔테안경 덕에 더욱 돋보였다. 지극히 사무적이고 차가운 인상의 여성 사무관이었다.

냉랭한 유인혜의 말에 송지훈은 흘끔 눈치를 살폈다. 한윤철은 피식 미소를 지으며 입을 열었다.

"어떤 사건입니까?"

유인혜가 두툼한 자료 철을 서랍에서 꺼내 한윤철에게 건네며 말했다.

"전임 검사님이 하시던 기획 수사 건입니다. 의료 과실 관련 사건입니다."

"의료 과실?"

말만 들어도 꽤나 까다로운 사건일 거라는 예감이 들었다. 눈치를 살피던 송지훈이 조심스레 끼어들었다.

"아직 혐의점은 찾지 못했지만 최근 이 년 사이에 의료 사고로 사망한 환자가 열 명이 넘습니다. 정황은 확실한데 증거가 없어서 곤란한 참입니다."

"그렇군요."

한윤철은 고개를 끄덕이며 사건 자료를 살폈다. 그러다 순간 멈칫했다. 자료에 기록되어 있는 병원 이름 때문이다.

서린 종합병원.

　한윤철은 천천히 고개를 들어 송지훈을 바라보았다. 그럴 줄 알았다는 듯 송지훈은 가만히 고개를 끄덕였다.
　"검사님이 생각하시는 그곳 맞습니다. 사실 저도 깜짝 놀랐습니다. 이런 우연이 다 있나 하고요."
　"우연이 여러 번 겹치면 필연이라는 말이 있지요."
　한윤철은 씨익 미소를 지으며 나직이 중얼거렸다. 큰 사고를 당해 죽을 뻔했던 삼 년여 전의 일이 한윤철의 머릿속에 선명하게 떠올랐다.
　그 당시에 자신이 쫓던 사건에 관련이 있던 서린 종합병원을 전혀 다른 사건에서 보게 되다니. 우연이라고 치부하기에는 너무도 절묘한 인연이 느껴졌다.
　아니, 악연이라고 하는 편이 옳을 것이다. 누군가의 손길이 필연적으로 자신을 이끌고 있는 건지도 모른다는 생각이 문득 들었다.
　한윤철은 자료를 들고 자신의 집무실로 들어서며 낮게 소리쳤다.
　"송 수사관님은 사소한 것 하나도 빼놓지 말고 서린 종합병원 설립부터 지금까지 있었던 모든 상황을 상세하게 조사해 주세요. 유 사무관님은 최대한 많은 피해자들과 면담 약속을 잡아주시구요. 의료 과실 사건입니다. 혐의를 증명해 내기가 쉽지 않다는 것쯤은 잘 아실 겁니다. 힘들겠지만 수고 좀 해주십쇼.”

“알겠습니다.”

“예, 검사님.”

송지훈과 유인혜 두 사람의 대답을 들으며 한윤철은 입꼬리를 살짝 말아 올렸다.

‘어디 시작해 보자고.’

지난 삼 년여 동안 숙제로 남아 있던 사건의 실마리를 잡을 수 있을지도 모른다는 생각을 하며 한윤철은 날카로운 눈빛을 번쩍였다.

*　　*　　*

서린 종합병원의 원장 조병우는 입원 환자의 카르테를 뒤적이며 적당한 상대를 물색하고 있었다.

지난번에는 솜씨가 서툰 외과의 때문에 단순한 복합골절 환자를 죽이고 말았다.

그 뒤처리를 하느라 고생한 것을 생각하면 아직도 머리가 아플 지경이다.

다행히 보호자가 쉽사리 자신의 유도대로 각서에 서명했으니 다행이지 안 그랬다면 지난 수년간 쌓아온 큰 사업이 한 순간에 끝장날 수도 있는 일이었다.

"당분간은 조용히 지내는 게 좋겠군. 안 그래도 유족들이 시끄러운데 괜히 빌미를 줄 필요는 없으니."

한참 카르테를 뒤적이던 조병우는 나직이 한숨을 내쉬며 중얼거렸다.

괜히 욕심을 부려 큰 돈벌이를 망칠 수는 없었다. 조병우는 카르테를 한쪽 구석에 아무렇게나 던져 놓았다.

길게 기지개를 켜며 하품을 하는 조병우의 귓가에 조용한 노크 소리가 들려왔다.

"뭐야?"

"유족 대표가 원장님을 뵙고 싶답니다."

조심스레 들려온 음성에 조병우는 왈칵 인상을 찌푸렸다. 하지만 이내 천천히 몸을 일으키며 입을 열었다.

"곧 갈 테니 응접실로 모셔라."

"예, 원장님."

조병우는 빳빳하게 다린 의사 가운을 걸치며 거울을 힐끔 쳐다보았다.

이내 만족스러운 표정을 만들어낸 조병우는 천천히 응접실로 향했다.

"거참, 귀찮게 하는 사람들이로군."

응접실 바로 앞에서 걸음을 멈춘 조병우는 나직이 헛기침을 하며 조금 전 연습한 표정을 만들고 문을 열었다.

굳은 표정의 중년 사내가 눈에 들어왔다. 문이 열리는 소리가 들리자 중년 사내가 고개를 돌렸다.

"안녕하십니까. 병원장 조병웁니다."

조병우는 중년 사내에게 다가가며 악수를 청했다. 하지만 중년 사내는 악수를 받지 않고 곧장 용건을 얘기했다.

"인사치레는 집어치우고 본론만 간단히 말하겠습니다. 당신네 병원의 의료 과실로 인해 환자와 유족에게 큰 피해를 입힌 것을 인정하십시오. 그와 함께 적절한 수준의 보상을 요구합니다."

일방적인 중년 사내의 말에 조병우는 저도 모르게 살짝 인상을 찌푸렸다. 하지만 이내 구겨진 표정을 지우며 말했다.

"지금까지 몇 번이나 말했습니다만 본 병원의 책임은 없습니다. 고의적인 의료 과실이라고 주장하시나 본데, 카르테를 보시면 아시겠지만 치료 과정에서는 아무런 이상도 없었습니다. 환자가 사망한 것은 병원의 책임이 아닙니다."

"그러면 왜 장례 절차까지 모두 당신네 병원에서 치르고 시신은 보여주지도 않는 거요!"

중년 사내는 발악하듯 버럭 소리쳤다. 귀가 따가울 정도의 외침에 조병우는 눈살을 찌푸렸다.

"다들 각서에 직접 서명하셨잖습니까. 장례 절차까지 모두 병원에 일임하신 건 당신들일 텐데요?"

"아무리 그렇다고 해도 가족을 잃은 유족들이 시신 한 번 못 보고 화장된 뼈만 볼 수 있었다는 게 말이 된다고 생각하시오?"

"너무 유족들 입장만 생각하시는군요. 장례 절차부터 모든 금전적인 문제를 우리 병원이 해결한 것을 잊으신 겁니까? 저희는 최대한 도의적인 책임을 진 겁니다. 그런데도 보상금을 요구하시다니요. 말이 안 되는 건 오히려 그쪽입니다."

"그, 그건……!"

조병우의 말에 중년 사내는 할 말을 잃었다. 속으로 회심의 미소를 지으며 조병우는 말을 이었다.

"가족을 잃은 유족 분들의 심정은 십분 이해합니다. 하지만 저희 병원도 최선을 다했다는 것만 알아주셨으면 합니다."

"말로는 무슨 소리인들 못하겠소!"

순간 조병우는 중년 사내에게 보이지 않게 교활한 미소를 지었다. 길게 한숨을 내쉬며 조병우는 천천히 입을 열었다.

"그러면 어쩌겠다는 말씀이십니까? 고소라도 하실 겁니까?"

"병원이 책임을 인정하지 않으면 그렇게라도 할 거요."

"힘드실 겁니다. 법정에서 의료 과실이 인정된 것은 거의 없습니다. 설사 인정된다고 해도 최소한 이삼 년은 걸릴 겁니다. 그동안 버티실 수 있겠습니까?"

조병우는 입꼬리를 살짝 말아 올렸다. 중년 사내가 얼굴을 붉히며 흥분했다.

"지금 협박하는 거요?"

"협박이 아니라 사실을 말씀드리는 겁니다. 만약 법정 공방이 생긴다면 저희 병원은 결백을 증명하기 위해서 최고의 법무법인을 고용할 겁니다. 거기에 무고죄로 유족들을 고소할 겁니다. 정말 그러기를 원하시는 겁니까?"

반쯤 협박에 가까운 말이다. 더 이상 분노를 참지 못한 중년 사내는 벌떡 일어나며 소리쳤다.

"어디 한 번 마음대로 해보시오!"

중년 사내는 그대로 돌아서서 성큼성큼 밖으로 나갔다. 쾅하고 부서질 듯 문이 거칠게 닫혔다.

가만히 그 모습을 지켜보던 조병우가 싸늘한 미소를 지으며 나직이 중얼거렸다.

"법이 당신들 손을 들어줄 거라고 생각한다면 크게 오산한 겁니다. 법은 돈으로 움직일 수 있는 법이지요."

조병우는 손을 뻗어 전화기를 집어 들었다. 내선 번호를 누르자 이내 경비실로 연결되었다.

―무슨 일이십니까, 원장님?

"진용에 연락해 사람들을 좀 보내달라고 해. 자꾸 귀찮게 달라붙는 벌레가 너무 많아서 말이야."

―알겠습니다. 곧 연락해 두겠습니다.

전화기를 내던진 조병우는 벌떡 일어나 의사 가운을 벗어 던졌다.

유족 대표를 상대하느라 퇴근 시간이 약간 지난 것에 인상을 찌푸리며 조병우는 밖으로 나갔다.

＊　　＊　　＊

신유진은 가만히 병원을 바라보았다. 병원 건물 전체가 악마의 기운에 물들어 있었다.

저도 모르게 살짝 인상을 찌푸리며 신유진은 나직이 중얼거렸다.

"건물에 기운이 남아 있을 정도라니. 이 정도라면 곧 다른 악마가 나타날지도 모르겠는데? 빨리 숙주를 찾아야 할 텐데."

신유진은 병원을 오가는 사람들을 샅샅이 살폈다. 악마가 나타나기 전에 숙주를 찾아 정화해야만 했다.

한참을 뚫어져라 병원을 지켜보던 신유진의 눈이 순간 화등잔만 해졌다. 막 밖으로 나서는 살찐 중년 사내에게서 강한 악마의 기운이 느껴졌다.

"찾았다!"

신유진은 쾌재를 부르며 조심스레 중년 사내의 뒤를 쫓기 시작했다.

정찬혁은 묵묵히 권총을 손질했다. 아직 한 번도 쏘지 않은 새 것이었지만 제대로 손질을 해두지 않으면 정작 필요할 때 작동하지 않을 수도 있었다.

오랜 킬러 생활로 몸에 밴 습관이다. 세상에 단 한 자루밖에 없는 특별한 권총이지만 생김새는 글록19와 다를 바 없는 것이라 손질하기 수월했다.

완전 분해해서 손질을 마친 정찬혁은 빠른 속도로 권총을 조립하고 슬라이드를 당겼다. 철컥 하는 격철음이 들려왔다. 안전장치를 풀고 방아쇠를 당기자 공이 치는 소리가 들린다.

작동에 이상이 없는 것을 확인한 정찬혁은 카운터 아래에 있는 작은 서랍에 권총을 넣었다.

"큭!"

순간 갑작스러운 심장의 통증이 느껴졌다. 짧은 신음을 토해내며 정찬혁은 한쪽 무릎을 꿇었다.

매일같이 찾아오는 통증이지만 도무지 익숙해지지 않았다. 정찬혁은 심장 부근을 움켜쥐며 까드득 이를 갈았다. 이가 깨지고 검게 죽은피가 배어 나오기 시작했다.

*　　　*　　　*

한윤철은 골치가 아픈지 머리를 매만졌다. 확실히 서린 종합병원은 수상한 것투성이였다.

의료 과실로 보이는 환자들의 사망 원인은 특정 약물의 거부반응이나 수술 후 후유증으로 인한 합병증 등이었다.

대부분이 맹장 수술이나 복합골절 수술 등의 간단한 것이었지만 수술 과정에서 별다른 실수가 없었더라도 사망한 경우는 꽤나 많은 편이었다.

물론 한 병원에서 다수의 사망자가 발생하는 경우는 확률적으로 극히 드문 일이긴 하다.

때마침 유족들의 소장이 접수되어 기획 수사 중이던 한윤철에게 사건이 배정되었다.

유족들이 정식으로 수사 요청을 해온 덕에 한윤철은 영장을 발급 받아 서린 종합병원에 남아 있는 관련 기록들을 모조리 복사해 왔다.

영장 덕분인지 병원 측은 꽤나 협조적이었다. 꽤나 분량이 많아 자료를 살펴보는 데만 사흘이 넘게 걸릴 정도이다. 전문적인 의학 지식이 필요한 내용이 많아 근처 대학 병원의 자문을 요청했다.

"이런 경우가 아예 없다고는 확언하지 못하겠군요. 서린 종합병원이 워낙에 유명하니 이런 일이 자주 벌어지는 것처럼 보이는 게 아닐까요?"

자료를 본 의대 교수는 그렇게 말했다. 다른 병원에도 자문해 보았지만 돌아오는 대답은 거의 엇비슷했다. 단 한 곳에서 지나가듯 다른 얘기를 했다.

"그러고 보니 작년 즈음부터 장기 이식 수술을 한 환자가 늘어났습니다. 장기 기증자가 없어서 한참을 기다리던 환자들이었는데 말이지요. 뭐, 이 일과는 아무 관계도 없겠지만 말입니다."

그 얘기를 들은 한윤철은 퍼뜩 한 가지 가능성을 떠올릴 수 있었다.

'장기 밀매!'

얼추 아귀가 맞아떨어지는 것 같았다. 유족들 중 피해자의 시신을 본 사람은 아무도 없었다.

사망 전에는 집중 치료가 필요하다고 면회를 거부하고 사망 후에는 장례에 관련된 모든 절차를 병원에서 처리, 유족들에게는 화장하고 남은 유골만 전달되었을 뿐이다.

증거는 하나도 없었지만 충분히 가능한 일이다. 하지만 증거가 아무것도 없었다.

유골만으로는 장기 적출을 증명해 낼 수 없었다. 그럴 듯한 추리지만 막다른 골목이었다.

"젠장! 되는 일이 없군."

한윤철은 머리를 벅벅 긁으며 구시렁댔다. 그러다 퍼뜩 한 가지 방법을 떠올렸다.

"그래, 장기 밀매 루트를 뒤져보면 뭔가 나올지도 모르겠는데? 왜 진작 이 생각을 못한 거지?"

한윤철은 자신의 이마를 탁 두드리며 중얼거렸다. 씨익 미소를 지으며 벌떡 일어난 한윤철은 급히 밖으로 달려나갔다.

"한 검사님, 한 시간 뒤에 유족 대표와 면담 있습니다!"

"그건 유 사무관님이 대신 좀 해주세요. 급한 일이 생각나서 말입니다."

"하지만……."

"부탁합니다!"

유인혜의 대답도 듣지 않고 한윤철은 그대로 횡하니 사라져 버렸다. 황당한 얼굴로 활짝 열린 문을 바라보던 유인혜는 왈칵 인상을 구기며 투덜거렸다.

"뭐가 저리 제멋대로야? 검사면 다야, 검사면!"

옆에서 키보드를 두드리고 있던 송지훈이 저도 모르게 어깨를 움찔거렸다.

"왜 또 부르셨수? 전화번호 바꾼 건 또 어떻게 알아가지고."

어두운 골목 사이로 양손을 바지 주머니에 넣은 채 건들거리는 한 사내가 다가왔다. 한윤철은 피식 미소를 지으며 말했다.

"요즘 들은 소문 없냐? 핫한 걸로 말야."

"무슨 소릴 하는 건지 모르겠수다. 난 아무것도 모르니 갈랍니다. 앞으로 연락하지 마슈."

사내는 관심 없다는 듯 휙 돌아섰다. 한윤철은 급히 주머니에서 지갑을 꺼내 수표 몇 장을 사내의 어깨너머로 던졌다.

바지 주머니에 있던 사내의 손이 잽싸게 날아든 수표를 받아 들었다.

"그러지 말고 얘기 좀 해보지?"

"이제야 말이 좀 통하십니다, 검사님?"

씨익 미소를 지으며 사내는 천천히 돌아섰다. 사내는 통칭 두더지라 불리는 유명한 뒷세계 정보꾼이다.

한윤철이 사법연수원을 수료하고 막 검사가 되었을 때 처음 맡은 사건을 해결하다 우연히 만난 자다.

별것 아닌 도난 사건으로 경찰서에 잡혀 있던 것을 구해준 후로 한윤철은 종종 정보를 얻기 위해 두더지를 부르곤 했다.

그동안은 지방에 있는 터라 두더지를 부를 필요가 없었다. 하지만 이번에는 두더지의 정보가 꼭 필요했다.

두더지는 수표를 뒷주머니에 쑤셔 넣으며 말을 이었다.

"그래, 알고 싶으신 게 뭐유?"

"장기 밀매."

"장기 밀매라……. 꽤나 위험한 사건을 맡으신 모양입니다?"

"그건 알 필요 없고, 최근에 뭐 들은 거 없어?"

한윤철의 재촉에 두더지는 무언가를 떠올리는 듯 고개를 갸우뚱하며 중얼거렸다.

"흐음. 그러고 보니 뭔가 들은 것도 같은데 기억이 잘 나질 않네? 거참, 나이가 들어서 그런가? 자꾸 깜빡깜빡하는구만 요."

딴청을 피우는 두더지의 모습에 한윤철은 왈칵 인상을 찌 푸렸다.

하지만 정보를 얻기 위해서는 참아야 했다. 그만큼 두더지 의 정보는 출처는 알 수 없었지만 확실했다.

한윤철은 지갑에서 신분증과 카드를 빼서 주머니에 아무 렇게나 쑤셔 넣었다. 그리곤 지갑을 두더지에게 던졌다.

"이 정도면 되겠냐?"

지갑을 받아 든 두더지는 액수를 확인하고는 씨익 미소를 지었다.

"역시 검사님은 젊어서 그런지 말이 좀 통한다니까."

"잡담은 그만하면 충분하니까 이제 좀 얘기해 보지?"

금방이라도 잡아먹을 듯 눈에 쌍심지를 켠 한윤철의 모습 에 두더지는 움찔하며 천천히 입을 열었다.

"무슨 사건을 맡으신 건지는 모르겠지만 최근에 장기 거래 가 활발해진 건 사실이우. 무슨 병원이 공급책으로 나섰다고 얼핏 들은 것 같은데."

순간 한윤철의 눈썹이 꿈틀했다.

"혹시 서린 종합병원 아냐?"

"아아! 그런 이름이었던 것 같수다. 지나가듯 들어서 정확

하지는 않지만 말이우. 근데 검사님이 그걸 어떻게 아시는 거
유?”

“다음에 또 연락하지.”

한윤철은 그대로 돌아서서 걸음을 옮기기 시작했다. 두더
지의 낮은 음성이 귓가로 날아들었다.

“매번 고맙수다! 그래도 다음에는 연락하지 마슈!”

하지만 이미 한윤철은 두더지의 말을 듣지 않고 있었다. 빠
른 속도로 어두운 골목을 빠져나온 한윤철은 한쪽 길가에 세
워 놓은 차에 올라탔다. 시동을 건 한윤철은 굳은 얼굴로 엑
셀을 밟았다.

곧장 서린 종합병원으로 향한 한윤철은 멀찍이 떨어진 곳
에 차를 세웠다.

두더지에게 중요한 정보를 얻기는 했지만 법정에서 써먹
을 수 있는 증거는 아니다.

두더지가 법정에서 증언을 할 리도 없고. 좀 더 확실한 증
거를 얻기 위해 한윤철은 병원을 찾은 것이다.

“사건 조사 때문에 원장님을 뵙고 싶습니다만.”

한윤철은 경비원에게 검사증을 내밀며 말했다. 경비원이
움찔하며 내선 전화로 원장실에 연락했다. 이내 경비원이 나
와 말을 전했다.

“원장실로 바로 오시랍니다, 검사님.”

한윤철은 대답 없이 곧바로 원장실을 향해 성큼성큼 걸음을 옮기기 시작했다.

일 층 로비에 들어서자 검은 양복을 입은 사내 몇이 눈에 들어왔다. 실내에서 선글라스까지 낀 것이 누가 봐도 수상쩍어 보였다.

사내들에게서는 조직생활을 하는 자들 특유의 분위기가 느껴졌다.

'구룡회에서 보낸 자들인가?'

어째서 이런 때에 저런 자들이 병원에 나타난 것인지는 알 수 없었지만 아마도 좋은 뜻은 아닐 것이다.

긴장한 것인지 한윤철은 침을 꿀꺽 삼키며 엘리베이터에 올랐다.

"한윤철 검삽니다. 안에 계십니까, 원장님?"

원장실 앞에서 나직이 한숨을 내쉰 한윤철이 노크를 했다. 안에서 원장의 음성이 들려왔다.

"들어오십시오, 검사님. 이리 앉으시지요."

문을 열자 병원장인 조병우가 미소를 지으며 한윤철을 반겼다. 한윤철은 천천히 다가가 자리에 앉았다.

"갑자기 찾아와 놀라셨습니까?"

"괜찮습니다. 수사에 협조하는 건 시민의 의무니까요. 차나 한 잔 하시겠습니까? 선물로 들어온 고급 용정차가 있습니다."

사람 좋은 미소를 지으며 조병우는 차를 준비했다. 그 모습을 가만히 지켜보던 한윤철이 천천히 입을 열었다.

"실은 한 가지 여쭤볼 게 있어서 이렇게 실례를 무릅쓰고 찾아온 겁니다. 사건을 조사하는 중에 병원에 대한 이상한 소문을 들어서 말이죠."

찻잔에 끓인 물을 따르던 조병우가 순간 멈칫하며 고개를 갸웃했다.

"무슨 소문 말입니까?"

"워낙 허무맹랑한 소문이라 들을 가치도 없을 겁니다."

"대체 뭔데 그러십니까?"

"알고 싶으십니까?"

한윤철은 힐끗 조병우의 눈치를 살폈다. 조병우는 연신 고개를 갸웃하며 말했다.

"얼마나 허무맹랑한 말씀을 하실지 기대되는군요."

"너무 놀라지나 마십시오. 실은 말입니다. 이 병원이 죽은 환자들의 시신에서 장기를 몰래 빼내 밀매하고 있다는 소문이 돌고 있더군요."

조병우는 순간 아무런 반응도 하지 못했다. 그러다 이내 너털웃음을 터뜨렸다.

"하, 하하핫! 정말이지 허무맹랑한 소문이로군요. 대체 그런 소문을 어디서 들으신 겁니까?"

한윤철도 맞장구를 치듯 웃음을 터뜨렸다. 하지만 짧은 순간 조병우의 눈빛이 미세하게 흔들리는 것을 놓치지 않았다.

"크하하! 역시 황당한 소문이죠? 그럴 줄 알았습니다. 괜히 정보꾼에게 큰돈을 줬나보군요."

조병우의 웃음이 순간 뚝 그쳤다. 여전히 미소를 띤 채였지만 왠지 모를 한기가 느껴졌다.

"그런데 검사님이 여기 오신 건 누가 알고 있습니까?"

"아, 아무도 모릅니다."

조병우의 스산한 눈빛에 압도당한 한윤철은 저도 모르게 대답했다. 조병우는 입꼬리를 말아 올리며 씨익 미소를 지었다.

"그래, 아무도 모른단 말이죠? 그럼 망설일 이유가 없지요."

"무스… 컥!"

조병우의 말에 고개를 갸웃하던 한윤철은 갑작스러운 충격에 짧은 신음을 토해내며 쓰러졌다.

언제 나타난 것인지 검은 양복의 사내 하나가 피가 묻은 작은 몽둥이를 들고 있었다. 조병우는 쓰러진 한윤철을 내려다보며 찻잔을 비웠다.

"지하 비밀 수술실에 가둬놔. 움직이지 못하게 포박해 놓고 소란스럽지 않게 마취제를 주사해 둬."

"예, 알겠습니다."

검은 양복의 사내는 쓰러진 한윤철을 들쳐 업고 원장실을 나섰다. 그 모습을 가만히 지켜보던 조병우가 나직이 중얼거렸다.

"웬만해선 그냥 놔두려고 했는데 너무 깊이 파고들었소, 한 검사님. 후회는 저승에서 하시구려."

*　　*　　*

"병원장만 처리하면 되는 건가?"

"네. 한동안 계속 지켜봤지만 근처에 숙주는 병원장밖에 없었어요."

정찬혁의 질문에 신유진은 고개를 끄덕였다. 창밖을 힐끗 내다보며 정찬혁이 다시 물었다.

"다른 자를 다치게 하지 않고는 힘들 것 같은데, 그건 괜찮은 거냐?"

"죽지 않을 정도면 괜찮을 거예요. 아참, 이블 불릿은 숙주가 아닌 사람한테는 보통 탄환이나 마찬가지니까 쏘면 안 돼요."

"알겠다."

정찬혁은 권총을 꺼내 장전을 확인했다. 슬라이드를 당기자 철컥 하는 익숙한 금속성이 들려왔다.

재킷 안주머니에 권총을 쑤셔 넣은 정찬혁은 차문을 열고 밖으로 나왔다. 눈앞에 서린 종합병원이 보인다.

밤늦은 시간이라 몇몇 곳을 빼고는 모두 불이 꺼져 있다. 하지만 병원 입구에는 검은 양복을 입고 있는 거친 인상의 사내들이 주위를 오가고 있었다.

구룡회의 조직원이라는 것은 한눈에 알 수 있었다. 복장이나 행동으로 보아 일급 조직원일 것이다. 그래 봤자 정찬혁의 상대는 아니었다.

"뭐냐? 멈춰라!"

정찬혁이 병원으로 다가가자 경계를 서던 조직원이 앞을 막았다. 정찬혁은 그 자리에 멈춰 선 채 천천히 입을 열었다.

"비켜."

동시에 정찬혁은 자신의 앞을 막아선 조직원의 명치에 주먹을 뻗었다.

퍼억—!

둔탁한 충격음과 함께 신음도 지르지 못하고 조직원이 쓰러졌다. 주위의 다른 조직원들이 버럭 소리치며 달려들었다.

"뭐하는 놈이냐!"

"막아!"

십여 명이 한꺼번에 정찬혁을 향해 달려들었다. 하지만 정찬혁은 눈 깜빡할 사이에 한 사람당 한 번씩 주먹을 휘둘러 모조리 쓰러뜨렸다.

순식간에 입구에 있는 조직원을 모조리 쓰러뜨린 정찬혁은 가볍게 주먹을 털었다.

“적당히 힘 조절을 해야겠군.”

이내 정찬혁은 쓰러진 조직원을 뒤로하고 천천히 병원 안으로 걸음을 옮기기 시작했다.

멀리서 그 모습을 지켜보고 있던 신유진이 나직이 중얼거렸다.

“조용히 들어갈 수도 있을 텐데.”

정찬혁은 빠른 속도로 어두운 복도를 가로질렀다. 늦은 시간이긴 하지만 이상하게도 환자나 간호사의 기척은 느껴지지 않았다.

그저 무장을 한 채 복도를 오가는 조직원의 모습만이 보일 뿐이다. 아무래도 입원 환자들에게 손을 쓴 것 같았다. 하나하나 조직원을 쓰러뜨리며 정찬혁은 원장실로 향했다.

아직 퇴근하지 않은 것은 분명했으니 목표는 원장실에 있을 터였다.

정찬혁은 엘리베이터를 타지 않고 계단으로 원장실이 있는 칠 층까지 단숨에 내달렸다.

신변의 위기를 느낀 것인지 원장실이 있는 칠층에는 무장한 조직원이 가득했다.

정찬혁이 있는 곳에서 원장실까지는 약 이십여 미터, 그 사이에 조직원은 서른 명 정도 있었다.

정찬혁은 나직이 한숨을 내쉬며 두 다리에 힘을 모았다.

"그럼 가볼까?"

그대로 바닥을 박차고 시위를 떠난 화살처럼 뛰쳐나간 정찬혁은 순식간에 근처에 있는 조직원 너덧을 쓰러뜨렸다.

퍽! 퍼퍼퍽!

어둠 속에서 터져 나온 둔탁한 타격음에 조직원들이 혼란에 빠졌다.

"뭐, 뭐야?"

"침입잔가! 어디야?"

정찬혁은 보통 사람은 상상할 수 없을 정도의 빠른 속도로 움직이며 조직원을 쓰러뜨렸다.

이내 정찬혁은 원장실 앞에 닿을 수 있었다. 정찬혁은 입구를 지키고 있는 조직원 두엇을 쓰러뜨리기 위해 주먹을 뻗었다.

순간 문이 벌컥 열리고 조병우가 밖으로 나왔다.

"뭐가 이리 시끄……!"

"커헉!"

조병우와 눈이 마주친 순간, 정찬혁의 심장을 물들인 검은 기운이 꿈틀했다.

엄청난 격통에 정찬혁은 신음을 토해내며 한쪽 무릎을 꿇었다. 아직 시간이 되지도 않았는데 느껴진 통증에 정찬혁은 짐짓 당황했다.

몸을 일으키려 했지만 통증 때문에 손발에 힘이 들어가지 않았다. 심장의 통증은 지금까지와는 비교도 안 될 정도로 엄청났다. 의식이 흐려졌다.

정찬혁은 파르르 떨리는 눈으로 조병우를 노려보았다. 하지만 이내 통증을 이기지 못하고 그 자리에 풀썩 쓰러졌다.

"호오? 이건 또 웬 불청객이신가?"

조병우는 흥미롭다는 듯 중얼거리며 쓰러진 정찬혁을 가만히 바라보았다.

"크으……."

정찬혁은 낮은 신음을 흘리며 천천히 눈을 떴다. 무언가에 묶여 있는 듯 몸이 움직여지지 않았다. 순간 귓가에 누군가의 음성이 날아들었다.

"이제 정신이 드셨소? 첸 대인을 배신한 대가로 죽었다고 들었는데 이렇게 살아 있다니 놀랐소이다."

누군가 천천히 다가왔다. 정찬혁은 소리가 들린 방향으로 눈을 돌렸다.

누런 이가 드러나도록 미소를 짓고 있는 조병우가 보였다. 조병우는 정찬혁의 머리맡에서 걸음을 멈췄다.

"날… 아나?"

정찬혁은 조병우를 노려보며 물었다. 조병우가 히죽 미소를 지으며 고개를 끄덕였다.

"하하! 구룡회에 속한 자가 당신을 모른다면 이상한 일이

지 않겠소? 구룡회 최고의 살수 '암룡' 중 하나였지만 배신자
로 전락해 죽음에 이른 자, 정찬혁. 다들 그렇게 알고 있다
오."

"첸은… 어디 있나?"

"나 같은 말단이 그런 걸 알 거라 생각하는 거요? 이 년 전
부터 첸 대인의 위치는 극비 정보로 취급되고 있소. 하지만
내가 궁금한 건 그런 게 아니오."

조병우의 손에는 날카로운 메스가 잡혀 있었다. 천천히 메
스를 든 조병우는 조금의 망설임도 없이 정찬혁의 옆구리 부
근을 찔렀다.

손잡이 끝부분만 남기고 메스는 정찬혁의 몸속으로 파고
들었다. 시커멓게 죽은피가 조금씩 흘러나오기 시작했다.

하지만 정찬혁은 아무런 통증도 느끼지 않았다. 조병우가
무표정한 정찬혁을 바라보며 물었다.

"아프지 않소?"

정찬혁은 아무런 대답도 하지 않았다. 그저 가만히 조병우
를 노려볼 뿐이다. 조병우는 호기심에 불타는 눈빛으로 정찬
혁을 바라보며 말을 이었다.

"보아하니 당신의 몸은 이미 죽은 시체와 같다는 걸 알고
있는 것 같구려. 무슨 좀비 영화도 아닌데 시체가 살아 움직
이다니. 게다가 이 총은 또 뭐요? 얼핏 보기에는 보통 글록 같
은데 조금 다른 것 같기도 하고. 혹시 이걸로 날 제거하려고

한 거요?"

조병우는 이블 불릿이 장전된 총을 꺼내 보이며 질문을 던졌다. 정찬혁은 피식 미소를 지으며 천천히 입을 열었다.

"눈치가 제법이로군."

"안됐구려. 날 제거하기는커녕 이렇게 꼼짝없이 내 손에 잡히다니. 기대하시오. 내가 당신의 몸으로 어떤 실험을 할지 말이오. 죽지 않은 몸이라니, 이거야말로 모든 의학자의 영원한 연구 테마가 아니겠소? 크하하핫!"

조병우는 광기 어린 눈빛을 뿜어내며 싸늘한 웃음을 터뜨렸다. 그리 넓지 않은 곳이라 조병우의 웃음소리는 귀가 따가울 정도로 진동했다.

정찬혁은 살짝 인상을 찌푸리며 천천히 몸에 힘을 줬다. 더 이상 조병우의 말을 들어주고 싶은 생각이 없었다.

툭! 투두둑!

정찬혁이 힘을 주기 시작하자 몸을 묶은 가죽끈이 터져 나가기 시작했다.

광기 어린 웃음을 터뜨리던 조병우는 예상 밖의 상황에 눈을 휘둥그레 떴다.

"헉! 어, 어떻게?"

화들짝 놀란 조병우가 신음하듯 중얼거렸다. 몸을 일으킨 정찬혁은 천천히 조병우에게 다가갔다. 조병우는 어깨를 움찔하며 뒷걸음질 쳤다.

"오, 오지 마! 오면 쏜다!"

조병우는 권총을 겨누며 소리쳤다. 순간 정찬혁이 바닥을 박차고 번개같이 조병우에게 달려들었다.

정찬혁은 손바닥을 활짝 펼쳐 조병우의 얼굴을 잡고 확 밀었다.

쾅—!

균형을 잃은 조병우가 벌렁 뒤로 나자빠졌다. 그 바람에 놓친 권총이 허공으로 튀었다.

정찬혁은 손을 뻗어 권총을 잡고 곧장 쓰러진 조병우의 미간에 총구를 겨눴다.

"체크메이트."

정찬혁은 망설임없이 방아쇠를 당겼다.

타앙—!

총구를 벗어난 이블 불릿은 강한 회전을 하며 조병우의 미간으로 날아들어 바로 앞에서 멈춰 섰다.

우웅 하는 낮은 진동음과 함께 회전력이 더해졌다. 조병우의 이마에서 검은 피가 한줄기 흘러내렸다.

몸속에서 시커먼 기운이 뿜어져 나와 순식간에 이블 불릿으로 빨려들어 갔다.

조병우의 몸에서 흘러나온 기운을 모두 흡수한 이블 불릿은 회전을 멈추고 바닥에 떨어졌다.

정찬혁은 손을 뻗어 바닥의 이블 불릿을 집어 들었다.

치지직―!

허연 김을 뿜어내며 피부가 녹아내렸다. 하지만 아무런 통증도 느끼지 못하는 정찬혁은 이블 불릿을 꽉 움켜쥐었다. 문득 자신의 옆구리에 틀어박혀 있는 메스가 눈에 들어왔다.

땡강!

메스를 뽑아 바닥에 내던진 정찬혁은 가만히 주위를 둘러보았다. 꽤나 튼튼해 보이는 철문이 눈에 들어왔다.

철문으로 다가가던 정찬혁은 문득 걸음을 멈췄다. 자신이 묶여 있던 침대 바로 옆에 묶여 있는 사내를 발견한 탓이다. 마취제에 취한 것인지 사내는 깊이 잠들어 있었다.

정찬혁은 사내를 가만히 내려다보았다. 낯익은 얼굴이다. 이내 정찬혁은 사내의 이름을 떠올릴 수 있었다.

"한윤철 검사라고 했던가?"

보아하니 사건 수사를 하려다 이렇게 잡힌 것 같았다. 정찬혁은 한윤철의 몸을 구속하고 있는 가죽끈을 맨손으로 쥐어뜯었다. 그리곤 돌아서서 나직이 중얼거렸다.

"나머지는 한윤철 검사 당신에게 맡기도록 하지."

정찬혁은 그대로 철문을 박살 내고 밖으로 달려나갔다. 근처에 있던 조직원은 아무도 정찬혁을 막을 수 없었다.

"왜 이렇게 오래 걸리는 거지?"

창밖을 힐끔힐끔 쳐다보며 신유진은 초조한 얼굴로 중얼

거렸다.

정찬혁이 안으로 들어간 지 벌써 두 시간이 지났다. 입구를 돌파하는 속도로 보아 금방 끝낼 거라고 생각했다.

하지만 예상보다 훨씬 시간이 오래 걸리고 있었다. 주기적인 통증이 찾아오는 시간은 앞으로 채 한 시간도 남지 않았다.

초조한 마음에 신유진이 힐끗 손목시계를 쳐다본 순간 덜컥 하고 문이 열리고 정찬혁이 안으로 들어왔다.

"찬혁 씨! 왜 이렇게 늦었어요?"

"예상 밖의 일이 있었다."

"이블 불릿은요?"

정찬혁은 말없이 주머니에서 사용한 이블 불릿을 꺼내 신유진에게 건넸다.

묵직한 무게감이 느껴졌다. 신유진은 빙긋 미소를 지으며 말했다.

"성공했군요."

"자세한 얘기는 내일 하지. 피곤하군."

"그게 무슨……?"

정찬혁의 말에 신유진은 고개를 갸웃했다. 고통도 피로도 느낄 수 없는 시체인 정찬혁이다. 그런데 피곤하다니.

하지만 정찬혁은 아무런 말없이 좌석에 몸을 누이며 눈을 감아버렸다.

신유진은 피식 미소를 지으며 시동을 걸었다. 어쩌면 이번 일로 조금이나마 생명의 기운을 되찾은 것일지도 몰랐다.

＊　　＊　　＊

"피고는 혐의 사실을 모두 인정하십니까?"

한윤철은 증인석에 앉아 있는 조병우를 바라보며 날카로운 어조로 질문을 던졌다.

조병우는 눈물을 흘리며 고개를 끄덕였다.

"이, 인정합니다. 모두 인정하겠습니다."

조병우의 자백으로 재판은 원고 측에 유리하게 진행되고 있었다.

보통 범죄자가 자백하면 어느 정도 선처를 하게 마련이지만 이번에는 사안이 달랐다.

장기 밀매를 노리고 일부러 의료 사고를 일으킨 사건이라 감형이 있을 수가 없었다.

아마도 한윤철의 구형이 거의 그대로 적용되리라. 피고가 혐의를 모두 인정한 터라 재판은 그리 길지 않았다.

"피고가 모든 혐의를 인정했지만 그 죄질이 극히 악독한 바, 감형 없이 검사의 구형을 그대로 선고한다."

판사의 낭랑한 음성이 조용히 재판정에 울려 퍼졌다. 유족을 대표해 원고석에 앉아 있는 사내와 재판정 맨 앞에서 재판을 방청하고 있던 유족들이 벌떡 일어나며 눈물을 쏟아냈다.

"감사합니다, 검사님! 감사합니다."

유족들은 한윤철의 손을 잡으며 연신 고개를 숙였다. 한윤철은 고개를 설레설레 흔들었다.

"아닙니다. 제가 한 일은 아무것도 없습니다. 모두 여러분 덕분입니다."

사실이었다. 한윤철은 이번 사건에서 한 일이 아무것도 없었다.

조병우를 찾아가 장기 밀매에 대한 소문을 슬쩍 던져 반응을 본 후 본격적인 수사를 하려고 했던 한윤철이다.

하지만 머리를 얻어맞고 정신을 잃은 사이에 모든 것이 끝나 버렸다.

한윤철이 정신을 차리자 조병우는 자백하겠다고 나섰다. 이해할 수 없는 행동이었다.

대체 자신이 정신을 잃은 몇 시간 사이에 무슨 일이 벌어진 것인가. 알 수 없는 일이다.

조병우의 자백 덕에 어려운 사건을 손쉽게 해결하기는 했지만 찜찜한 기분이 드는 것은 어쩔 수 없었다.

한윤철은 나직이 한숨을 내쉬며 경찰에게 연행되어 나가는 조병우의 뒷모습을 힐끗 쳐다보았다.

재판정의 맨 뒷자리.

환하게 미소 짓고 있는 여중생의 영정 사진을 들고 있는 한 사내가 판사의 선고가 떨어지자 왈칵 눈물을 터뜨렸다.

사내는 영정 사진을 끌어안은 채 몇 번이고 나직이 되뇌었다.

"이제 편히 쉬거라. 편히……."

*   *   *

하늘 가득한 구름이 달빛을 가렸다. 짙은 어둠이 내려앉은 고층 빌딩의 옥상에서 누군가 아래를 내려다보고 있었다.

마천루처럼 하늘 높이 솟아 오른 빌딩 숲에서 뿜어져 나온 조명이 불야성을 이루고 있다.

하늘은 별빛 하나 없이 어두운데 그 아래 지상은 대낮처럼 환했다.

가만히 화려한 야경을 내려다보는 인영의 눈에는 그것이 마치 인간의 이글거리는 욕망처럼 보였다.

"우스운 일이로군. 어둠을 쫓기 위해 만들어낸 빛이 더 짙은 어둠을 불러들이는 꼴이라니. 하긴 그동안 뿌린 씨앗이 그만큼 자라났다는 건가? 그러면 이제 열매를 거둬야겠군그래."

목을 쇠로 긁는 듯 거친 음성이 조용히 흘러나왔다. 남자도 여자도 아닌 중성적인 음성이다.

　한참을 빌딩 숲을 내려다보던 인영은 어느 샌가 조용히 사
라졌다.
　그가 있던 자리에는 어둠만이, 짙은 어둠만이 조용히 내려
앉았다.

『짐승의 규칙』 2권에 계속…

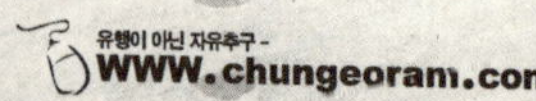

이포두

노주일 新무협 장편 소설

FANTASTIC ORIENTAL HEROES

청어람이 발굴한 신인 「노주일」
그가 선사하는 즐거운 이야기!

내 나이 방년 스물셋. 대륙을 휘몰아치는 전쟁에서
간신히 살아남아 고향으로 돌아왔다.
사실 전쟁은 이미 이기고 지는 건 문제도 아니었다.
단지 전후 협상만이 탁상공론으로 오고 갔을 뿐.
하지만 전쟁터에서는 항시 사람이 죽어 나갔다.
이유도 알지 못한 채 그냥.
그러던 차에 전후 협상처리가 되고 나서 전역했다.
그리고는 곧장 뒤도 돌아보지 않고 고향으로!

『이포두』

내 가족과 내 친구가 있는 곳으로!

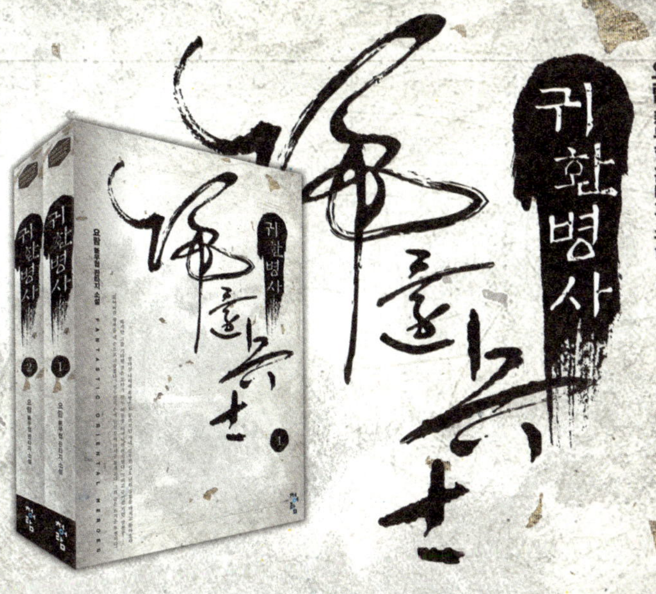
요람 新무협 판타지 소설

귀환병사

FANTASTIC ORIENTAL HEROES

수선경 水仙經

작은 샘이 바다로 모여들 듯,
만류의 법이 하나로 회귀하듯,
다섯 개의 동경이 드디어 하나로 모인다.

검을 만드는 사람과
검을 쓰는 사람,
그리고 검을 버리는 사람의 이야기!

천명을 타고 태어난 **청풍**과 **강검산**
그리고 혈로를 걸어온 살수 **타유**,
그들이 다섯 줄기의 피의 숙명과 마주한다.

Book Publishing CHUNGEORAM

유행이 아닌 자유추구 ─
WWW.chungeoram.com